Death Leaves No Card

Miles Burton

論創海外ミステリ

Ronso Kaigai MYSTERY

196

素性を明かさぬ死

マイルズ・バートン

圭初幸恵 ◎訳

論創社

Death Leaves No Card
1939
by Miles Burton

目次

素性を明かさぬ死　5
訳者あとがき　236
解説　塚田よしと　240

主要登場人物

バジル・メープルウッド……………ヒザリング邸の若主人
フィービ・メープルウッド…………バジルの妹
ジェフリー・メープルウッド………バジルの叔父。リヴァーバンク邸および〈旦那さまの別荘〉の主人
モニカ・メープルウッド……………バジルの叔母。ジェフリーの姉
ルーベン・デュークス………………フォアストル農場の管理人
エミリー・デュークス………………ルーベンの妻
ヘティ・デュークス…………………ルーベンとエミリーの娘
アーネスト・ペリング………………ジェフリーの元共同経営者
ラストウィク…………………………メープルウッド家の顧問弁護士
プレスコット…………………………テンタリッジ村在住の医師
トム・バーラップ……………………ガソリンスタンドのあるじ
ハロルド・スワンリー………………自動車販売店のあるじ
アーノルド……………………………ロンドン警視庁《スコットランドヤード》の警部
ガーランド……………………………アドルフォード警察署の警視
ウェルチ………………………………ガーランドの友人
テリー…………………………………アドルフォード警察署の巡査
ランバート……………………………アドルフォード警察署の巡査

素性を明かさぬ死

第一章

ルーベン・デュークスはドアと戸枠の隙間にバールをこじ入れ、ぐいと力を込めた。ドアが開いて浴室内があらわになると、全員が押し黙った。次の瞬間へティ・デュークスのつんざくような悲鳴が響きわたり、その母親が「神さま！」と低く叫んだ。

ルーベンはためらわず足を踏み入れ、タオル掛けのバスタオルを摑み取って裸身の上へ投げかけると、階段の下り口の前に立ちすくむふたりの女へ向き直った。

「おまえたちはキッチンへ行っていろ」鋭く命じた。「わしと旦那さまでなんとかする。手が足りんときは呼ぶから」

妻と娘の足音が階下へ去るのを待って、ルーベンは主人へ探りの目を向けた。そもそも十分前のあのときから、いやな予感はしていた——なにやら尋常ではないことが起こったと。へティが息を切らして牛小屋へ駆けこんできて、バジルさまが浴室で気を失っている、ドアを開けようとしたが開けられないと訴えた。気を失っている、か！　顔だけを見れば、たしかにそう見える。いっぽう主人の焦点のぼやけた近眼の目からは、心細げな狼狽の色しか読みとれなかった。

ジェフリー・メープルウッド氏の身なりは、整っているとは言いがたかった。足元は毛皮裏のついた寝室用スリッパ、紫色の絹のガウンの下は淡い緑のパジャマ。まだひげも剃っておらず、青白くこけた頬や引っこんだ顎が影に覆われたように黒ずんでいる。ふだん入念に整えている黒髪は、こっけいなほど乱れて、いく筋もの房になって広い額に垂れかかっている。農場の管理人の視線に気づいて、何か言おうと口を開けたものの、結局またつぐんでしまった。

ルーベンはゆっくりとかぶりを振った。どう考えてもまずい事態だ。

「すぐに医者を呼びましょう、旦那さま」ぴしゃりと言った。

とたんにジェフリー・メープルウッドは、弾かれたように喋りだした。「そうそう、医者だ、そうしよう。いや待てよ、あの医者はなんというんだっけか。ほとんど会ったことがないんだ。とても理解できん、こんなことは。バジルはずっと、元気すぎるくらい元気だった。こんなこと、いままで一度だってなかった」

けれどもルーベンは、もはや聞いていなかった。廊下を横切って階段の下り口に立ち、手すりから身を乗り出して声を張りあげる。「ヘティ！」

娘はそばにいたらしく、すぐに応答が返ってきた。

「急いで農場へ戻って、プレスコット先生へ電話をかけてこい。旦那さまの甥御さんが急にお加減を悪くしたから、すぐに来てくれと言うんだ。さあ、走れ！」

ヘティが駆けていき、バタンと勝手口の閉まる音が響いた。浴室へとって返したルーベンは、ぴくりとも動かない身体を沈んだ目で見おろした。肩先から上だけが、バスタオルの死装束から突き出ている。

「先生が来る前に、バジルさまを寝室へお運びしませんか」そう言った。「あんな格好のままにしといちゃ、あんまりお気の毒です」

「ああ、うん、もちろんだ」主人の返事は上の空だった。「そうだな、寝室へ運んでやろう。バジルの寝室は廊下の突き当たりだ。われわれふたりで運べるだろうか、デュークス？」

「わしだけで大丈夫です」ルーベンは答えた。テンタリッジ村、すなわち近隣数マイルにわたって、この男ほどの力持ちはいないことは誰もが認めるところだ。ルーベンは浴室へ入って、遠慮がちにバスタオルをめくった。このままにしておくのは気の毒だと、彼が考えたのも無理はない。というのもバジル青年は、なんとも異様な体勢で床に倒れていたからだ。右半身を下にして、右脚を窮屈そうにくの字に曲げている。左脚は琺瑯《ほうろう》引きのバスタブの縁に、これまたくの字に引っかかったような形で、足首まで湯のなかに浸かっていた。

　腿の下に片腕を差し入れ、もう片腕で背中を支えて、ルーベンは苦もなく荷物を抱え上げた。本人の部屋へ運び入れ、そっとベッドに横たえてシーツで覆い隠してやる。それから静かに、だが決然とドアを閉めた。ジェフリー・メープルウッド氏の姿は見当たらなかった。おおかた自分の寝室に引っこんだのだろう、部屋のドアが閉じている。ルーベンは開けたままのドアから浴室内を一瞥すると、階段を下りて妻のいるキッチンへ向かった。

　夫が入ってくると、エミリー・デュークスはぎくりとして顔を上げた。「まあ、ルーベン！」と叫ぶ。「いままで何をしていたの？　バジルさまのご看病だとか、わたしがやれることはないの？」

ルーベンはかぶりを振り、「ないよ。医者でもどうにもならん」と言った。「いいかね、よく聞きなさい。わしが見たとき、バジルさまはもう息をしとらんかった」

「なんですって！」デュークス夫人は叫んだ。「いいえ、そんなことがあるもんですか。ほんの半時間前、あんなにお元気だったのに」

ルーベンは片手を挙げ、妻を制した。「騒ぐんじゃない、母さん。いいから大人しくしているんだ。バジルさまが亡くなろうと、わしらには何も関係ない。みなへあれこれ説明するのは、旦那さまのなさることだ。かえってわしらは、よけいな首を突っこまんほうがいい」

けれども夫人は引き下がらなかった。「そう言うのはけっこうだけど、わたしたちだっていろいろ訊かれるにきまってるわ。そうでしょ？　だいたいわたしがお茶を運んだときには、お元気そのものだったのよ」

ルーベンは肩をすくめた。「かもしれんが、もう元気じゃないんだよ。ところでヘティのやつはどうした？　まだ戻ってこないのか」

「戻ってきたわ、いま」勝手口の外から軽やかな足音が聞こえてきたので、夫人は答えた。ほどなくヘティが、息を切らしながらも潑剌《はつらつ》とした様子でキッチンへ飛びこんできた。

「お医者さまと直接話をしたわ」ヘティは言った。「すぐに車を出して、十分以内にここへいらっしゃるって」

夫人は時計をちらりと見た。「九時を回ったばかりだものね。日曜の朝は、十時まで診療がないはずよ」

ルーベンは鼻を鳴らした。「診療だって！」と吐き捨てる。「くじいた手首にヨードチンキを塗ったくるのなんぞ、あと回しでかまわんだろ。ここの階上《うえ》では――」いさめるような妻の視線を感じて、急いで口をつぐむ。

だがヘティは、父親の言葉の意味に気づかなかった。「ねえ、バジルさまはそんなにお悪いの？」

「わしにわかるもんかね、そんなこと」ルーベンはぶっきらぼうに言った。「どれだけお悪いかを調べるのは、プレスコット先生のお役目だ。そのために呼んだんだから」
キッチンに沈黙が落ちた。しんと静まり返ったなかで唯一、デュークス夫人がのろのろと、やらなくてもいい調理の続きをする音だけが響いていた。この朝食をどうすればいいのかしら、と夫人は思った。こんなことになってしまっては、誰かの口に入ることもないだろう。腕によりをかけたから、どうしても惜しい気持ちが強くなる。干し鱈《だら》のミルク煮に、ソーセージとベーコン。とうとう夫人はあきらめ顔で、ガスコンロからジュージュー鳴っているフライパンを下ろすと、テーブルの上に置いた。

時計の針の動きが、めったやたらに遅かった。しかしついに、じっと耳をすましていたルーベンが車の近づく音を聞きつけた。「来たぞ、先生だ。ヘティ、いい子だから急いで玄関を開けておいで」

門の前で車が停まり、プレスコット医師が鞄をさげて玄関へ姿を見せた。まだ若手といってよく、小柄で細身ながら筋肉はしっかりとついており、灰色の目は厳しく光っていた。「さきほどはどうも、お嬢さん」きびきびと言う。「患者の方はどちらです?」

医師の声を聞きつけ、ルーベンもキッチンから出てきた。「わしが案内しましょう。入ってください」

「おや、デュークスさんまで来ていたんですか」医師は少し驚いた顔をした。「わかりました、お願いします」

ふたりが階段を上ると、ドアの一つが開いてジェフリー・メープルウッドが顔を出した。まだ着替えの途中で、ワイシャツ姿でひげも剃っておらず、髪もとかしていない。けれども眼鏡だけはかけており、医師の見分けはついたようだった。

「おはよう。来てもらって助かるよ。ええと――」

医師があとを引きとった。「プレスコットです。甥御さんがお加減を悪くされたとか」

「そうなんだ、まったくわけがわからんよ。浴室で気を失ったんだ。こんなことは、以前に一度もなかったのに。しかもドアに鍵がかかっていて、どうにもならんからデュークスを呼びにやったんだ。デュークスを来させなかったら、浴室に入ることもできなかっただろうな」

プレスコット医師は、いささかしびれを切らしたようにうなずいた。「そうですか、そのお話はまたあとで。まずは甥御さんを診たいのですが」

ルーベンが両者のやりとりにけりをつけた。「こっちです、先生」廊下を進み、奥の寝室のドアを開ける。「ここです」

医師が寝室に入ると、すかさずルーベンも入ってドアを閉めた。プレスコットはベッドへ近寄り、シーツを取り去った。そのまま眉間に皺を寄せて数秒ほど黙りこくっていたが、やがて振り向き、咎めるような目をルーベンへ向けた。「この方はもう、息がないですよ」

ルーベンはたじろがず、まっすぐに医者を見つめ返した。「そうだろうとは思っとりましたよ。浴室からここまでお運びしたものでね」

「わかりました、では部屋を出てもらえますか。廊下で見張っていてください。わたしが見に行くまで、誰も浴室に立ち入らせないように」

たっぷり十分以上も経ち、ようやく医師は部屋から出てきた。ルーベンは浴室の見張りをしており、ジェフリー・メープルウッド氏の寝室のドアは再び閉じられ、中で動きまわる音が聞こえていた。医師はしばしそちらへ耳を傾けたのち、だしぬけにルーベンに話しかけた。「亡くなった方のお名前は？」

「バジル・メープルウッドさまです。旦那さまの甥御さんですが、このへんのお方じゃありません。ステイプルマウス近くの、ヒザリング邸というところにお住まいだとか」

「ここにはいつから？」

「昨日の午後に着きなさったばかりですよ。旦那さまとご一緒に」

「ここの〈別荘〉に電灯はないんでしょうね？」

「ないですな。二、三年前に旦那さまが、キャラーガス（家庭用の液化ブタンガス）のボンベを置きましたが。その前にはランプを使っとりました」

「電話は？」

「ありません。旦那さまはいつも、農場の電話を使っておられます」

「ラジオは？」

「それもないです。旦那さまがお嫌いだとかで」

「そうですか。たしかあなたが、遺体を浴室から運び出したんでしたね」

「はい。旦那さまに呼ばれましたんで。ドアをこじ開けろとのことで、バールを持ってきて――」

「そのへんの説明はいいですよ、いまのところ。発見したとき、遺体はどのように倒れていたんですか？　やってみてください」

　ルーベンは仕方なく浴室の床に寝そべり、さきほどのバジル・メープルウッドと同じ体勢をとってみせた。「こんな感じでしたよ」

「左脚はバスタブの縁に引っかかっていたんですね？　まちがいなく？」

「まちがいないです。足首が湯に浸かっとりましたから」

プレスコットは湯に手を浸してみた。まだ温もりが残っていた。少しも濁っておらず、石鹸のかす一つ浮いていない。置かれたものにはいっさい触れないようにしながら、浴室内を丹念に見て回った。そうこうするうち、ジェフリー・メープルウッド氏がひょっこり姿を現わした。剃刀とタオルを手にしている。浴室の洗面台でひげを剃りに来たようだ。

けれどもプレスコットは、その前に立ちふさがった。「ここには入らないほうが賢明ですよ、メープルウッドさん」静かに続ける。「むしろみなさん、〈別荘〉を出ていたほうがいいと思います、きちんと調べがつくまでは。どうも妙なところがありますので」

「なんと、それはまた厄介だな」メープルウッドは言った。「ところで、甥のバジルはどうしたね？もう正気づかせてくれたんだろ？」

医師はその目をまっすぐに見つめ、単刀直入に告げた。「甥御さんは亡くなりました」

メープルウッド氏の手から剃刀がすべり落ち、カチャンと床で音を立てた。「亡くなった？」おうむ返しに言う。「亡くなったって？」プレスコットの視線を受け、しきりに眼鏡の奥の目をしばたたく。「信じられん。浴室へ向かうときには、口笛を吹いていたんだぞ。どうして死んだというんだ？」

「それは、検死審問で判断すべきことです」医師の声はやはり静かだった。「ご理解いただけると思いますが、わたしは職務上、この件を通報しなければなりません。それからもう一度忠告しますが、みなさん〈別荘〉を出るべきです。それもただちに」

メープルウッド氏は、おびえた様子で浴室の入口から身を引いた。「危険だというのかね？」

「ええ。かなり」プレスコットは淡々と答えた。

第二章

それが二月二十日、日曜日のことだった。同日午後二時を回ってすぐ、ロンドン警視庁《スコットランドヤード》のアーノルド警部はアドルフォード警察署に到着した。ほどなく執務室へ通されて、ガーランド警視の歓迎を受けた。

「待たせやしなかったろうね、警部」ガーランドは言った。「まあ、ひとまずかけてくれたまえ。デスクの上に煙草とマッチがあるはずだ」

「恐れ入ります」アーノルドは勧められた椅子に腰を下ろした。「差し支えなければ、パイプをやりたいのですが」

「かまわんとも。さて、今回ヤードへ助力を求めた理由についてだが。最初に言っておくと、骨折り損に終わるかもしれんよ。つまりだね、本件ではたしかに死人が出ているが、犯罪が行われたという証拠はないんだ」

「興味深いですな」アーノルドは言った。「その死人が殺された形跡はどこにもない、ということですか?」

「そのとおりだ。なるべくかいつまんで状況を説明しよう。この近隣では名士として知られた、ジェフリー・メープルウッドという人物がいる。五十歳近くで独身、姉君とふたりでリヴァーバンク邸と呼ばれる、なかなかの規模の館に住んでいる。使用人は家事担当が三名に、おかかえ運転手が一名だそうだ。

ここの駅に着く前に、列車のなかから工場が見えなかったかな。あそこはアドル製紙工場といって、メープルウッド氏が所有しているものだ。以前は共同経営者がいたんだが、その人物が問題を起こしてな。それはともかく、現在のオーナーはメープルウッド氏ひとりだ。たいそう景気がいいと、もっぱらの噂だよ。

メープルウッド氏の趣味は農場経営だ。ここから二十マイルほど先、テンタリッジ村のはずれにフォアストルという農場があって、そこを所有している。とはいえむろん、自分で切りまわしているわけじゃない。工場で手いっぱいで、とてもそんな暇はないからな。代わりにデュークスという男が、管理人として農場内の家屋に住みこんでいる。管理人用の住居は別にあったんだが、そこは数年前にメープルウッド氏が自分用に改築したんだ。浴室をつけたり、ほかにもいろいろ手を加えてな。その建物には、特に名前はついていない。デュークスが〈旦那さまの別荘〉と呼んでいるので、村ではそのまま〈旦那さまの別荘〉あるいは単に〈別荘〉と呼ばれている。

メープルウッド氏はほぼ欠かさず、週末をその〈別荘〉で過ごしている。土曜になると、リヴァーバンク邸で昼食をすませてすぐ出かけ、日曜の夕食に間に合うように帰ってくるわけだ。〈別荘〉に滞在しているあいだは、管理人のかみさんと娘が農場からそこへ通ってきて、料理をこしらえたり、もろもろの家事をこなしている。いつもはメープルウッド氏ひとりで過ごすそうだが、昨日は甥のバジル・メープルウッドを連れてきた。

この甥についてはまだ調べが進んでいないため、詳しいことはわからない。いま言えるのは、この町には縁もゆかりもない人物ということだけだ。ステイプルマウス近郊のどこかに、自分の住まいを持っているらしい。きみも承知しているかもしれんが、ステイプルマウスといえば南海岸の町で、ここから百マイル以上も離れている。さて、ここまでで質問はあるかね？」

アーノルドは、メモをとっていた手帳から顔を上げた。「いいえ、ありません。メープルウッド氏とその甥が、そろって〈旦那さまの別荘〉へ来たわけですね。ふたりとも、昨夜はそこに泊まったんですか？」

「調べたかぎりではそのようだ。今朝八時過ぎ、甥のバジルが浴室へ行った。ところがあまりにも出てこないので、メープルウッド氏がしびれを切らしてノックをし、早く出なさいだとか、そのようなことを言った。しかし返事がないので、これは気を失っているにちがいないと考えた。ドアは旧式の重たい代物で、鍵がかかっており、メープルウッド氏にはこじ開けることができなかった。そこで管理人の娘が農場へ走って、父親を連れてきたんだ。

デュークスはバールを持ってきて、あっという間にドアをこじ開けた。案の定バジルは床に倒れていた。素っ裸で、片脚をバスタブの縁に引っかけてな。デュークスがバジルを抱え上げ、寝室へ運びこんでから医者を呼びにやった。けれども運んでいるとき、これはもう息がないと察したらしい」

「死体をそのままにしておかなかったのは残念ですね」アーノルドが言った。「ほかに、死体が倒れているのを目撃した人間は？」

「三人いる。メープルウッド氏と、デュークスのかみさんと娘だ。女たちにはさぞかしこたえたことだろう。ほどなく医師が来て、死体の検案を行った。プレスコットというまだ若い医者で、テンタリッジで開業してからさほど長いわけではない。しかしその医者は、実に見事にその場をとりしきってくれた。

プレスコットから聞いた話を、一から十まで繰り返すのはやめておこう。本人の口から聞くほうがずっといいはずだ。ひと言で言えば、まったく死因の見当がつかないという話だった。いくら調べても、バジルの急死を引き起こしたものは見つからない。そこでプレスコットは、その状況下で最善の手を打った。全員を〈別荘〉から出して、すべての錠をかけ、鍵をまとめて近くの巡査へ預けた。それからわたしに電話をよこし、意見を述べた――絶対に、何かがおかしいと」

「バジル・メープルウッドは、殺されたのではないかと？」

「いや、そこまでは言っていなかった。ただ、自然死と考えるのはきわめて難しいそうだ。届け出を受けた検死官が、プレスコットの勧めで検死解剖を行うべく、内務省所属の病理学者を呼び出した。明朝に到着するとのことだ。さっきも言ったとおり、骨折り損になるかもしれんがね。けれどもそうではない場合に備えて、本部長と相談のうえ、ヤードへ協力を頼んだわけだ。

さてと、話はこんなところだ。きみには自由に動いてもらいたい。車を一台用意したから、好きに使ってくれたまえ。ここらの地理に詳しい運転手つきだ。メープルウッド氏はリヴァーバンク邸にいる。外出する際には、かならずこちらへ連絡するとの約束をとりつけておいた。プレスコット医師の住まいはテンタリッジ村にある。今日の午後いっぱいは予約外の往診を断ってくれるというから、在宅しているはずだ。デュークスおよびその妻子はフォアストル農場だ。さっき話した巡査、テリーというんだが、そいつが現在〈旦那さまの別荘〉の周囲を見張っている。〈別荘〉の鍵をポケットに入れてな」

アーノルドは微笑み、「何から何まで、お取り計らい感謝します」と言った。「まずは医者の話を聞いてみて、それから〈別荘〉を調べてみましょう」

「よろしく頼む。車は署の前に回してあるよ。運転手はランバートといって、気のいい若者だ。捜査の状況は適宜報告してくれたまえ。こっちで役に立てることがあれば、いつでも声をかけてくれよ」

車の性能がすばらしかったうえ、ランバート巡査の手慣れたハンドルさばきもあって、アーノルドはわずか半時間あまりでテンタリッジ村に着いた。車中での会話から、この若者が村の生まれで、いまでも両親が村内で郵便取扱いのある雑貨屋を営んでいるとわかった。のみならず、デュークス一家のこともよく知っているらしかった——どういうわけか、その話になるとたんに口が重くなったが。とはいえジェフリー・メープルウッド氏のことは、雇い人のデュークスとうまくいっているというほかは、ほとんど何も知らないようだった。

プレスコット医師は村の中心部の、頑丈そうな赤煉瓦の家に住んでいた。玄関へ出てきたのはしとやかな長身の婦人で、医師の妻だと名乗り、すぐに診察室へお通しするように主人からことづかっていると言った。アーノルドが仕事場へ入ると、医師はデスクへ向かって、症例集になにやら書きこんでいた。

「おかけください、警部」誠実そうな話しぶりだ。「お待ちしていました。ついさっきガーランド警視から電話をもらって、あなたがこちらへ向かっておいでと聞きましたので。なんでもお尋ねください、できるかぎりお答えしましょう」

「助かります」アーノルドは礼を述べた。「ではさっそくですが、今朝がた〈旦那さまの別荘〉へ呼ばれたところからお話し願えますか？」

「いいですとも。わたしが朝食をとっていると、電話のベルが鳴りました。出てみるとヘティ・デュークスで、農場からかけているとのことでした。メープルウッドさんの甥御さんが具合を悪くしたから、すぐに〈別荘〉へ来てほしいと言うので、わかったと返事をして、電話のあった時刻を書きとめました。九時十分のことでした。

これは言っておいたほうがいいでしょうが、わたしはメープルウッドさんの主治医ではないですし、過去にそうだったこともありません。あの方との付き合いはごく浅く、今朝までは二、三度、言葉を交わしたことがある程度でした。甥御さんに至っては、おられることすら知りませんでした。〈別荘〉に到着すると、客用の寝室らしき部屋へ通されました。ベッドには若い男性の遺体が横たえられていました――全裸で、シーツだけをかけられて。デュークスさんがわたしに、自分が浴室から運んできたのだと言いました。九時二十三分、遺体の検案を行い、死亡から一時間も経っていないとの判断を下しました」

「どうも、先生。よくわかりました」アーノルドは言った。「死因に関しては、まだ決め手に欠けるというところでしょうか？」

「その質問に答えるには、少々詳しい説明が必要です。わたしは外傷の跡がないかと、細心の注意を払って遺体を調べました。その結果右腰、右の肩先、それから右のこめかみにわずかな打撲傷の跡を認めました。これらの跡はごく新しく、死亡直前もしくは直後にできたものと考えられます。これは私見ですが、遺体は右半身を下にして横たわっていたそうですので、直立かそれに近い体勢から床へ倒れた際についたものと思います。

わたしが見つけた外傷は、この打撲傷のみです。体内に損傷があれば、もちろん検死解剖で発見されるでしょう。調べたかぎりでは、亡くなったのはまだ年若く、健康そのものの男性でした。突発性の虚脱を引き起こすような持病があったとも思えません。それなのに、バスタブに入りかけたときに突然倒れたとみられるのです。検死解剖で自然死ということになったら、それこそ驚きですよ」

「その青年が、殺害された疑いはありますか？」アーノルドは尋ねた。

プレスコットは「いいえ、ありません」とかぶりを振り、続けて言った。「病院に勤務していたころ一度だけ、誤って高圧電線に触れて命を落とした男性の検案を行ったことがあります。そのときの遺体には、なんらの外傷も内部損傷も認められませんでした。また、おそらくご承知のことと思いますが、浴室での電気器具の故障は死亡事故につながる場合があります。皮膚が濡れると、乾いているときよりも電気を通しやすくなりますので。

しかし今回の場合、感電死の可能性はありません。配電網からこの村へ供給されている電気の標準電圧は二百三十ボルトです。けれどもフォアストル農場でも〈別荘〉でも、その電気は引いていません。農場には自家発電装置があったはずですが、農場周囲の建物で利用しているだけで、〈別荘〉まではつながっていません。〈別荘〉には電話もなければ、ラジオの一台もありません。今日びではきわめて珍しい、電気器具がない家なんですよ——ドアベルさえも」

「今朝八時から九時までのあいだ、ロンドンは晴れていましたが」とアーノルド。

「こちらもそうでしたよ。それに、閉めきった室内で落雷に遭えば、電流の跡がどこかに残っているはずです。警部、率直に申し上げますが、バジル・メープルウッドの死因はまったく見当がつかないのです。検死解剖でも判明するかどうか、はなはだ疑わしいですね。そういうわけで、この件は検死官だけではなく、警視にも知らせておくべきだと思ったのです」

「感謝しますよ、先生」アーノルドは答えた。「さて、今日のところはそろそろおいとましますかな。

これから〈別荘〉を覗いてみます」

「よろしければ、わたしも同行しましょうか」プレスコットは言った。「今日はもう、とりたてて用もありませんので」

アーノルドは喜んでこの申し出を受け入れ、医師を連れて車を出させた。村を抜け、ひなびた道路を走る。道沿いにはささやかな家が半ダースばかり、ぽつりぽつりと建っているだけだった。ほんの二、三分ほど、一マイル足らずを走ったところで、ランバートは車を停めた。そこは庭を囲む低い塀に設けられた門の前だった。

塀の内側には、大ざっぱに刈りこまれた常緑の植込みが十ヤードほども続いており、その奥にこぢんまりとした、瓦葺《ぶ》きに煉瓦造りの家が建っていた。アーノルドとプレスコットが車を降りると、門から制服の巡査が出てきた。医者の姿を認め、軽く敬礼する。

「やあ、テリー君」プレスコットが言った。「まだ勤務中だったかね？　こちらはロンドン警視庁のアーノルド警部。〈別荘〉をご覧になりたいそうだ」

とたんにテリーは気をつけの姿勢をとり、今度は軍人顔負けのきっちりした敬礼をみせた。

「きみが鍵を持っているそうだな？」敬礼を返しつつ、アーノルドは尋ねた。

テリーは急いでポケットに手を突っこんだ。「これであります、警部」

アーノルドは鍵を受け取った。「時間がおありなら、まずは外から見て回ってもいいですかな、先生」

プレスコットの同意を得て、ともに〈別荘〉の外を見て回った。家の出入口はポーチありの南側の玄関と、ポーチなしの北側の勝手口の二つだった。どちらからも小径《こみち》が延びて、植込みのなかを抜け、それぞれ門まで達している。二つの門はよく似た造りで、敷地と道路を隔てている低い塀に設けられていた。砂利敷の小径は、なかなか手入れが行き届いている。家屋の正面東側は、塀までずっと植込みが埋めつくしていた。

玄関ポーチの前を横切って、小径沿いに家屋の西側へ回る。そこには観賞用のささやかな芝地があり、その奥には栗材の柵に沿って、長い花壇が作られていた。柵の向こうを見やると、りんご園の木々が肩を寄せあって、どこまでも続いていた。

「週末を静かに過ごすには、うってつけの場所ですよ」プレスコットが言った。「ジェフリー・メープルウッド氏は、土日だけここを使っているようです。中を見てみましょうか?」

玄関の鍵を開け、小さなホールへ歩を進める。そこには三つのドアがあった。一つ目は玄関の右手、食堂へ通じるドア。食堂の窓は一つきりで、植込みに面している。二つ目のドアは一つ目のほぼ真向かいにあり、居間としてしつらえた快適そうな広い部屋へ通じていた。そこの窓は二つで、芝地からりんご園までを見わたすことができた。

最後のドアはホールの奥にあった。家事の音がもれるのを防ぐため、ベーズ布を張られた扉がばね仕掛けで勝手に閉じる仕組みになっている。それを押し開けた先はキッチンで、窓は一つしかなく、芝地のほうに面していた。キッチンの横は洗い場になっており、植込みに面した窓と勝手口があった。ほかに家の裏手にあるのは、食糧貯蔵庫と石炭貯蔵庫、それに屋外トイレだけだった。

玄関ホールからはさらに、短めの階段が上へ延びていた。二階には寝室が二つあり、片方は居間の真上に、もう片方はキッチンの真上に位置していた。もとは食堂の真上も寝室だったようだが、そこは仕切りで区切られて、広いほうが浴室、狭いほうがトイレになっていた。洗い場の真上にある小部屋は、物置部屋として使われていた。

家のなかは放ったらかしになっていた。居間と食堂の暖炉には火が入っていたようだが、とっくに燃えつき、灰に温もりが残っているだけである。食堂のテーブルには朝食用の食器がそろえられ、トースト立てが準備されている。キッチンテーブルには調理器具が、ガスコンロには鍋とやかんが載ったままで、皿立ての皿も片づけられていない。洗い場の無煙炭ボイラーはまだかろうじて燃えているものの、こちらもほとんど消えかけていた。

この状況をプレスコットが説明した。無理もないことながら、その顔にはかすかに得意の色がにじんでいた。「片づける暇も与えずに、全員を外へ出したもので」医師はそう言った。「わたしが来たときと同じ状態で、警察にお見せしたかったんです。全員が出ていってから、確認のためひととおり見て回りました。窓にはすべて錠が下ろされていました。勝手口も施錠され、鍵は内側の鍵穴に差したままにしてあり、閂《かんぬき》もかけてありました。それからわたしも外へ出て、玄関の錠をかけ、鍵をテリー君へ渡したのです。ですからそれ以来、誰もここへ入っていないと断言できます」

「助かりましたよ、実に」アーノルドは、なかば上の空で答えた。「ところで、遺体はまだこちらですか?」

「ええ、そうです」プレスコットはうなずいた。「二階です。案内しましょう」

ふたりは、キッチンの真上の寝室へ足を踏み入れた。バジル・メープルウッドの亡骸《なきがら》は、今朝がたルーベンが運び入れたときと変わらず、ベッドに横たえられていた。プレスコットがシーツをめくると、金髪の若者の彫りの深い整った顔が現われた。

「ほら、打撲傷の跡があるでしょう」一つ一つ指さしながら言う。「時間の経過とともに、今朝よりもくっきりと浮かびあがってきています。とはいえおわかりでしょうが、これらの傷はいずれも軽微なものです。そして調べるほどに確信を深めたのですが、明日の検死解剖でも、器質性疾患の痕跡は見つからないと思いますよ」

そう言って医師は、シーツを元どおりにかけ直した。アーノルドは寝室を見回してみた。家具は質素ながら、きちんと備えつけられている。鏡台の上には、銀の背にB・R・Mの飾り文字を彫りこんだヘアブラシが一対。ベッドの足元の椅子には、茶のツイードのスーツと品のいい下着が畳んで重ねてある。別の椅子の背には、やはりB・R・Mの頭文字が入った革のスーツケースが立てかけられていた。開けてみるとタキシードが一着に、男物の衣服が数点入っていた。

アーノルドは椅子に置かれていたスーツの胸ポケットを探り、札入れを取り出した。中身は以下のとおりだった。十七ポンドぶんの紙幣、バジル・R・メープルウッドと書かれた名刺が数枚、ハンプシャー州議会発行の運転免許証（名義はバジル・ロバート・メープルウッド、住所はステイプルマウス近郊のヒザリング邸）、同名義でナンバーDKR163の車にかけられた保険の証書、それに往復切符の帰り券が二枚――いずれも一等列車で、片方は二月十七日発行、ロンドンのウォータールー発ステイプルマウス行き、もう片方は二月十九日発行で、アドルフォード発、ロンドンのヴィクトリア行きだった。

「浴室を見てみませんか」アーノルドが札入れを上着のポケットへ戻したところで、プレスコットが声をかけた。「この青年がこと切れていた場所は浴室だと、家の方々は口をそろえて言っていましたから。それが本当なら、バスタブに足を入れかけたときに何かが起きたことになります」

浴室は地元の配管工の手になるものらしく、細かいところに無頓着というか、使えれば御《おん》の字という仕上がりだった。床にはゴムマットが敷いてあるが、ぴっちり合わせてあるとは言いがたい。壁のタイルは不ぞろいで、しかも床から四フィートの高さまでしか張られていない。一方の壁に寄せて、味もそっけもない琺瑯《ほうろう》引きのバスタブが置かれ、反対側の壁には洗面台が据えてあった。それぞれに給水管と給湯管が引かれて、蛇口がついているものの、この蛇口がこれまた真鍮製の無骨な代物で、バスタブや洗面台とはまったく釣り合っていなかった。洗面台の上には飾りけのない鏡と、白いエナメル塗りの木の棚が取りつけてあった。一つきりの、どこでも見かける磨《す》りガラスの開き窓は施錠されていた。

アーノルドはその窓を指さし、尋ねた。「遺体が発見されたとき、錠が下りていたかどうかはおわかりですか?」

「いいえ、残念ながら」とプレスコット。「けれど今朝ここへ来たときには、いちばん細開きにして、あおり止めで固定してありました。全員が出ていくのを見届けてから、見回りのときに閉めたのです」

アーノルドは続けて、ドアへ視線を注いだ。ルーベンがバールでこじ開けたせいで、掛け金が戸口の側柱から引っぺがされていたが、錠前自体は無事だった。閂《かんぬき》は突き出たまま、鍵は内側の鍵穴に差しっぱなしになっている。試しに回してみたところ、鍵はなんの抵抗もなく回った。

ドアには掛け釘がねじで留められ、絹のけばけばしいガウンと、黄色の絹に青い飾りのパジャマがかけられていた。バスタブのそばに寝室用のスリッパが脱ぎ捨ててある。木の棚には分解した安全剃刀と、蓋をはずされたひげ剃り用の棒石鹸、まだ濡れているひげ剃りブラシが載っていた。木製の台つきタオル掛けには使用ずみのフェイスタオルが引っかけられ、いっぽうバスタオルは手を触れた形跡もなく、畳まれたまま置いてあった。バスタブの上に取りつけられたトレイには、乾いたスポンジと新品の石鹼が載っていた。

アーノルドがこれらの品々を順繰りに検《あらた》めていくのを見て、プレスコットは笑みを浮かべた。「どうですか？　ある程度までは見えてきますよね？」

「そうですな」アーノルドは答えた。「遺体はひげを剃ったあとでしたから、そこの棚にある用具は、ほぼまちがいなく本人のものでしょう。バジル・メープルウッドはひげ剃りをここへ持ちこんで、ドアに鍵をかけた。それからバスタブの蛇口をひねって、湯をためながら洗面台で顔をあたった。しかし、バスタブで身体を洗うまではたどりつけなかった。スポンジと石鹼はもちろん、湯の状態を見てもそれは明らかです」

プレスコットはうなずいた。「発見時の遺体の位置については、あらためてデュークスさんから話があると思いますが、それによればバジルさんはバスタブに入ろうとして亡くなったようなんです。しかし何が起きたら、そんなことになるのでしょうか？　とても信じられませんよ、わたしには」

「そのあたりは、検死解剖の結果を待たなければいけませんな」とアーノルド。「ここを出る前に、もう一つの寝室も見ておきたいのですが」

ジェフリー・メープルウッド氏の寝室も、ほかの部屋と同じく放ったらかしになっていた。寝乱れたままのベッドの上に、紫のガウンと緑のパジャマが脱ぎ捨ててあり、鏡台の上には身づくろいの道具が散らばっている。整理だんすを覗いてみると、毎週末を〈別荘〉で過ごすための着替えがそろえてあった。

アーノルドは時計に目を落とした。もう午後四時半だが、まだやるべきことは山ほどあった。「さしあたり〈別荘〉の捜査はこのへんにしておきます。明日の検死解剖の段取りはご存じですか？」

「ええ。明日、病理学者の先生がアドルフォードに着かれる予定ですので、ガーランド警視が車を出してここまで連れてきてくれます。その先生が到着されたら、ただちに解剖にかかります。架台式のテーブルの天板を持ってきてくれるよう、デュークスさんに頼んでおきました。それをあちらの寝室のベッドの上に置いて、解剖台にします。さてと、まだほかに手伝えることはないですか？」

「そうですな、いまのところは。ご協力感謝します、先生」アーノルドは言った。「これからデュークスさんのお宅へ行って、話を聞いてきます」

「それなら、そこの道路を四分の一マイルほど行けばありますよ。左手に最初に見えてくる家がそうですから、間違えようがありません。差し支えなければ、車をお借りしてもかまいませんか？　自宅まで送っていただきたいのですが」

　ふたりは一緒に〈別荘〉を出て、玄関の錠をかけ、鍵をテリーへ返した。終わったらフォアストル農場へ車を回すようにとの指示を与えられ、ランバートは医師を乗せて村へ向かった。アーノルドは教えられたとおり反対の方角の、屋根がいくつか寄りかたまっているところをめざして歩きだした。

第三章

日曜の夕方にしては、そこそこ往来のある道だった。歩きにくいほどではなく、本通りとまではいかないが、それなりに通行の便のいい道路なのだろう。自転車が数台、車もときおり走り、バスも一度だけ通りすぎていった。フォアストル農場に着くまでの五分間に、アーノルドはしめて一ダースの乗り物を見かけた。

その農場は、道路からだいぶ引っこんだところにあった。農場名の由来だろうが、家屋の前方《フォア》にだだっ広い空き地《ストル》がある。そこを通って玄関をノックすると、人好きのする顔の女がドアを開けた。デュークスの細君だろう。

「ロンドン警視庁《スコットランドヤード》のアーノルド警部です。お邪魔してもよろしいですかな?」

「まあまあ、もちろんですとも」デュークス夫人は言った。「ちょっとお待ちくださいな。主人を呼んでまいります」

アーノルドは、オーク梁の玄関に通された。ほどなくしてルーベン・デュークスが口元を拭いながらやってきた。「わしにご用ですか?」ルーベンは言った。「たぶん今朝の、〈別荘〉の件でしょうな」

アーノルドはうなずいた。「そのとおりですよ。知っていることを、すべて聞かせてほしいのですが」

「かまいませんが、わしもろくろく知らんのですよ」ルーベンは少しためらったのち、語を継いだ。「ちょうどいま、キッチンでお茶にしてたところです。たいしたものもないですが、よければどうです？　居間のほうへ運びますんで」

「お茶ですか！」アーノルドの声がはずんだ。「そいつはありがたい、ずっと欲しかったんですよ。ご迷惑でなければ、キッチンでみなさんとご一緒しても？」

「いいですよ」ルーベンはあっさりとうなずいた。「日曜の夕方にはお客の用意をしとくんですが、今日はたまたま誰も来なかったもので。さあどうぞ、こっちです」

　キッチンへ足を踏み入れる。あかあかと燃えるコンロの火と、調理台に並んだ銅鍋に、アーノルドは一瞬目を奪われた。支度の整ったテーブルのそばに、ふたりの女が立っている。ルーベンはそちらへ目くばせした。

「女房です——さっき玄関を開けたとき、もう会いましたっけ。で、これは娘のヘティです。どうぞ、こっちの火のそばに。座って温まってください」

　アーノルドは、背もたれの高い木の椅子に腰を下ろした。デュークス夫人が、特大の茶色いティーポットからお茶を注いでくれた。それから三人はそわそわと落ち着きなく、畏《おそ》れもあらわに珍客を見つめた。

　アーノルドは急いで口を開いた。「本物の農家のお茶《ファームハウス・ティー》（軽い食事を兼ね、スコーンやサンドイッチのほか、素朴な菓子が好まれる）は、ずいぶん久しぶりですよ」続けて言う。「いただきながら質問をしても、かまわんでしょうな。言うまでもないことでしょうが、バジル・メープルウッド氏の件です。そもそもバジル氏は、よくあそこの〈別荘〉に泊まっておられたのですか？」

「前には一度きりですよ、憶えているかぎりでは」ルーベンが答えた。「そうだよな、母さん？」

「ええ、そうよ」デュークス夫人がうなずいた。「去年の八月のことですよ。ビューティー・オブ・バス（黄リンゴの一品種）をもぎ終えたばっかりでしたから」

「ジェフリー・メープルウッド氏が、週末にお客を連れてくることは？」

「ないですな、このごろは」またもルーベンの返事。「いつもおひとりです。かれこれ二年ほど、お客はバジルさまだけですよ」

「あら、ミス・モニカがいらしたわよ」ヘティが口を挟んだ。「去年の九月に。忘れちゃったの、父さん？　収穫祭の日曜にいらしたじゃないの」

「ああ、そうだったな」ルーベンはうなずき、アーノルドへ言った。「モニカさまは、旦那さまの姉上です。その方とバジルさまを別にすれば、あれ以来――」口ごもり、言い直す。「もう五年くらい、〈別荘〉にお客はありません」

「五年前には、もっと来客があったのですか？」なにげない口ぶりでアーノルドは尋ねた。

ルーベンは妻と視線を交わした。「前には、ペリングさまがよく来なさってました」のろのろと言う。

「ペリングさまとは？」

再び夫婦は目を見交わす。長い間のあったのち、ルーベンが説明した。

「ペリングさまというのは、旦那さまと共同経営をなさってた方です。ほら、あそこの工場の。でもそのへんのことは、旦那さまからじかに聞いてもらえますかね」

アーノルドはガーランド警視の語っていた、問題を起こしたという共同経営者の話を思い出した。

理由はわからないが、デュークス一家はこの話題に触れたくないようだ。まあ、それならそれで別にかまわない。必要なことは警視が知っているだろう。

「メープルウッド氏と甥御さんが、昨日〈別荘〉に着いたのはいつごろです？」

「旦那さまがたはまず、こっちへ寄られました。農場のほうへ」とルーベン。「金曜の朝に旦那さまが、工場の事務所から電話をよこされましてね——明日も行こうと思うが、客用の寝室を掃除しておいてくれ、バジルを連れていくから、と。それから、この前買ったディスクハロー（円板刃の砕土機。トラクターで牽引して使用）が動くところを甥っ子が見たがっているから、土曜の午後に見せてやってくれないか、とも言われました。

そういうわけで、車でこっちへ寄られたんです。旦那さまがたは降りられて、おかかえ運転手のサックスビーが〈別荘〉へ車を回して、バジルさまのスーツケースを置きに行きました。ディスクハローはトラクターに取りつけて、近くの果樹園に出しといたんで、おふたりをそこへお連れして、わしが自分で動かしてみせました。土曜の午後に、作男を呼びつけるのもなんなんで。旦那さまがたは一時間ほど果樹園で過ごしてから、歩いて〈別荘〉へ行かれました。わしはそれっきりです、今朝までは」

デュークス夫人があとを引きとった。「わたしはやかんを火にかけて、旦那さまがたをお待ちしておりました。昨日はほぼ〈別荘〉で、ベッドを整えたり暖炉に火を入れたり、あれこれ準備をしていたんです。そのうちアルフ・サックスビーがスーツケースを置きに来たので、それを二階の寝室へ上げました。おふたりがおいでになったのは、夕方四時半ごろじゃなかったかしら。それでお茶をお出しして、お夕食の支度にとりかかって。六時ちょっと過ぎに、この娘《こ》が手伝いに来て」

「ちょっと待ってください」アーノルドがさえぎった。「あそこの〈別荘〉には車庫がなかったはずですが、運転手は車をどうしたのですか？」

「アドルフォードへ乗って帰りましたよ」ルーベンが答えた。「たいていそうするんです、モニカさまが車を使われるかもしれないんで。たまにはここの馬車小屋に置いて、サックスビーもこっちに泊まっていったりもしますが、そういうことはめったにないですな。今日は午後三時ごろに、旦那さまがたを迎えに来るはずでした」

「なるほど。昨夜の件ですが、お茶のあとメープルウッド氏、あるいは甥御さんが出かけたりということは？」

「いいえ、なさらなかったと思います」デュークス夫人が言った。「お茶のあとはお夕食まで、ずっとおふたりで話しこんでおられました。七時半かっきりに、お料理をお出しして。トマトスープとローストチキン、それに白子のトーストを。旦那さまは食が細くておいでですけども、バジルさまはたっぷり召しあがって」

「お皿を下げたとき、チキンは脚一本しか残ってませんでしたわ」ヘティが言いそえた。

「お夕食を終えて、おふたりとも居間へ戻られました」夫人は続けた。「それが、八時十五分かそこらのことでした。わたしとヘティが洗い物と片づけをすませますと、九時を少し過ぎました。いつものように、居間へ行ってほかにご用事がないか伺いましたけれど、ないと旦那さまがおっしゃるので、ヘティと家へ帰ってきました」

「〈別荘〉を出るとき、鍵をかけて回ったのですか？」

「玄関には行っていません。勝手口の錠をかけて、鍵は持って帰りました。翌朝また、それで開けて入るんです」

「鍵について教えていただけますかな。平日のあいだ〈別荘〉は空っぽになると思いますが、そのあいだ保管をしているのは？」

「お勝手の鍵は、いつもわたしが持っています。毎日わたしか娘が行って、空気の入れ換えをするんです。それから居間と食堂で、一日おきに暖炉を焚《た》いて。洗い場のボイラーにも、いつも火を入れてます。そうしておけば、じめじめしませんから」

「玄関の鍵は？　メープルウッド氏が持っておいでとか？」

デュークス夫人はかぶりを振った。「いいえ、旦那さまはどちらの鍵もお持ちじゃありません。それでも用が足りますので。いつも電話をよこして、お着きの時間を主人におっしゃいますので、わたしか娘のどちらかが〈別荘〉でお待ちするんです」

「では、帰るときは？」

「同じですわ。わたしか娘がおりますから、旦那さまが出られたら錠を下ろし、閂《かんぬき》をかけて、鍵は内側に差したままにしておくんです。わたしたちが帰るときはお勝手から出て、そこにも錠をかけて、鍵を持って帰ります」

「窓は？　誰もいないときは閉めておくのですか？」

「閉めて錠を下ろしておきます」夫人はきっぱり言いきった。「いつもしっかり確かめているんです。この村に、他人《ひと》さまのものに手を触れる者がいるわけないんですけども。でも窓を開けていたら、いたずらっ子たちが入りこんで何か持ち出してしまうかもしれませんし。ですから〈別荘〉を出る前には、全部の窓にちゃんと錠がかかっているかどうか見回りするんです。この娘《こ》も同じようにしています」

ヘティはうなずいた。「母さんができないときは、あたしがやっていますわ」と、その身体がぴくりとした。奥の勝手口のほうから、控えめなノックの音が聞こえてきたのだ。そそくさと詫びの言葉を述べると、足早にキッチンを出ていく。娘の両親は、そちらになんの注意も払わなかった。

アーノルドは質問を続けた。「さて、今朝のことですが」と切り出す。「奥さんが〈別荘〉に着いたのは、何時ごろのことですか？」

「ヘティとふたりで家を出たのが、七時半より少し前でした」と夫人。「あそこまでは五分とかかりません。勝手口の鍵を開けて、いつものように朝の支度にとりかかりました。ヘティがカーテンを開けて、居間と食堂の暖炉を焚いて。わたしはボイラーに火を入れて、やかんを火にかけ、お目覚めのお茶《アーリー・ティー》の用意を始めました。

旦那さまは〈別荘〉においでのあいだ、日曜の朝はとても規則正しく過ごされます。八時に一杯のお茶で目を覚まされて、九時きっかりに朝食になさいます。ですからキッチンの時計が八時を指したとき、おふたりぶんのお茶を淹《い》れて二階へお持ちしたんです。旦那さまの寝室をノックすると、すぐにお返事がありました。わたしは中へ入って、旦那さまのお手元にカップを置きました」

「メープルウッド氏は、まだ寝ていたんですか？」

「ええ、寝《やす》んでおいででした。わたしがカーテンを開けておりますと、旦那さまがこうおっしゃいました。バジルさまへお茶を運ぶときに、先に浴室を使いなさいと伝えてくれないか、と。寝室には洗面台がないんです、浴室にしか」

「ああ、その点にはわたしも気づきました。ジェフリー氏は、ほかには何も？」

デュークス夫人はうなずいた。「はい、何も。わたしは旦那さまの寝室を出て、バジルさまの寝室へ向かいました。まだ眠ってらしたと思います、二回ほどノックをして、ようやくお返事をなさいましたから。わたしはお茶をお出しして、旦那さまからのおことづてをお伝えしました」

「見たところ、健康にはまったく問題ないようでしたか？」

「ええ、ちっとも。そのときはお元気そのものだったんです。バジルさまは起き上がって、大きくの、びをなさると、こうおっしゃいました。『わかりました、デュークスさん。このお茶を飲みおえたら、すっ飛んでいきますよ』」

勝手口が開いたので、アーノルドはそちらを見やった。だが入ってきたのはヘティだけだった。留守のあいだにどうしたものか、頰のばら色がさらにきわ立っている。娘はそっと席へ戻り、途切れた会話はまた始まった。

「バジル氏を起こしてから、あなたは何を？」アーノルドは尋ねた。

「バジルさまのお靴を階下《した》へ運んで、この娘《こ》に渡しました。この娘が洗い場でそれを磨いて、わたしは朝食の支度にとりかかりました」

「そのとき何時ごろだったか、わかりますか？」

「ええ。九時までどのくらいあるか、キッチンの時計を見ましたので。八時十分でした。それから十分もしないうちに、浴室のドアの閉まる音が聞こえて、バジルさまが行かれたのだとわかりました」

「キッチンから、浴室のドアの音が聞こえるのですか？」

「ベーズ張りのドアが閉まっていたら、聞こえませんけれど。娘が食卓を整えるのに出たり入ったりしますので、フックで留めておいたんです」

「ええと、たしか浴室は食堂の真上でしたな。お嬢さん、食卓を整えているとき、何か変わった物音を耳にしなかったですか?」

「いいえ、特には」ヘティはかぶりを振った。「浴室に入って、お湯をためる音は聞こえてきましたけれど。テーブルの支度が終わって、客間へお掃除に行ってからも、まだお湯の音は聞こえてました」

「湯がいつ止められたかは、わからないんですか?」

女たちはうなずき、母親のほうが口を開いた。「わたしたち、仕事をしておりましたから。気づかなかったんだと思います」

「それでは、別の方向から考えてみましょう。さきほどわたしも見てきましたが、バスタブに湯は半分ほどたまっていました。ご主人、あなたも今朝見たでしょう。そうでしたな?」

「半分か、ちょっと多いくらいでしたな」ルーベンが答えた。

「その量まで湯をためるのに、どのくらいの時間がかかりますか?」

デュークス夫人はひとしきり考えたのち、「はっきりしたことは言えませんけども」と前置きして言った。「あそこの水の出は、あまりよくないんです。このあたりの水はひどい硬水ですから、給水管に水あかがたまっているんだと思います。たぶん、五分から十分はかかるんじゃないかしら」

「ではそれを踏まえて、もう一度よく思い出してほしいのですが」アーノルドは声に力をこめた。「その時間に、なんらかの物音を耳にしませんでしたか?」

しばし考えこむような沈黙が流れて、ヘティが口を開いた。「口笛が聞こえましたわ。階段を上ったあたりか、浴室のなかから。旦那さまの口笛なんて一度も聞いたことがありませんから、きっとバジルさまです」

「そうだったわ。わたしも耳にしました」デュークス夫人も同意した。「ちょうど浴室のドアが閉まったときでした。あら、そういえば、車が停まっていたのも同じころだったわ」

アーノルドは耳をそばだてた。「車が？　詳しくお願いできますか」

「たいしたことは知りませんけども。キッチンで浴室のドア——だと思うんですが、それの閉まる音を聞いたあと、何かの用事でたまたまお勝手のドアを開けたんです。そうしたら、車のエンジン音が道路のほうから聞こえてきて、停まっているのがわかったんです。旦那さまかバジルさまへのご用事かと思ったんですけれど、誰も訪ねてこなくって。それでキッチンへ戻ってきたこの娘《こ》へ、急いで確かめてくるように言いつけたんです」

「そうそう、そうよ」ヘティも加勢した。「あたし、裏手の小径《こみち》を通って門まで行ったんです。そしたらバンが一台だけ停まってて、男の人がエンジンをいじっているようでした。なんだかわからないですけど、調子がおかしくなったみたいで」

「もう一度その男を見たら、見分けることができそうですか？」

ヘティはかぶりを振った。「顔は見てないんです。ボンネットの下に首を突っこんでいましたから。わかったのは、黒っぽいコートを着ていたことだけです」

「バンの特徴はどうでした？」

「ええと、あまりちゃんと見ていなかったので。運送屋さんの車みたいに、古くてガタが来てました。キッチンへ戻って母さんへ、うちの用事じゃなかったわと伝えて。それっきり忘れてしまってました。車は直ったんだと思います、父さんを呼びに走ったときにはもういませんでしたから」

「その車が、どちら向きに停まっていたか思い出せますか?」

ヘティは考え考え言った。「道路わきに停められていました、門と門のあいだに、庭の塀に寄せるようにして。そうだわ、村のほうを向いていました」

「見たのは何時ごろのことです?」

「八時半よりは前でした」デュークス夫人が答えた。「娘から車のことを聞いてすぐ、また時計を見ましたら、きっかり八時半を指していましたので。それからいくらもしないうちに階上《うえ》で何かが倒れたような音を聞いたと思うんですが、自信はありません。ひょっとしたら、ドアが閉まる音だったのかも」

「あたしも聞きました、そんな音を。居間のお掃除をしていたときに」とヘティ。「そのあと、家じゅうがシーンとした感じで。と思ったら旦那さまが、浴室のドアをドンドン叩きはじめて」

「九時十分前ですわ、それは」デュークス夫人が言った。「ちょうどコーヒーを淹れたところでしたから。朝食をお出しする十分前に、いつも淹れるんです。いったい何ごとかと思って玄関ホールへ行きましたら、旦那さまの大声が聞こえて。『どうしたんだ、バジル? 大丈夫か? 返事をするんだ』と。

旦那さまがあんなに取り乱すなんて、ただごとではないと思いました。そうしたら、旦那さまが階段のてっぺんに姿を現わして。『おかしいんだ、デュークスさん』わたしに気づいて、そうおっしゃいました。『浴室に鍵がかかっていて、甥っ子が中にいるんだが、返事をしないんだよ』

『気を失われたのかもしれませんわ』むかし同じようなことがあったんで、そう言いました。『娘を農場へやって、主人を呼んでこさせます。主人ならドアを開けられますから』すると旦那さまは『そうしてくれるかね』だとか、そんなことをおっしゃいました。ヘティは玄関ホールに来ていて、旦那さまとのやりとりを聞いていましたから、すぐに駆け出していきました」

「あたし、夢中でここまで走りました」とヘティ。「でも父さんは、そのへんにはいなくって。一、二分くらい捜して、やっと裏の牛小屋で見つけて。何が起きたか伝えたんです」

ルーベンがうなずいた。「娘が息を切らしながら駆けこんできて、バジルさまが浴室で気を失って、ドアが開けられないと言うもので。道具小屋から鉄のバールを持ち出して、〈別荘〉へ向かったんです。家を出るとき、廊下の大時計が九時を打つのが聞こえました。途中で娘が自転車で追いついてきたんで、先に行って母さんに、いま行くと伝えろと言ったんです」

アーノルドは夫人のほうを向いた。「お嬢さんがご主人を呼びに行っているあいだ、〈別荘〉ではどういうことになっていたのですか?」

「旦那さまが浴室のドアを叩いて、バジルさまのお名前を呼びつづけていました。それからふいに、梯子《はしご》はなかったかとおっしゃって。外から窓越しに、中を覗けないだろうかと。わたしは、梯子は農場にしか置いていないと申しました。そうこうするうち娘が戻ってきて、父さんもすぐ来るわ、と。じきに主人が飛びこんできて、まっすぐ二階へ駆け上がりました」

ルーベンがあとを引きとって、自分の見聞きしたことを話した。アーノルドは注意深く耳を傾けていた。

「なるほど、よくわかりました」話が終わると、アーノルドは言った。「あといくつか、お尋ねしてもかまいませんか。今朝最初に〈別荘〉に行かれたとき、むろん勝手口は施錠されていたでしょうな?」

「ええ。前の晩に鍵をかけて、ちゃんとそのままになっていました」夫人が言った。

「玄関のほうは？」

これにはヘティが答えた。「お医者さまの車が来たのが聞こえて、父さんに玄関を開けてくるように言われて。それで行ったんですけど、錠は下りていたし、閂《かんぬき》もかけられていました。鍵は内側に差してあって」

「それでは、窓はどうでした？」

「一階の窓は、みんな錠がかかったままでした」夫人が言った。「だったわね、ヘティ？」

「ええ。居間も食堂も、カーテンを開けたときにちゃんと見ました」

「二階の窓は？」

「階段を上ってすぐの窓には、やはり錠がかかっていました」夫人が答えた。「旦那さまとバジルさまの寝室は、起こしにまいったときに見ましたところ、どちらも細く開いていました。物置部屋と浴室はわかりませんわ、どちらにも入りませんでしたから」

「今朝いらしたとき〈別荘〉にはご主人たちのほか、誰もいなかったのは確かですか？　夜のうちに何者かが忍びこんで、どこかに隠れたということは？」

デュークス夫人はかぶりを振った。「そんなことができたとはとても思えません。入るとしたら二階の開いている窓からですけど、旦那さまがたがお気づきになるでしょうし」

ここまでは筋の通った話に思えた。アーノルドは次の質問へ移った。「今朝みなさんが〈別荘〉を出たあとは、どういうことに？」

「まず、わしらに出るように言いつけなさったのは、お医者のプレスコット先生でした」ルーベンが口を開いた。「ちゃんと調べがすまないうちは、誰も〈別荘〉にいないほうがいいとおっしゃるんでね。それでこっちへ戻ってきたわけです。旦那さまもお連れしましたが、ひどくうろたえていなさって」

「上の空でしたわ、まるっきり」デュークス夫人が口を挟んだ。「まだ朝食をひと口も召しあがっていなかったので、何かお出ししましょうかと言ったんですけども、ただ黙って首をお振りになって。そのうち居間を行ったり来たりなさりながら、あたりのものを手にとっては、また戻すのを繰り返して。気が変になってしまわれたんじゃないかと、心配になるほどでした」

「館へ帰られたいだろうと思いましたんで」ルーベンが話を続けた。「電話をかけて、アルフ・サックスビーに車で迎えに来させました。何が起きたかは伝えませんでした、わしからどうこう言えることではないんで。車は十時四十五分ごろ来て、旦那さまはすぐ乗っていかれました」

「帰る前、甥御さんのことについて何か言っていましたか?」

全員がかぶりを振り、ルーベンが代表して答えた。「ずっと黙ったまんま、なんにもおっしゃいませんでした。すっかり動転していなさったようで」

「それ以来、あちらからは何も言ってこないのですか?」

「はあ、何も。実のところ、どうしたらいいかと頭を抱えているときに、警部さんがこっちへ来なさったんですよ」

「いまはとりたてて、できることもないと思いますよ」アーノルドは言った。「当面のあいだ〈別荘〉は立入禁止になるはずですから。検死審問が開かれるのは確かですので、そのときにはみなさん出席を求められることと思います。さてと、奥さん、おいしいお茶《ティー》をごちそうさまでした。そろそろおいとまします」

農場管理人の家を出ると、巡査のランバートが家の前の空き地に警察車を回していた。「わたしが中にいるあいだ、ずっとここで待っていたのかね?」

「ここから数ヤード以上は離れませんでした」ランバートは答えた。

「さきほど勝手口をノックした人物がいるんだが、見かけなかったかね」

するとランバートの顔は、たちまち真っ赤に染まった。「それは、自分であります」うろたえながら続ける。「つまり、その、自分とヘティは――」

アーノルドは笑った。「ああ、なるほど。若きふたりに幸あれ、だな。さて、アドルフォードへ引き返してもらうかな。だがその前に、テリー君と会っておきたいんだが」

テリーは近隣の村から応援に来た巡査と交替して、テンタリッジ村の自宅でお茶《ティー》をとっていた。アーノルドは、今朝八時半ごろ〈旦那さまの別荘〉の前に停まっていたとみられるガタの来たバンについて、周辺で聞きこみを行うよう指示を与えると、再びアドルフォードへ向かった。

「どちらへ行かれますか?」町の入口にさしかかったところで、ランバートが尋ねた。

「ジェフリー・メープルウッド氏の自宅へ頼む」アーノルドは言った。

第四章

メープルウッド氏の館は、なるほど川岸《リヴァーバンク》邸の名にふさわしいものだった。町はずれの小高い丘にあり、急坂のふもとをアドル川が流れている。アドルフォードの町を貫くその川の下流、半マイルほど向こうに背の高い煙突が見える。あれがアドル製紙工場だと、ハンドルを握るランバートが教えてくれた。

アーノルドを乗せた警察車は門から車回しへ入り、手入れの行き届いた芝地を回って、玄関の前で停まった。応対に出てきたのはキャップとエプロンをつけた年かさのメイドで、アーノルドの質問に対し、旦那さまはご在宅だと答えた。そのメイドの案内で、アーノルドは古今の珍しい調度をそろえた広い客間へ通された。室内へ足を踏み入れると、窓辺の書き物机に向かっていた婦人が大急ぎで立ち上がった。

「まあまあ、ようこそ」熱のこもった声だった。「ジェフリーに会いにいらしたのよね。いま横になっているけれど、ヴァイオレットを起こしにやるわ。バジルのこと、あんまりだと思わなくって?」

振り向いたその顔は、ぼんやりとしか見えなかった。すでに日が落ちているにもかかわらず、まだ電灯がつけられていなかったからだ。中背で、ゆったりと丈の長い喪服をまとっている。太い鼈甲《べっこう》縁の眼鏡の奥に、灰色の目が光っているのが見てとれた。なんと返事をしようか考えているうち、婦人が先を越した。

「あたくしね、あの子の叔母なの。本当にいい子だったのよ、いつだって優しくって、思いやりがあって。ジェフリーは今朝帰ってきたけれど、すっかり気が動転していて、何があったか説明させるのにしばらく時間がかかったわ。話を聞いてあたくし、もちろんすぐにヒザリング邸へ電話をかけたわ。かわいそうなフィービへ、知らせてやらなきゃいけないもの。でもあの娘《こ》ったら、誰かとステイプルマウスへ昼食に出かけていて、連絡のとりようがないんですって。だから仕方なくことづけをしたの、かわいそうに、きっと胸がつぶれるほど悲しむわ。あの娘とバジルは、そりゃあ仲がよかったもの。そういえばお医者さまが、全員を家から追い出したんですってね。何かがおかしいと思ったみたいだけど、ひょっとして下水管じゃないかしら?」

　この言葉の奔流へ、アーノルドはささやかな抵抗を試みた。「近ごろフォアストル農場へおいでになりましたか、ミス・メープルウッド?」

「あたくしが? まあ、とんでもない。牛だとか豚だとかには、あまり興味を惹かれないの。ああいったものは、知性とは縁遠い存在ですもの。ジェフリーほどの聡明な人間が、あんなもののどこに魅力を感じているのか、不思議で不思議でたまらないわ。けれども殿方には、本業のほかに趣味が必要だものね、そうじゃなくって? しかもあたくしは、なにしろ〈I・I・I〉の〝レディ・パトロネス〟の務めのほうで、目が回るほどの忙しさなものだから。でも去年の収穫祭には足を運びましたよ、ジェフリーも連れてね。あたくしに出席してほしいと、教会区の牧師さまのたってのお願いだったから、むげにするというのもね。あそこの牧師さまはなかなかの人物なのよ、低教会派（英国国教会の、格式ばらない自由主義的な一派）なのが玉にきずだけど。それにしても、あそこの礼拝はいただけなかったわ。しかも教会のなかには、タマネギの臭いがこもっているし。全部終わったときには、心の底からほっとしたものよ」

「それはご災難でしたな」アーノルドは調子を合わせた。「昨日は、バジル・メープルウッド氏とお会いになったのですか？」

「いいえ。ジェフリーが駅で出迎えて、まっすぐテンタリッジ村へ連れていったから。金曜の朝あの子がジェフリーへ知らせてよこすまで、来るかどうかはっきりしなかったの。ただ、前々から言ってはあったのよ、来られるときに来なさいって。あの子が農場のものを見たいって言うから。なんだったかは、ジェフリーに訊いてみればわかるわ。バジルもヒザリングに農場を持っているものだから、ジェフリーとうまが合ったのね。ふたりとも農場の経営に熱を入れていて。ケネス兄さまが生きていたころは、そんな素振りもみせなかったんだけど。農場なんてものは、ほとんど使用人に任せっぱなしにしていたわ。肥料をまいては駄目だと、ジェフリーが叱っているのを聞いたこともあってよ。だからといって、誰も責められやしないわよね。だってひどい臭いだもの、そうでしょ？」

「たしかに、不快なこともおありでしょうな」アーノルドは逆らわなかった。「バジル氏はお帰りになる前に、こちらへ寄られる予定だったのですか？」

「ええ、もちろんですとも。こんなに近くまで来ておいて、あの子が叔母さんの顔を見ずに帰るわけがないわ。今日の午後三時までに、サックスビーを迎えにやることになっていたの。今朝デュークスから電話が来たときには、そりゃあびっくりしたわ。ジェフリーが、すぐに迎えをよこしてほしがっているというんですもの。ジェフリーは日曜の午後より早く、こっちへ戻ってきたことはなかったの。だからこれは、何かあったにちがいないと思ったわ。でもどういうことか尋ねる前に、デュークスが電話を切ってしまって。あたくし途方に暮れたわ、お昼にはローストマトンしかなかったから。ジェフリーはマトンが駄目なの、消化不良を起こしてしまうのよ、かわいそうに。けれど結局ゆで卵一つと、バターつきパンを少ししか口にしなかったわ」

このときドアが開いて、ジェフリー・メープルウッドが入ってきた。ひげを剃って盛装しており、今朝よりは風采が上がっている。アーノルドは目の前の人物を観察した。小柄で痩せほそった初老の男で、度の強い眼鏡をかけている。目鼻立ちは鋭く、まずは分別のありそうな顔をしていた。

「あらら、まあ、ジェフリー」その姉の声が上ずった。「ちゃんと休めた？ それならいいけれど。こちら警部さんの——あらいやだ、お名前を忘れてしまったわ。このごろは、もの忘れがひどくって。かわいそうなバジルのことで、お話があるんですって」

アーノルドはあらためて自己紹介をし、続けた。「恐れ入りますがジェフリーさん、今朝のテンタリッジ村での痛ましい一件について、ご存じのことをお聞かせ願えますか？」

ジェフリー・メープルウッドは疲れた様子で額をさすると、「ぼくの知っていることは、みんな話しますよ」と言った。「けれど何もかも、悪い夢を見ているみたいだ。医者に聞かされたときも、自分の耳を疑ったよ。バジルが死んだだなんて。そんなことはあり得ない——あるはずがないんだ」

アーノルドはあえて、この発言を無視した。「ご異存がなければ、昨日のことから順繰りにお訊きしていきます。あなたがここの駅まで、甥御さんを迎えに行かれたとか？」

「うん。あの子は午後二時四十五分の列車でやってきた。最近買ったディスクハローを見物しに農場へ来ないかと、かねてから誘ってあったんだ。そうしたら金曜の朝、あっちから手紙が届いてね。ロンドンへ出向く用事ができたので、叔父さんさえよければ土曜に行って、そっちで二泊したいと。ぼくはすぐに、ぜひ来なさいと電報を打った」

「あなたは週末を、農場で過ごされる習慣でしたな。そのことは、甥御さんもご存じだったのですか？」

「知っているから、土曜の午後に来ると言ってきたんだよ。ぼくは駅まで迎えに行って、そこからまっすぐ農場へ連れていった。それから一時間ほどディスクハローが動くのを見物して、〈別荘〉まで歩いていって、お茶にした。それからはぼくもバジルも、いっさい出歩かなかったんだ、今朝まで――」メープルウッド氏の声が、ふいに途切れた。

「出歩くわけがないじゃないの！」その姉がだしぬけにわめいた。「あんな村でいったい何をするっていうの？　田舎なんて気がめいるだけでしょ、特にこの季節ときたら。ねえ警部さん、あなたもそう思うわよね？」

「どちらかといえば、わたしは好きですがね」アーノルドは短く答えた。「ジェフリーさん。昨夜はどのように過ごされたか、お尋ねしてもいいですか」

「特に変わったことはしてないよ。バジルは農場経営に熱を入れていて、ぼくも同じ趣味だから、しばらくその話をして。それからバジルが、ロンドンで足してきた用事の話をして、その件でぼくへ意見を求めて。なんやかやで、話題にはこと欠かなかったな」

「あの子、フィービのことは何か言っていなかった？」ミス・メープルウッドが勢いこんで尋ねた。

「いや、その話は出なかったよ」ジェフリーの返事はそっけなかった。「ふだんどおりに夕食をとって、十時ちょっと過ぎまで居間で過ごして。それから寝室へ引きあげた」

「二階へ上がる前、〈別荘〉内を見て回られましたか？」

「まあ、そりゃあきまってるわよ！」弟が口を開く前に、ミス・メープルウッドの大声が響きわたった。「警部さんは知らないのよ、ジェフリーがどれほどその手のことに神経質か。信じられないかもしれないけど、ここでだって毎晩欠かさず、使用人が寝しずまったあとに館じゅうを点検するのよ。そうだったわよね、ジェフリー?」

アーノルドはひとつため息をつき、辛抱強く続けた。「では昨夜も、その習慣に従われたのですか?」

「手抜かりをしたはずはないよ」ジェフリーは答えた。「二階へ上がる前に玄関へ行って、錠を下ろし、閂《かんぬき》をかけた。それから勝手口へ行って、デュークスさんがちゃんと鍵をかけて帰ったことを確かめてから、窓の施錠を点検するために、一階の部屋をすべて回った。それがすんでから階段を上って、二階の窓も全部見て回った。バジルはもう自分の寝室へ引っこんでいた。ぼくはそこを訪れて、足りないものがないかと尋ねた。大丈夫だと言われたので、おやすみの挨拶をして引きあげた。甥と口をきいたのは、それが最後さ」

「バジル氏の寝室の窓が開いていなかったか、お気づきになりませんでしたか?」

「ぼくが訪れたとき、ちょうど開けようとしていたところだったな」

「では、あなたの寝室の窓は?」

「閉まっていたね。寝る前に自分で開けたんだ」

「ほかの窓はどうでした? 浴室とトイレ、階段の前、それから物置部屋ですが」

「残らず閉められて、きっちり錠を下ろしてあったよ。断言してもいい」

「すべての部屋を見て回られたと、さきほどおっしゃいましたね。それでは、こういうことはあり得ないわけですか――以前から何者かが、〈別荘〉内にひそんでいたとか」

「いやだわ、なんてことをおっしゃるの！」ミス・メープルウッドが興奮しきりで叫んだ。「人里離れたところでは、その手のことも起きるというわよね。警部さんが怖いことをおっしゃるから、これから毎晩おびえて過ごさなきゃならないわ。いまにもならず者が、寝室へ忍びこんでくるんじゃないかって」

アーノルドは、彼女の骨ばった身体をちらりと見た。「その点については、ご心配には及ばないと思いますよ」本心からの言葉だった。

「そうとも、あり得ない」ジェフリーが口にしたのは、アーノルドの質問への返答だった。「何者かが〈別荘〉のなかに隠れていたって？　そんなことはありっこない」

「では、夜中に侵入された可能性は？」

「開けておいた寝室の窓のうち、どちらかから入るしかないだろう。そんな真似をされたら、確実にぼくが目を覚ましたよ。自慢じゃないが、眠りはことのほか浅いのでね。聞き慣れない物音がしたら、絶対に目を覚ますはずだ」

「そのとおりよ、警部さん」ミス・メープルウッドが割って入った。「犬が吠えたって、この人は目を覚ますんだもの。そうだったわよね、ジェフリー？」

「そうだよ、姉さん」ジェフリーは生返事をした。「でも昨夜は、聞き慣れない物音なんかしなかった。ぼくはいつもどおり夜明けとともに目を覚まして、七時半過ぎにベーズ張りのドアが開く音を耳にした。それでデュークスさんと、娘が来たのがわかったんだ」

「あの娘《こ》ねえ。あたくしはどうも信用できないわ」ミス・メープルウッドの声が尖った。「去年あちへ行ったとき、たしかに見たのよ。あの娘がサックスビーに、ちらちら色目を使っているのを。サックスビーに奥さんがいることを、知らないはずはないでしょ？　しかも子供だってふたりもいるのよ。五月には三人目が生まれるし」

「デュークス夫人が、寝室へお茶を持ってきたんでしたね？」アーノルドは、おっかぶせるように尋ねた。

「うん、午前八時きっかりにね。前の晩にバジルへ、先に浴室を使いなさいと言うのを忘れたんで、お茶を運ぶときに伝えてくれるようデュークスさんに頼んだんだ。それからほどなく、バジルの寝室からふたりの話し声が聞こえてきた。そして八時二十分――時計を見たから、時刻は確かだが――バジルが寝室を出て、口笛を吹きながら階段の前を通り、浴室へ入っていくのが聞こえた。浴室のドアが閉まるのも聞いたよ」

「ほかには何も耳にしませんでしたか？」

「湯を出す音が聞こえたよ。数分経ってから、また止める音もね。そういえば道路のほうから、車のエンジン音も聞こえたな。それからドサリと鈍い音がしたが、これはどこから聞こえたのかわからない。たぶんデュークス母娘《おやこ》のどちらかが、何かを落っことした音じゃないかな。その直後、車の走り去る音が聞こえたんだ」

「それは何時のことか、正確にわかりますか？」

「八時半にはなっていたよ、まちがいなく。バジルが浴室を出るのを待っていたのに、なかなか出てこないものだから、正直なところいらいらして、時計ばかり見ていたんだ。なにしろこっちも、朝食までに入浴をすませて、ひげを剃って、着替えをしなけりゃならないからね。朝食は九時に出すように言いつけてあるんだ。時間どおりにことが進まないのは、どうにも我慢のならない性質《たち》でね。九時十分前になって、とうとう耐えきれなくなった。浴室の前へ行って、ノックをして呼んだんだ。ところが、返事はなかった。そして――」

「そこから先は存じております」アーノルドは言って、椅子から腰を浮かせた。「さしあたっては、ここまででけっこうですよ」

「あら、でもまたおいでになるんでしょ?」ミス・メープルウッドが矢継ぎ早にまくしたてた。「アドルフォードを発《た》つ前に、ぜひとも〈I・I・I〉へ寄ってもらわなくっちゃ。入所者はとにかく愛らしい娘《こ》ばかりだから、あなたも大好きになるにちがいないわ。時間を見つけて、訪問してくれるわよね。支援を集めてしかるべき施設だし、絶対に興味がわくはずよ。これからどうしても、すぐ帰らなきゃいけないの? 仕方ないわ、それじゃあまたね。でも、約束を忘れるのはご法度よ」

アーノルドはようやくその場を辞して、アドルフォード警察署へ車を回させた。そこではガーランド警視が待っていた。

「おお、戻ったかね」ガーランドはそう言うと、続けた。「言っておくが、宿の心配は無用だよ。きみがアドルフォードに滞在しているあいだは、わたしと家内でもてなすから。さて、首尾はどうだったかね?」

「お心づかいに感謝します」アーノルドは礼を述べた。「ありがたく甘えさせていただきますが、期間はそれほど長くならないのではと思いますよ。いまのところ、犯罪の証拠は見つかりませんので」

ガーランドはうなずいた。「だから、あらかじめ言っておいただろ? 骨折り損になるかもしれないと」

「殺人が起きた形跡は、いまのところどこにも見当たりませんな。これまで事情を聞いた数名については、どの証言も驚くほど一致していました。さっきまでリヴァーバンク邸にいたのですが、残念ながらメープルウッド氏の話はたいして聞けませんでした。姉君が放っておいてくれませんでしたので。あそこまでお喋りなご婦人には、生まれて初めて会いましたよ。ところで、〈I・I・I〉とはなんですか?」

ガーランドはとたんに膝を叩いて、からからと笑いだした。「〈I・I・I〉だって? さては訪問を求められたな?」

「別れぎわに言われたのが、約束うんぬんでしたよ。約束した憶えはないんですが」

「そうなったら、首に縄をつけてでも引っぱっていかれるぞ。そうして献金箱に、一ポンドは入れさせられるだろうな。〈I・I・I〉というのは治療不能痴愚者施設《インスティテュート・オブ・インキュアラブル・インビシールズ》の略で、ミス・メープルウッド自身の発案になるものだ。町なかに家を買って、おつむの弱い田舎娘を――両親がむしろ喜んで手放した娘たちを、半ダースばかりそこへ集めたんだ。施設長だとか顧問医だとかを、ひととおりそろえてな。そしておん自らは、〝庇護者たるレディ《レディ・パトロネス》〟なる地位に収まったんだ。そんなわけで、誰かれなしに片っぱしから寄付を無心して、もぎ取るまでは放してくれんのさ」

「小細工なしの、真っ向勝負というところですな」

「うむ、まったくだ。あの施設が有益な役割を果たしているかというと、はなはだ疑問だがね。ところで、ジェフリー・メープルウッドのほうはどうだった?」

「あまり印象に残っていませんね、どういうわけか」アーノルドは言った。「まあ、こちらの質問にはこころよく答えてくれましたよ。あの姉弟について、もう少し教えてもらえますか?」

「叩けばほこりが出る、という感じではないよ。悪い評判もまったく聞かんしな。もともとはこの町の住人ではないがね。そもそもアドル製紙工場の歴史はかなり古いんだ。かつてはシーグッドとウェイヴァリーの二家が所有していたんだが、どういういきさつか、ウェイヴァリー家のほうが手を引いた。シーグッド家も十数年前に当主を亡くして、遺族が売りに出すことに決めたんだ――実績のある工場としてな。

その工場を買いとったのが、町外のふたりの人物――メープルウッド氏とペリング氏だった。メープルウッドとはきみも会ってきたな。ペリングのほうは、まったく異なる種類の男だった。メープルウッドよりかなり若く、色白で金髪、英国人らしくない顔立ちだが見てくれは悪くない。きっと外国の血が入っているのだと噂されていた。

それはともかく、ペリングはたいそう紙作りの才能に秀でていて、工場の技術的な分野を一手に担うことになった。ふたりが買った時点では、実のところ工場の経営は思わしくなかったそうだ。が、ほどなく特殊な紙の生産を始め、それが電気業界で重宝されるようになった。紙の名前はハーマタインといったな。それ以後アドル製紙工場は、めきめき業績を伸ばしていった」

「ペリングという名前は、さっきデュークス家で聞きましたよ」アーノルドは言った。「以前はたびたび、メープルウッドの〈別荘〉を訪れていたようですね。デュークスは話したがらず、旦那さまから聞いてほしいと言っていましたが」

ガーランドはうなずいた。「そうだろうな。田舎の人間は、とかく口が重いものだ。それでメープルウッドに、ペリングのことを尋ねてみたのかね?」

「いいえ。デュークスのあの渋りようからして、ミス・メープルウッドが同席しているあいだは控えるべきかと思いまして」

「まあ、それが賢明かもしれん。ペリングについての事情なら、だいたいのところはわたしが教えてやれるよ。ペリングは、メープルウッドと工場の共同経営を行っていた。取引銀行はサウスイースタン銀行の地元支店で、一定額以上の小切手にはふたりともが署名を入れる取り決めになっていたが、金銭関係の実質の責任者はメープルウッドのほうだった。

ある日のこと、くだんの支店に一枚の小切手が呈示された。金額は五千ポンド、ペリングを受取人として振り出されていて、経営者両名の署名が入れられていた。しかしその支払額は、工場の預金残高を少しばかり超えていた。そこでメープルウッドと個人的なつき合いのあった支店長が、確認の手紙をしたためた。手紙を受け取ったメープルウッドは、大至急支店へ出向き、そこで小切手を見せられた。そして断言したんだ、こんなものにはまったく見憶えがないと。ちなみにその小切手は、ペリングの筆跡で記入されていた。

事態に仰天したメープルウッドは、支店長に頼んだ――ペリングと自分の関係は良好そのもので、こんなことはとても信じられない。申し訳ないがこの小切手は破棄して、口外しないでもらいたいと。しかし、そういうわけにはいかなかった。そもそもペリングが小切手を持ちこんだのは、個人口座のある別の銀行だったため、そっちへなんらかの説明をする必要があったんだ。そんなわけで専門家が集められたが、彼らの意見は常になくあっさりと一致した。小切手に入れられたメープルウッドの署名は、一見本物そっくりだった。ところが文字の下には、くっきりとカーボン紙の跡が残っていたんだ。ペリングが本物の署名を写しとって、ペンでなぞったのは明らかだった。

となればむろん、われわれの出番だ。ペリングは偽造の容疑で逮捕され、事務所の捜索が行われた。その結果、メープルウッドの署名を写した跡のあるカーボン紙が当人のデスクから発見された。さらには最近取得したパスポートと、ロンドン発アムステルダム行き一等列車の片道切符も。切符が有効になるのは、小切手呈示の日から数えて三日後だった。これほどわかりやすい事件もそうそうないだろう。ペリングは巡回裁判が開かれるまで勾留され、その後三年の刑に処せられた」

「法廷弁護士が弁論を行ったんですか?」アーノルドが言った。

「うむ、しかし判事も陪審もまともには受け止めなかった。五千ポンドの金は、ハーマタイン開発の報酬として工場から支払われたものだとペリングは主張したが、それで納得する者はいなかった。主張の内容はこうだった——メープルウッドが署名だけを記入した小切手をよこし、先週末に農場で手を怪我したから、残りは自分で書いてくれと言ってきたのだと。怪我については、証拠の有効性が認められた。また被告人によれば、パスポートを取得したのは、オランダの製紙工場の視察をメープルウッドに提案されたからということだったが、これを裏づける証人はいなかった。アムステルダム行きの片道切符とカーボン紙については、まったく知らないと言いはった」

「苦しい言い訳に聞こえますね」

「ああ。そんなわけで、まったくの無駄骨に終わった。判事は陪審への説示において、本件は自分に信頼をおく共同経営者からの金銭詐取をもくろんだ、きわめて卑しむべき犯行だと断じた。いっぽうメープルウッドは、ずいぶんペリングによくしてやった。共同経営は解消になったが、それにあたって金を工面し、元相棒が事業へつぎこんだぶんを払い戻してやった。その後ペリングがどうなったのか、わたしは知らない。いまのは五年前の話だから、もうとっくに出所しているはずだが」

「なるほど」とアーノルド。「それで現在、製紙工場のオーナーはメープルウッドひとりなんですね。所有物件はほかにもあるんですか?」

「あそこの農場だけだな、わたしの知っているかぎりでは。彼は人づきあいを好まないほうで、町でも出しゃばったことがない。そういうことは姉君に任せっぱなしだ。ミス・メープルウッドは地元で何か起きるたび、その中心で注目を浴びているよ」

「周囲からは好感を持たれているんですか、ふたりとも？」

「ああ、それはそうだと思うよ。メープルウッドは金に細かいという噂だし、姉君は少しばかり煙たがられることもある。とはいえ、なにしろ小さな町のことだからな。だれしも完璧とはいかんさ。ところで、さきほどきみが出かけているあいだに、ステイプルマウスへ電話をかけて向こうの警視と話をしたんだ。そして、メープルウッドの甥っ子の情報をいくつか仕入れた。きみも興味があるかね？」

「もちろんですよ」アーノルドはうなずいた。「なんといっても、今回の件の鍵になる人物ですから」

ガーランドは、電話の内容を書きとめた剝ぎ取り式のメモ帳を引き寄せた。「では、いいかね」そう言って話しはじめた。「バジル・メープルウッドはステイプルマウスから五マイルほど離れた、ヒザリング邸というところに住んでいた。小ぶりの庭園に囲まれ、自家農場を備えた、大きすぎもせず趣のある館だそうだ。そこにはメープルウッド家が代々住んでおり、常に男系で地所を受け継いできた。

家系については、バートラム・メープルウッドから始めれば充分だろう。彼には三人の子供がいた――いちばん上がケネス、それからジェフリーとモニカだ。バートラムは先の大戦直後に亡くなり、長男のケネスがあとを継いだ。その子供はふたり――バジルとフィービだ。ケネスも二年前、バジルが二十歳のときに亡くなった。ジェフリーは昨年まで、バジルの後見人を務めていた。バジルが成人して、地所を継ぐまでな。

　さて、一家はこのヒザリング邸のほかに、ステイプルマウス近郊に二、三ヵ所の農場を所有していた。近年は建築用地に変えられ、たいそうな収入源になっているようだ。あっちの警視が関係筋から聞いたところによれば、バジルの年収は一万ポンドを下らなかったらしい」

「けっこうな話ですな」アーノルドが言った。

「きみもわたしも、一生縁のない稼ぎかもしれんな」とガーランド。「バジル青年は狩猟や射撃を好み、一年の大半を地所で過ごしていた。温厚ながら意外とやり手で、父親はどんぶり勘定だったが、息子の代になってからは全体的に引き締めをはかったようだ。バジルも妹のフィービも、地元の評判は上々とのことだ」

「さきほどリヴァーバンク邸を訪れた際、ミス・メープルウッドがフィービという名前を口にしていましたよ」アーノルドはふと考えこみ、尋ねた。「バジル青年は、もしかして独身だったのですか?」

　ガーランドはうなずいた。「うむ。婚約もしていなかったそうだ」

「では、地所を妹が継ぐということは?」

「あり得んよ、それは」ガーランドは意味ありげな笑みを浮かべた。「男系で相続してきた、と言わなかったかね?」

　その笑みの意味をアーノルドが察するまで、二秒ほどかかった。

「なんてことだ!」アーノルドは叫んだ。「それじゃあ、ジェフリー・メープルウッドが甥っ子の相続人になるわけですか」

第五章

翌朝早く、アーノルドはランバートの運転でテンタリッジ村へやってきた。まずはテリーの家を訪れる。テリーはちょうど勤務交替で〈旦那さまの別荘〉へ向かうところだった。

テリーの周辺での聞きこみは、一定の成果を上げていた。「日曜の朝に通りかかりそうな人物は、自分もほぼ把握しておりましたが」彼は言った。「しかし念のため、〈五月の柱〉亭の店主のヴィンセントを訪ねまして、可能性のある者をリストアップいたしました。その全員に聞きこみをしましたところ、警部のおっしゃっていたバンの目撃者を二名発見しました」

「そうか、よくやったぞ！」アーノルドは勢いこんで言った。「さっそく詳しく聞かせてくれ」

テリーは手帳を取り出した。「ひとり目はアーチー・ペンダーという若者で、リーズ農場に勤めております。メープルウッド氏の農場とは、この村を挟んで隣同士です。毎週日曜の朝、ペンダーは三輪の牛乳運搬車でリーズ農場と村とを往復します。村内の配達人へ、三十ガロンほどの牛乳を届けるのです。

ペンダーはいつも、八時半ちょうどくらいに村へやってきます。配達人が仕事を始める時刻だそうです。昨日もふだんどおりリーズ農場を出て、〈別荘〉へさしかかったところ、業務用らしいバンが表《おもて》に停まっているのを見かけました。さらに近づいてみますと、二つの門のどちらでもなく、あいだの中途半端な位置に停められていました。運転手は車を降りて、エンジンをいじっていたそうです。ペンダーは車を停め、大丈夫かいと声をかけたのですが、キャブレターに水が入っただけだ、何度か振ったら抜けそうだとの返答でしたので、そのままにしてまた車を出しました。そして今朝がた自分が質問するまで、すっかり忘れていたとのことです」

「バンを見かけた正確な時刻はわからなかったのか？」アーノルドが尋ねた。

「はい、正確には。ですが村に着いたのは、八時二十八分ごろでまちがいないようです。なんでも牛乳の配達人と、ちょうどその話題になったそうで。〈別荘〉から村までは車で二、三分というところですから、逆算すると八時二十五分ごろに〈別荘〉の前を通りかかったはずです。ペンダーが村にいたのはわずか五分から十分、前日ぶんの空《から》のミルク缶を集めるあいだだけでした。ですがリーズ農場へ引き返す途中、〈別荘〉の前をもう一度通りかかったときには、すでにバンはいなくなっていたそうです」

「バンと運転手の特徴については、何か情報を得られたのかね？」

「はい、いまひとつ決め手に欠けるのですが。バンは相当に使いこまれたモーリスで、色はグレー、すぐにも塗装が必要な見てくれだったそうです。店名のたぐいは、目につくところには入っておりませんでした。ナンバーについては、アルファベット部分が二文字きりだったことしか憶えていないと言っておりますが、このことから考えますと、年式も新しくないのではないかと思います。運転手の顔は見なかったとのことですが、黒っぽいコートを着て革のキャップをかぶり、ロンドン風の言葉を話していたそうです」

「この近辺で、そういうバンを持っている者は？」

「そうですね、年代物のモーリスのバンは少なくないですし、中には修理の行き届いていないものも何台もあります。ですが、どの車がそうだとまでは」

「いや、そこまではいいよ」アーノルドは言った。「バンがどんな風に停まっていたか、細かく聞くことはできたかね？」

「はい。村のほうを向いて、かなり左側へ寄せて停まっていたそうです。〈別荘〉のある側ですね。それこそ、庭の塀にぴったりくっつける感じだったそうで」

「運転手のほかには、誰もいなかったのかね？」

「ほかには誰も見かけなかったそうです」

「よろしい。その若者以外にも、そのバンを見た者がいるんだったな」

「はい。こちらも若者で、ウィル・オーエンズという村のパン屋のせがれです。五マイルほど先に恋人が住んでおりまして、このごろは毎週日曜、その娘《こ》の家族と過ごしております。昨日は自転車で、八時二十八分ごろに村を出たそうです。ひんぱんに時計を見ていたから、まちがいないと言っていました。自分もそう思います、オーエンズは出発してほどなく、アーチー・ペンダーの牛乳運搬車がやってくるのを見たとのことですので。

オーエンズはあそこの道路を、フォアストル農場のほうへ走っていきました。九時より前に恋人の家に着きたくなかったので、それほど速度は出さなかったそうです。実際、着いたのは九時ちょうどだったといいますから、五マイルの距離を三十一、二分かけて走ったことになります。途中〈別荘〉が見えてきたあたりで、バンが停まっているのに気づきました。運転手はハンドルの前に座って、ロープをいじっていました。けれどもオーエンズがそばまで寄らないうちに発車して、彼の自転車とすれ違い、村のほうへ向かっていったそうです。村から来たオーエンズがなかなかバンの存在に気づかなかったのは、道路がカーブしているせいです。百ヤードほどまで近寄らないと、見えなかったとのことで」

「運転手は、そのロープで何をしていたんだろうな?」

「わかりません。何かを縛るのに使ったあとだったのか、片づけるために巻いている感じだったようです。男の顔を目撃したかと尋ねましたが、あまりきちんとは見なかったとのことでした。ただ、耳覆いのついた革のキャップをかぶり、黒い口ひげを生やした男だと言っていました。顔見知りではなく、もう一度見ても見分けがつくかどうか、まったく自信がないそうですが」

「バンのほうは? しっかり見たのか?」

「いいえ、残念ながらそれほどは。型式もナンバーも見ていませんでした。しかしひどいポンコツで、フロントガラスに真一文字にひびが入っていたそうです」

「オーエンズの目撃時刻は、いつごろだと考えるかね?」

「ええと、そうですね、オーエンズの自転車の速度からして、〈別荘〉へさしかかったのは村を出て約七分後だと思われます。ということは、バンとすれ違ったのは八時三十五分ごろのはずです」

「そのバンを見た者は、ほかに見つからないんだったな?」

「はい。なにぶん日曜のことですので、たいていの者が朝遅くまで寝ておりまして。そもそもバンが一台通りかかるのを見かけたとしても、それほど注意を払う村人はいないと思います。あそこの道路は、かなりの交通量がありますので」

「なるほど。そういえばバスも走っているのかね? 昨日の夕方フォアストル農場へ向かう途中で、一台見かけたんだが」

「はい。しかし日曜ですと、始発が村を出るのは午前十時十五分です」

「それじゃあ関係ないな。ところでテリー君、きみはデュークスさんのこともよく知っているんだろ？　彼について、意見を聞かせてもらえるかね」

「デュークスさんだけでなく、あの一家のことを悪く言う者は誰もいないと思います。デュークスさんは昔からずっとここに住んでいて、メープルウッド氏がここを買う前から農場の管理人を務めています。奥さんとは、牧師館に奉公していたころに結婚したのだと聞いています。非常に評判のよい女性ですよ」

アーノルドはテリーを〈別荘〉まで乗せてやり、自ら確認のために動きだした。少なくとも二名の目撃者――ペンダーとヘティ・デュークスが、バンの停車位置について一致した証言をしている。庭の塀に寄せて、二つの門のあいだに停められていたと。アーノルドはそのあたりに立ってみたが、植込みが奥まで高く茂っているせいで、〈別荘〉は屋根しか見えなかった。道路の反対側は小高い土手になっており、そこに立つとようやく、植込みの頭越しに二階の窓が二つ見えた。物置部屋と浴室の窓だ。

次の実験にはテリーの協力が必要だった。浴室へ入り、窓を全開にして室内を歩きまわるように指示する。それからアーノルド自身は、土手の上のもっとも見通しのきく場所を見つけ出した。窓の位置が高いため、そこからでさえ浴室のなかはほとんどうかがえなかった。テリーの姿が見えたのは、窓から顔を出さんばかりにしたときだけだった。

アーノルドは続けて、塀の内側を調べた。植込みは塀ぎわまで茂っており、上の枝などは塀を乗り越えて張り出したため、最近切り払った跡があった。いっぽう家屋の壁とのあいだには、二フィートほどの細い隙間が作ってあった。浴室の窓は、食堂の窓の真上にあたる。これらの窓を挟むようにして、二本の配管が地面まで延びていた。右側のはトイレの汚水管、左側はバスタブおよび洗面台の排水管だ。これらは鉛製で、地面からほんの少し高いところで切れており、そこから下水がセメントで固められた側溝のなかへ注いでいた。並はずれて身軽な者なら、この管をよじのぼって浴室の窓までたどりつけるかもしれないが、そんな軽業の行われた形跡はなかった。さらに塀のてっぺんから浴室の窓までを測ってみたところ、三十八フィートも離れていた。

植込みと家の壁のあいだの地面は、乾いて固く引き締まっていた。けれども家屋の西側には、端から端まで幅の広い花壇が作られており、そこの土は湿って軟らかく、わずかに触れただけでも跡がつくほどだった。ここから寝室の窓へのぼろうとすれば、花壇に足跡が残ることは疑いない。

家の周囲を調べているうち、アーノルドは比較的たやすく侵入できそうな経路を見つけた。玄関ポーチは二本の煉瓦の柱に支えられた、相当に頑丈な造りである。さらにその真上は、二階の階段前の窓だ。柱の一本をよじのぼって、鉛葺《ぶ》きのポーチの屋根へ上がることはそれほど難しくないだろう。階段前の窓が開いていたなら、そこから忍びこめばよいだけの話だ。しかしバジルの死ぬ前、そこの窓はひと晩じゅう錠を下ろされていたということで、いまのところ証言は一致している。

気がすむまで屋外を見回ってから、アーノルドは家のなかへ入り、部屋を一つ一つ丹念に調べはじめた。電気器具がないというプレスコット医師の言葉が念頭にあったので、そのあたりには特に注意を払った。洗い場にキャラーガスのボンベが据えつけられ、ガスコンロや各部屋のバーナーにつながっていた。けれども電気を使うものは、何ひとつ見つからなかった。小型の懐中電灯や、ガス用の点火器さえも。玄関のベルはぜんまい仕掛けで、ボタンを押すと、肝をつぶすほどの音が家のなかに鳴り響いた。

アーノルドは浴室へ足を踏み入れた。前日に来たときと、そっくりそのまま同じだった。バスタブの縁に腰を下ろし、パイプに火をつける。例のガタの来たモーリスのバンと、その運転手がバジルの死に関わっているのか、考えてみる必要があった。

まず第一に、〈別荘〉にいた者たちの聞いたドサリという音は、バジルが床に倒れた音でほぼ確定的だろう。この音は、八時半の前後数分以内に聞こえたとみられる。証言によれば、バンは八時二十五分に〈別荘〉の前に停まっていて、その十分後に走り去ったらしい。それならバジルが息絶えたとき、浴室の窓から近いところにいたはずだ。

しかしながら、バンの運転手が今回の件に関わっていると考えるのには、いくつもの厄介な問題が伴う。バジルが死んだのはバスタブに入りかけたときにちがいないが、その場所にいたのなら、道路のどの位置からも絶対に見えないはずだ——さらに言えば〈別荘〉の敷地内からも。得られた証言からみて、家のなかへ気づかれずに侵入するのはどう考えても無理に思える。仮に侵入できたとしても、浴室のドアには内側から鍵がかけられていたし、かといってほかに入りこむ手段もないのだ。

そもそもバジルの死亡時刻に〈別荘〉の前に停まっていたというほか、バンにも運転手にも疑わしい点は存在しない。バンというものは、ポンコツであればなおさらだが、ささいな故障に見舞われやすいものだ。テリーも言っていたとおり、ここの道路は交通量がかなり多く、さまざまな車が通りかかる。本当にキャブレターに水が入って、それを抜くために停車していただけかもしれない。さらに、このことを忘れてはならない——目撃者三名のうち二名、ヘティ・デュークスとアーチー・ペンダーが見たとき、運転手はエンジンの上にかがみこんでいた。残る一名のウィル・オーエンズが見たのは、運転席に座っている姿だった。つまり、運転手がバンのそばを離れたという根拠はどこにもないのだ。

これらの問題に解決をつけようと、アーノルドは考えをめぐらした——そして結論づけた、この殺人（だったとしての話だが）は、より身内に近しいところで起きたはずだと。動機については、さしあたって棚上げにしなければならない。しかしバジルが、叔父の別荘に滞在しているあいだに死んだことには、なんらかの意味があるのではないか？

デュークス家の人間を疑うのはばかげている。一家はほとんどバジルのことを知らず、関わりはないに等しかった。あの一家を除けば、バジルは命を落とすまでの数時間を、叔父とふたりだけで過ごしたことになる。なんらかの罠が仕掛けられたとすれば、叔父には夜のうちにたっぷり準備する暇があったわけだ。翌朝にはデュークス夫人もヘティも、浴室に出入りしなかった。ジェフリー・メープルウッドが夫人にことづけを頼んで、甥っ子が浴室を先に使うように仕向けたのだ。

アーノルドはとっくに消えていたパイプに再び火をつけ、数秒のあいだ盛んにふかした。いまにも、よい考えが芽を出しそうな気がする。ジェフリー・メープルウッドが夜のあいだに仕掛けられる罠とは、いったいどのようなものだろうか？　少なくとも二十回は浴室内を見回したのち、洗面台わきの壁のガス灯に目がとまった。ふいに閃き、こう思った——答えを見つけたかもしれないと。ジェフリー・メープルウッドはあそこの栓を開け、浴室内にガスを満たしたのではないか？　バジルはその毒にやられたのでは？

わずかのあいだアーノルドは、正解にたどりついたような気分になっていた。だがすぐに、おかしな点がごた混ぜになって押しよせてきた。ともあれそれらを整理してみる。

どんなに鼻の鈍い者でも、ガスの臭いには気づくだろう。ところがバジルは浴室に入り、しかもドアに鍵までかけた。そのドアをこじ開けたルーベンも、異臭にはまったく気がつかなかった。バジルは命を落とす前、少なくとも十分間は浴室内にとどまっていた。そのあいだにひげまで剃っている。ガスを吸いこんでいたとしたら、そんな芸当ができたわけはない。

そもそもガス中毒ならば、死体検案でプレスコット医師が症状を見逃すはずはない。

アーノルドはここまで考えて、うんざりして腰を上げた。最後にもう一度だけ浴室を見回し、ほかの部屋の捜索に移った。手がかりのかけらでも落ちていないかと忙しく立ち働いていると、家の前に一台の荷馬車が停まり、架台式のテーブルの天板を抱えたルーベンが姿を現わした。天板を階段のてっぺんまで運び上げ、気さくにアーノルドへ声をかける。「やあ、まだこっちで仕事でしたか」

「そうなんですよ」アーノルドも応じた。「デュークスさん、ここに設置されたキャラーガスのことですが、何か知らないですかな?」

「それなら旦那さまが二、三年前に置かれてから、わしが管理しとりますよ」ルーベンは言った。「まあ、管理というと大げさですがね。ボンベで売ってるんで、なくなりかけたら業者へ電話するだけです。そうすると、はずして満タンのと交換してくれるんで。ガスも電気も引いていないところなんで、まったく重宝してますよ。旦那さまはつねづね、これで充分だとおっしゃってね。ランプみたいに手間はかからんし、ふつうのガスよりいいらしいです。毒性がないそうですから」

アーノルドは手放せずにいた仮説の最後のよりどころが、はかなく雲散霧消するのを感じた。

「ああ、毒性がないんですか」そうつぶやき、質問を続けた。「そういえば、農場のほうには発電装置があるんでしたな」

「ありますよ、手ごろなやつが。旦那さまが農場を買われたときに置いたもので、灯油エンジンの発電機をバッテリーに直結してるんです。作男のひとりに管理させてますが、故障は一回もないですよ」

「メープルウッドさんは、こっちへ電気を引く気はないんですか」

「一度は考えなさったんですがね、農場からここまで電線を引っぱってくるのにいくらかかるか聞いてからは、とんとその話はなさらんですな。電灯会社が村から道路沿いに、電線を引くのを待つとおっしゃって。いつになるのかは知りませんがね。けれどもまあ、旦那さまのお住まいはここじゃないですからな。週に一度泊まられるだけで」

やがて車の停まる音がしたので、アーノルドは出迎えに行った。運転してきたのはガーランドで、車にはプレスコット医師と、もうひとり背の高い老人が乗っていた。その老人には見憶えがあった――内務省所属の病理学者、ハラム博士だ。挨拶を交わしたのち、四人で〈別荘〉のなかへ入る。博士は、持ち運びに苦労するほど大きな鞄をさげていた。

「これからすぐ、遺体のある部屋へ行きます」プレスコットがきびきびと言った。「デュークスさんは天板を持ってきたでしょうか、警部?」

「ええ、階段の上にありますよ。何か手伝いますか?」

「いえ、お気づかいなく。博士とわたしのふたりで充分ですので」

医師たちはアーノルドとガーランドを玄関ホールに残し、階段を上っていった。

「死体を切り刻むというのは、どうにもぞっとせんな」ガーランドが言った。「さて、骨つき肉が切り分けられるのを待っているわけにもいかん。アドルフォードへ戻って、裁判所の特別会議に出なければ。病理学者の先生は、そっちの車でランバートに送らせてもかまわんかね？」

「もちろんかまいませんよ。わたしは先生がたの所見を聞いてから、そちらへ戻ります」

「そうしてくれ。ぜひともきみに会いたいというご婦人がいてな。アドルフォードに戻りしだい、電話で知らせると伝えたんだよ」

「ご婦人ですって！」アーノルドはぎくりとした。「後生ですから、ミス・メープルウッドだとはおっしゃらないでくださいよ」

「ミス・モニカ・メープルウッドじゃないよ、あちらもいずれお出ましになるだろうがね。今回はその姪のミス・フィービ・メープルウッドだ。はるばるステイプルマウスから、少しばかり妙な話を持ちこんできてな。まあそれは、自分の耳で聞いてみてくれ。それじゃ、失敬するよ」

ガーランドはそれ以上状況を説明せず、急ぎ足で出ていった。ルーベンはすでに農場へ戻ったので、二階の閉めきったドアの奥で気のめいる仕事に取り組んでいる博士たちを別にすれば、〈別荘〉にはアーノルドひとりだった。ベーズ張りのドアを開け、奥のキッチンへ入る。

頭のなかにはまだ、例の仮説がうす靄《もや》のように漂っていた。洗い場へ足を踏み入れ、キャラーガスのボンベをじっと見つめる。ルーベンから聞いていたとおり、全体の構造は単純そのものだった。隅のほうにボンベが据えられ、ねじ込み式のユニオン継手《つぎて》で何本もの細い配管につないである。配管は四方に広がって、家屋の各部屋へ延びていた。この継手をゆるめ、ボンベをはずして新しいものに換えるくらいのことは、どこの誰にでもできるだろう。だが、肝心の中身が無毒だとしたら？

と、ふいに仮説がよみがえるのを感じた――ただし重要な修正を経て。ボンベの交換自体は簡単きわまりない作業だ。だったら新しいボンベの中身を無害なキャラーガスではなく、ほかの何かにしておけばどうだ？

アーノルドは、毒物に関しては門外漢だ。致死性のガスが存在するのは知っているが、それらの特性までは知らない。しかしたとえば、こんなガスがあったなら——完全に無臭で、最初のうちは気づかれることはない。けれども長く吸ううちに、命取りになるガスが。この思いつきをもとに、あらためて仮説を立て直す。

まずジェフリーは、あらかじめ〈別荘〉のなかに毒ガスのボンベを運びこみ、どこか適当な場所に隠しておく。致死性の高いものなら、小型のボンベでも用は足りるだろう。そして土曜の夜遅く、あるいは日曜の朝早くにベッドを抜け出す——ガス灯はつけず、懐中電灯の明かりを頼りに。その懐中電灯はどこへ行ったのか？　もちろんポケットに入れて、アドルフォードの館へ持ち帰ったのだろう。

寝室から出たジェフリーは、隠し場所からボンベを持ち出し、それを洗い場へ持っていく。そしてキャラーガスのボンベをはずし、毒ガスのボンベと取り換える。しかるのちに二階の浴室へ行って、ガス灯の栓を開ける。そのままボンベが空になるまで放っておいてから、元どおりにキャラーガスのボンベと交換する。はずしたボンベを再び隠し、またベッドへもぐりこむ。

アーノルドはこの仮説を非常に気に入り、一時間かそこらは空のボンベを探しまわった。けれども何も見つからず、そうこうするうち二階から話し声が聞こえてきた。やがて医師たちが、そろって階段を下りてきた。

プレスコット医師は、患者の世話があるのですぐに帰らなければならないと言い、アーノルドはハラム博士とふたりだけで残された。この病理学者とは以前に何度となく会っていたので、遠慮せず単刀直入に尋ねる。「博士、あの青年の死因はなんだったのですか？」

すると博士は、眼鏡越しにアーノルドをじろりと見た。「まったく、警察の連中は度しがたい」いら立ちもあらわに言う。「病理学というものを、数学のような精密科学だと誤解しておるようだ。死因の調査を、計算問題を解くのと同じに考えておる。計算のように答えが一つに決まればたやすいが、いいかねきみ、ことはそれほど単純じゃない。死というものは、読み間違えようのない署名を常に残していくわけじゃないのだ。きみら警察は、断じて指紋を読み違えたりしないと主張しておるようだがね」

「失礼しました」アーノルドは詫びた。「考えが足りませんでした。博士のご所見はいかがですか、とお尋ねするべきでしたな」

老博士は表情をゆるめた。「まあ、かまわんよ」と言う。「ただ、きみらに明確な説明をとせっつかれるのは、いささか食傷ぎみでな。われわれにできるのは、目の前の材料を吟味して、それをもとに包み隠さず所見を述べることだけだ。そのへんを踏まえて言わせてもらえば、あの若者はショック死したのだと思うよ」

「ショック死ですって！」とても信じられず、アーノルドはおうむ返しした。「どのようなショックです？」

ハラム博士は肩をすくめた。「それを探るのは、わしよりもきみの仕事だろうに」そうつぶやいてから、続ける。「どれでもいいから、法医学の教本を開いてみたまえ。なんらの痕跡も残さずにショック死した事例が数多く載っておるからな。確実に言えるのは、急死を引き起こすような要因は、さきほどの解剖では見つからなかったということだ。

こういった場合、特に浴室で死亡した場合には、まず感電を疑うのが定石だ。濡れた手で欠陥のある電気器具に触れて、命を落とした例は枚挙にいとまがないのでな。しかし本件では、家屋内に電気を発するものはいっさいないと、プレスコット君が断言しておる」

「そのとおりです」アーノルドは同意した。「家じゅうを徹底的に調べましたが、呼び出しブザーのボタン一つありませんでした」

「強い精神的ショックも、ときに命取りになることが知られておるがね。外見上のダメージがきわめて小さく、死後に痕跡が残らんことすらある」

「博士もプレスコット先生と同じく、打撲傷は死因になり得ないとお考えですか?」

アーノルドがそう尋ねると、博士は笑みをみせた。「この手の案件を長く扱ってきた鑑定人としては、そこまでの断言は避けたいところだね。決めつけるのではなく、あくまで可能性を指摘するにとどめておくよ。きみの言った打撲傷は、バジル・メープルウッドが浴室の床で転倒したことを示しておる。床にゴムマットが敷いてあったから、裸足で踏んですべったのかもしれん。この傷自体は、たしかに命に関わるものではない。だが、転倒によるショックが死を招いた可能性は、ゼロとは言いきれんのだ。とはいえわれわれの調べによって、バジル・メープルウッドの身体は人並み以上に強健だったことが判明しておる。完璧な健康に恵まれた若者が、通常の転倒程度で死ぬものか否か、判断はきみに任せるよ」

「ありそうにないですね、それは」アーノルドは認めた。「しかし博士は、ショック死という結論に心から納得しておいでなのですか?」

「お言葉だがね、きみ、わしは心から納得したことなどほとんどないよ。われわれの職業は、絶対的な結論とは無縁なのだ。わしから言えるのは、ほかのすべての選択肢を排除した結果、唯一ショック死が矛盾のない死因として残ったということ、それだけだ」

「毒物の線は、まったくないのでしょうか?」アーノルドは遠慮がちに尋ねた。

「いまのところ、ないとは言いきれんがね」博士はそう言った。「科学的に知られておる毒物はほぼすべて、検死解剖の専門家によって検出し得る痕跡を残すものだ。本件の場合、そのような痕跡はまったく存在しなかった。それでも手順どおり臓器の一部を切除しておいたがね、あとで分析を行うために。どういう次第で、きみは毒物だと思ったのかね?」

「いえ、さしたる理由はないのですが。浴室が閉めきられて、中にガス灯があったもので」

博士はかぶりを振った。「ガス中毒は考えなくてもかまわんよ。あれは明々白々なものだからな。ベッドわきのティーカップの底に、お茶がわずかに残っていた。それも採取したし、バスタブの湯のサンプルも採取しておいた。分析結果は、数日後に知らせるよ」

ここまで言われては、アーノルドも引き下がらざるを得なかった。

第六章

アーノルドは車でアドルフォードへ引き返し、ハラム博士を駅で降ろしたあと、近場のグリルルームでつましい昼食をとった。ともかくも腹を満たし、ガーランドのもとを訪ねて、病理学者とのやりとりを一部始終伝える。

「ハラム博士のことは、何年も前から存じていますがね」アーノルドは言った。「あの博士から言質を取るのはまず無理でしょうな。あの手の学者先生は、みな似たり寄ったりですが。しかし博士のご意見では、バジル・メープルウッドはショック死したと思われるそうです」

「どういうことだ、それは？」ガーランドは語気を強めた。「どんなショックだね？」

「わたしも同じことを尋ねたんですが、それを探るのはきみの仕事だろ、とこうですよ。肉体的、精神的ショックのどちらもあり得るそうですが。バスタブに入りかけているときに、どんなショックを受けるというんでしょうな？」

「湯が水に変わっていたら、それはもうショックだろうがね」ガーランドが言った。「子供のころ毎朝、親父に冷水浴をさせられたから身にしみて知っているよ。しかし、湯はそこまで冷めていなかったんだろ？」

「プレスコット医師が言うには、手を浸してみたところ、まだ温もりが残っていたそうです。ですが、これだけは確かだと思います。バジルの死因がショックだとしたら、それは事故にちがいありません。何者かが手を下せたとは思えません」

「確信しているというのかね？」

「はい。あそこの〈別荘〉は中も外もくまなく、すっかり憶えこむほど調べてきました。浴室へ通じているのは、出入口と窓の二つきりです。出入口のドアは旧式で重たく、窓のほうはガラスが一枚だけ開くようになっています。

さて、バジルが死んだ時点で、出入口には内側から鍵がかけられていました。窓のほうはどうだったかわかりませんが、あとから見たときにはいちばん細開きにして、あおり止めで固定してありました。ジェフリー・メープルウッドによれば、前の晩には窓は閉められ、錠が下ろされていたそうです。おそらくバジルが日曜の朝、浴室へ入ったときに自分で開けたのでしょう。

とはいえ実のところ、窓のことはあまり重要ではありません。確認してきたのですが、窓が大きく開いた状態でも、外からバジルの様子をうかがい知ることはできません。しかもあの窓は全開にしても、子供が通り抜けるのがやっとというところなのです。

もうおわかりでしょう。バジルが内側から鍵をかけたあと、ほかの者が浴室へ入るのは不可能だったのです。浴室内にあらかじめ隠れておけるような場所はありません。また、仮に奇術師顔負けの手並みで忍びこんだとしても、どうやったらそこまでのショックを与えられるでしょうか？　バジルは屈強な若者でした。侵入者があれば抵抗したでしょうし、争った跡も残ったはずです。それから逃げ道です。恩給を賭けてもいいですが、窓からは出られません。もちろん出入口は論外です」

「それできみは、事故死だと考えているのかね？」

「その線がきわめて強いと思います。実は、午前中に〈別荘〉で一つだけほかの線を思いついたのですが、そちらについて検討するのは、ハラム博士の詳しい鑑定結果を待ってからにしましょう。それまでに、日曜の朝バジルが〈別荘〉内にいたことをどれだけの人間が承知していたか、考えてみたほうがいいと思います」

「まずはバジルの叔父と叔母だな、当然ながら」

「はい。ジェフリー・メープルウッドの話では、金曜の朝にバジルから手紙が届いて、そちらを訪ねたいと言ってきたそうです。以前にジェフリーのほうから誘ってあったのですが、日取りまでは決めていなかったようで。ジェフリーはデュークスへ電話をかけ、そのことを伝えました。ですから金曜の午後には、テンタリッジ村のほうぼうで知られていたことと思います。バジル自身がどれほどの人間に話したか、それはわかりませんが」

「バジルは、妹にも何も言わずに出かけたようだ――少なくとも、妹本人はそう言っていたな」ガーランドは言った。「そうだ、そろそろ電話をかけて、きみが戻ったことを知らせてやらなくちゃな」

「リヴァーバンク邸に滞在しているんですか?」

「いいや、違う。事情は本人が説明するはずだが、ここから数百ヤード先のロイヤル・ホテルに泊まってるんだ。じゃあ、電話をかけるよ」

短い通話を終えたガーランドは、すぐにこちらへ来るそうだとアーノルドへ告げた。

「分別のあるお嬢さんだと思うよ、ミス・フィービは」ガーランドはそうつけ加えた。「こんなことになっても、ちっとも取り乱さずにいるしな。彼女の言葉をまるごと信じるとすれば、きみも意見を変える必要が出てくるかもしれんよ」

「バジルの死についてフィービ嬢がなんらかの説明をつけたということですか?」

「いや、そこまでは言わんがね。動機に関して、驚くべき話を持ちこんできたのさ。しかしきみに、よけいな先入観を与えたくはないからな。この先は本人の口から聞いて、結論を出してくれるかね」

やがて当人が到着したとの知らせがあって、ふたりの会話は打ち切りとなった。お通ししろ、とガーランドが命じ、ほどなくミス・フィービ・メープルウッドが姿を現わした。型どおりの挨拶を交わしたのち、ガーランドは彼女とアーノルドを引き合わせると、口実をつけてそそくさと部屋を出ていった。

アーノルドは目の前の、二十歳の女性を見た。死んだ青年にうり二つだった。屈託のない顔。話し声には深みがあり、聞いていて心地がよかった。アーノルドは直感した——この娘《こ》は、早まった判断を下すことはあるかもしれない。根拠もなしに思いこみで動くかもしれない。けれども、嘘のない心根の持ち主だと。

フィービは椅子へ無造作に腰を下ろすと、灰色の目でもの問いたげにアーノルドを見つめた。

「今朝警視さんへお伝えしたこと、もうお聞きですわよね?」短く尋ねる。

「いいえ、まだです」アーノルドは答えた。「あなたから直接お聞きしたいと思いましてな。しかしその前に、いくつかお尋ねしてもかまいませんか? まず、お兄さんが亡くなられたことをどこから聞かれました?」

「モニカ叔母さまが電話をくれました、日曜の朝に。わたし、ヒザリングという館に住んでますの。けれども電話が来たときには、昼食へ出かけていて。使用人には行き先を言わなかったから、もちろん知らせはありませんでした。しかもたまたま、帰宅が遅くなって。夜七時にようやく何が起きたか聞かされて、慌ててここまで車を飛ばしてきたんです」

「それで、叔父上と叔母上に会いに行かれたんですな？」

彼女の目に怒りの火がともった。「ええ、行きましたとも」そう言った。「叔父のジェフは、寝室にこもってしまっていました。いつもそうやって、するりと厄介ごとから逃げるんです。でもモニカ叔母さまが、一部始終を教えてくれて。わたし、思うところを包み隠さず叔母へぶちまけました。ジェフリー・メープルウッドがわたしの叔父だろうと、かまうもんですか。バジルはわたしの兄で、敵を討てるのはわたしひとりなんですから」

言い回しこそ芝居じみていたが、本心からの憤りがあふれていた。わき出てくる強い感情に、言葉のほうが追いついていないようだ。

「当然、リヴァーバンクに泊まる気なんてありませんでした」彼女は語を継いだ。「叔母さまには何がなんだかわからなかったみたいですけど、放っておいてロイヤル・ホテルに部屋をとりました。朝になってからここへ来て、警視さんにすべて話しました。本当は村へ飛んでいきたかったんですけど、警視さんに止められて。あっちにはお医者さまが行っていて、それで——」

声が途切れた。顔をぞんざいに手で拭い、「ひどいわ、あんまりだわ！」と叫ぶ。

「バジルが死んで、そのうえむごい仕打ちを受けて。考えただけで耐えられない。ねえ警部さん、バジルがどんな死に方をしたか、もうわかったんでしょ？」

アーノルドはかぶりを振った。「残念ながらまだです」短く答える。

「まだですって？」とても信じられないというように、フィービは怒りをアーノルドへ向けた。「どういうことなの？　検死をしたんでしょ？」

「検死で死因が見つかるとはかぎりません。いまのところ、お兄さんの事故の原因はまったくわかっていません」

耳を疑ったとばかりに、彼女はアーノルドをじっと見つめた。「事故なもんですか！」と叫ぶ。「これは殺人よ。卑劣な人殺し。あなたにだってわかるでしょ？」

「それを証明できますかな？」アーノルドは穏やかに尋ねた。

「当たり前じゃないの」軽蔑の色もあらわに、彼女は言った。「バジルは殺されたとき、ジェフリーとふたりだけだったのよ」

「それは証拠にはなりません。お兄さんは亡くなられたとき、浴室にひとりきりでした。ドアには鍵がかけられ、誰も中には入れませんでした」

「そんなこと、なんだっていうの。ジェフリーがどうにかして入りこんで、バジルの隙をついて殺したにきまってるわ」

フィービ・メープルウッドのなかですでに結論が出ており、議論を受けつけない状態になっているのは明らかだった。アーノルドは、話の矛先を少し変えることにした。「ご自分の叔父上が犯人だと、あなたが思われるのはなぜですか？」

「叔父だろうと、関係ありません」彼女はぴしゃりと言った。「わからないんですか？ 兄が死ねば、ジェフリーがすべてを手に入れるんです。借金だって帳消しになるだろうし」

「どういう借金ですか、メープルウッドさん？」

「いやだ、あの人が父から借りて、返さずにいるお金のことよ。もちろんご存じなんでしょ？」

「ええ、まあ。ですが、あなたからのご説明を聞きたいと思いましてね」アーノルドはとりつくろった。

「わたし、何もかも知ってるんです。バジルから聞いてましたから。兄はいつも、家業のことをわたしに話してくれていたんです。ずっと前、ペリングさんという人が製紙工場を買ってこの町へ越してこようというとき、ジェフリーが共同出資を考えたんですけど、あの人は自分のお金を全然持っていなくって。それで父から借りたんです。金額は一万ポンドだとバジルから聞きました」

アーノルドはうなずいた。「そのお金がまだ返ってきていないんですな?」

「ええ、一ペニーたりとも。利息は支払われてますけど、たったの三パーセントです。でも父は、ただの一度も催促しませんでした。弟をできるかぎり助けるのが、兄の義務だと考えていたようです。それだけじゃありません。ペリングさんが刑務所に入れられたとき、ジェフリーはお金で共同経営を解消しようとして、また七千ポンド借りていったんです」

「お父上が亡くなられたあと、お兄さんはお金の回収の手立てを講じたんですか?」

「最近までは何もしてませんでした。でも急に一万ポンド必要になって。ジェフリーの返済をこれ以上待ってやる理由もないと、兄は考えたんです」

「失礼ながらお兄さんが、それだけの金を必要としたのはなぜですか?」

「わたしのためですわ」フィービは即座に答えた。「今年の夏に結婚するつもりなので」

「そうでしたか。こんな時ではありますが、お祝いを言わせてください」アーノルドは言った。「それではお兄さんは、あなたへの結婚祝いに一万ポンド贈るつもりで?」

「そうです。そのために木曜にロンドンへ行ったんです、ラストウィクさんに会うために。うちの顧問弁護士で、昔からなんでも相談に乗ってもらっている方です。ジェフリーに借金を返させるにはどうしたらいいかと、助言を求めに行ったんです」

「その弁護士と会われたあと、こちらへ来るつもりだったのでしょうか？」

「いいえ、そのときにはまだ決めていなかったと思います。館を出るときに、ラストウィクさんがなんと言うか、それしだいだと言っていましたから。ジェフリーから農場の新しい機械を見に来ないかと誘われているから、お金のことを話しあったほうがいいとラストウィクさんに勧められたら、それを口実に使うつもりだって。ここへ来ることに決めたと知らせてきたのは、土曜のお昼のことです。短い手紙が届いて——金曜の夜に出された手紙です。週末いっぱいはフォアストル農場に滞在して、月曜に帰ることにしたと。月曜って、もう今日のことですけれど」

「叔父上が財産を継がれたんですな？」

「ええ、そうですとも！」フィービはまた感情を剝き出しにした。「冗談じゃないわ。バジルのお金をみんな横取りしたうえ、一万七千ポンドの借金も帳消しにするなんて。バジルが約束してくれた、お祝いの一万ポンドもなかったことにするつもりよ。モニカ叔母さまはわたしの結婚を喜んでいなかったから、きっと万々歳でしょうね」

「叔父上のほかにはいないのですか？　お兄さんが亡くなられて、得をするような人物は」

「いるもんですか」フィービは激しくかぶりを振った。「誰が得をするっていうんです？　バジルが恨みを持たれていたなんて、それこそばかげた考えですわ。兄は知り合いみんなから、本当に好かれていました。敵なんていなかったと言いきれます。だから、あの人でなしのジェフリーが殺したにきまってるんです。今度顔を見たら、面と向かってそう言ってやりますわ」

「およしなさい、そんなことは」アーノルドは厳しく咎めた。「こちらでお話しいただくことは、むろんけっして他言しません。ですがあなたが疑念を持っていることは、ほかの誰にも打ち明けてはなりません。そんなことをしてもなんの益もないばかりか、あなた自身が窮地に立たされるおそれがあります。アドルフォードには、このあと残ったりなさらないでしょうな？」

「まあ、いいえ、残りますとも」フィービはきっぱりと言った。「このままロイヤル・ホテルに泊まりつづけます。そのくらいのお金はありますから。バジルの敵がとれるまで、ここを離れるもんですか」

彼女の決意は固いようだった。この娘《こ》を野放しにしておいたら、由々しき問題を起こしかねないとアーノルドは思った。「では、約束してくれますか？　叔父上や叔母上と会われる前に、かならずわたしに知らせると」

「なぜ約束しなければなりませんの？」声音に少なからぬ反発の色をにじませ、彼女は言った。

「まあ、その質問はごもっともですが。これでもわたしは警察の人間でしてな。治安妨害を引き起こすおそれありということで、あなたを捕まえることもできるのですよ」

フィービはかすかに笑みをみせた。「そんなこと、あなたがなさるとは思えませんけれど」そう言いつつも、続けた。「わかりました、約束しますわ。でもどうして、ジェフリーやモニカ叔母さまに伝えちゃいけませんの？　わたしがあの人たちのことを、どう思っているかを」

「わたしくらいの年齢になれば、おわかりになるでしょうがね。どう思っているか伝えても、なんにもなりはしませんよ。そんなことをしても、相手の考えは変わりません。それはともかく、約束してくださって感謝します。困ったことが起きたり、何か思い出した際にはいつでもこちらへ来て、わたしかガーランド警視に話してください」

さらに少しばかり言葉を交わして、アーノルドはラストウィク弁護士の事務所の所番地を聞き出した。フィービ・メープルウッドが署を出ていくと、ほどなくしてガーランドが戻ってきた。執務室の外で、様子をうかがっていたにちがいない。

「さて、あれがメープルウッド一族最年少の娘だ。きみはどう見るかね?」ガーランドは尋ねた。

「結婚相手は、きっと尻に敷かれるでしょうな」アーノルドは答えた。「若いだけに軽はずみなところもありますが、全体としては好感が持てましたよ。ともあれ、歯に衣を着せないたぐいの女性なのは確かですな」

「あの娘《こ》の言うことが正しければ、動機は充分ということになるな」とガーランド。

「もちろんそのあたりは、慎重に調べようと思います。たしかに甥を殺せば、ジェフリーは大いに得をするように思えます。しかしなんといっても、手口がさっぱりわかりませんからな――ジェフリーのみならず、誰の犯行だとしても」

ガーランドが口を開こうとしたとき、電話のベルが鳴った。受話器を取ったガーランドは、とたんに渋い顔をした。「来たぞ、叔母上のミス・モニカ・メープルウッドだ。待合室できみを待っているそうだが、どうするね?」

「では、会わねばならんでしょうな」アーノルドはため息交じりにつぶやいた。「すまじきものは警察勤め、ですか」

ガーランドが電話口で指示を与えると、やがて廊下を案内されてくるミス・モニカの長広舌が響いてきた。ドアが開けられ、通された彼女は一瞬だけ口をつぐみ、部屋のなかをじろじろ見回した。それからおもむろに、堰《せき》を切ったように喋りだした。

「あらいやだ、嘘じゃなかったのね、さっきの受付のお巡りさんが言ったことは。てっきりここだと思ったのに。でももちろん、どこに行ったかあなたがたはご存じよね。あたくしあの娘《こ》の行方を、一日じゅう探しまわっていたのよ。あの娘ったら昨夜はひどく取り乱していたから、何かしでかすんじゃないかと心配になって。ロイヤル・ホテルに泊まっているって話を耳にしたから、そこへ問い合わせたら、ここへ来たっていうじゃないの。すぐに見つけ出して、なんとしても連れ帰らなくっちゃ。あの娘が知らない土地にひとりぼっちでいるなんて、考えただけで耐えられないわ――ましてやこんな時なんですもの。ねえ、あの娘はこの町に、ひとりだって知り合いはいないはずでしょ？」

　ガーランドがようやく口を挟んだ。「フィービ・メープルウッド嬢のことでしたら、五分ほど前に帰られましたよ」

「じゃあ、入れ違いになったんだわ。まったく、なんてことかしら。世間の口は怖いのに。あたくしもジェフリーも、泊まっていけばいいと言ったのよ。気楽にくつろいでくれればいいからって。それなのにホテルなんかに泊まったりして、おかしな目で見られるじゃないの。しかも、あのろくでなしがここまで追いかけてきたかもしれないわ。同じホテルに泊まってでもいたらと思うと、ああ恐ろしい！　あたくしもう、お友達に顔向けができないわ」

「ろくでなしとは誰のことですか？」ガーランドが不用意に尋ねた。

「ああそうよね、あなたがたがご存じのはずはないわ。あたくしもジェフリーも、このことはけっして口にせずにきたんだから。手遅れになる前に歯止めがかかってくれたらと、あたくしたちずっと祈ってたの。そもそもバジルがきちんと話し合っていれば、あの娘だって無理だと気がついたはずなのよ。でもしょせん、バジルもフィービもまだ子供だものね。あたくしたちのように分別をわきまえているはずがないわ。兄さまが生きてさえいたら、けっして許さなかったんでしょうけども。ケネス兄さまがあんなに早く死んでしまったのは、あたくしたち全員の痛手だったわ。かわいそうにジェフリーなんか、二度と立ち直れないんじゃないかと思ったくらいよ。とにかく兄さまが大好きだったから」

「フィービ嬢は、今年結婚される予定でしたな」ミス・メープルウッドが息を継いだ隙に、ガーランドは口を挟んだ。

「その話をしてるんですよ、いま。なにしろほんの子供だから、気が変わってくれるんじゃないかと思っているんだけれど。フィービがあのろくでなしの腕にすがってヒザリング教会から出てきたひには、ご先祖さまたちが草葉の陰でなんとおっしゃるか。あたくしなにも、お金がないことをとやかく言っているんじゃないのよ。一族の列に加わる資格があると思うなんて、とんだうぬぼれだと言っているの。いいこと、あたくしあの子がうす汚いなりをして、公立小学校《ボード・スクール》に通っていたときから知っているのよ。誰かに話しかけられても、帽子に手もやらないで。だからと言って、あの子の父親にけちをつける気持ちは毛頭ないのよ。聞いたこともないほどのハンプシャー訛りがあって、どうしようもなく粗野ではあるけれど」

「その父親とは、どんな人物ですか?」アーノルドが尋ねた。

「父親はね、アーサー・ビンガムというの。ウィリアムは、その末の息子。一度フィービが、ビルだなんて呼んでるのを聞いたわ。なんて下品な呼び方かしら、そうじゃなくって？　アーサー・ビンガムは——ビンガムさんと呼ぶように、あたくしたち教えられたものだけど——敬意を払うに値する人よ。ずっと昔からヒザリングの地所の管理人を務めているんだけど、一度だってその地位に甘えて、はめをはずしたことなんかないわ。土曜にはいつもお父さまが昼食に招いていたけれど、そのときだってきちんとふるまっていたし。ああ、もちろんあたくしたち、ほかのお客がかち合わないように気をつけていたわよ。ああいった階級の者と食卓をともにするのは、世間では好まれなかったでしょうからね。とはいっても、ビンガムさんは本物のクリスチャンよ。教会問答だって教わってるし、〝神の定めたもう身分に応じて、自分の義務を尽くすこと〟（『祈祷書』中の教会問答より）を知っているわ。息子のウィリアムに、どうしてあんなよからぬ考えを抱かせたままでいるのかは、ちっとも理解できないけれど。バジルがヘティ・デュークスを妻に迎えようとするくらい、道理に合わない話じゃないの。そうだわ、こうしちゃいられない。早くロイヤル・ホテルへ行って、フィービに会ってこなくっちゃ。あたくしならあの娘《こ》を説得して、血迷ったことをやめさせられるもの」

ミス・メープルウッドは弾かれたように椅子から立ち上がった。が、アーノルドがドアの前へ先回りして、彼女の行く手をふさいだ。「差し出がましいようですが、メープルウッドさん」アーノルドは言った。「わたしがあなたのお立場なら、姪御さんに会うのはまだ控えておきますな」

「会うのを控えろですって！」ミス・メープルウッドは憤慨してわめきだした。「言うにこと欠いて、なんてことをおっしゃるの。かわいそうなバジルが亡くなって、あの娘のいちばんの身内はあたくしになったのよ、あなたがたはお忘れかもしれないけど。そりゃあフィービは、愛情深い娘とはおせじにも言えないわ。けれども、たったひとりの兄に先立たれたんですもの、叔母の愛情と慰めが必要なのよ」

「お言葉ですが、現在の姪御さんのご様子では、その種のことが必要とは思えませんな」アーノルドはぴしりと制した。「いかんせん、ショックを受けておいでですから。それを乗り越えたら、ご自分からリヴァーバンクを訪れると思いますよ」

「まあ、それはそうかもしれないけど」ミス・メープルウッドはしぶしぶうなずいた。「たしかにあの娘《こ》、昨夜はひどいことを口走っていたわ。繰り返すのもはばかられるような、身の毛もよだつようなことを。メープルウッド家の者の口からあんな言葉が出るなんて、誰が考えるかしら。それもこれも、あのいやらしいビンガムの息子と一緒にいるせいよ。ねえ、あの娘ったらどうやらジェフリーが――あの虫も殺せないようなジェフリーがよ――バジルの死に責任があるように考えているらしいのよ」

「姪御さんがそうお考えのうちは、よけいにそっとしておいたほうがいいのでは？」アーノルドは言った。

ミス・メープルウッドは、不安に駆られたようにかぶりを振った。「いいえ、そんなのまずいわ」そう言いつつも、続けた。「でも警部さんが、そのほうがいいとおっしゃるなら。少なくとも今日のうちは、会うのはやめておこうかしら。あらやだ、もうこんな時間。夕方四時には〈I・I・I〉へ顔を出すと約束してあったのに。すぐに行かなくっちゃ。そうだわ、思い出した。警部さん、あなた〈I・I・I〉を見学したいと言っていたわよね。これからおいでなさいな。サックスビーへ言いつけて、外に車を待たせてあるから」

「願ってもないことです」ドアを開けてやりながら、アーノルドは言った。「しかし残念ながら、わたしは警視の指揮下にありましてな。今日は一日、ここの執務室から出ないように命じられているのですよ」

ミス・メープルウッドはガーランドへ向き直り、にっこり微笑んだ。「もちろん半時間くらい、この方をお借りできますでしょ。それより長引いたりしませんよ、絶対に」

ガーランドはかぶりを振った。「あいにくですが、職務は常に愉しみに優先しますのでな。警部には、急を要する仕事が山積みなのです。そういうわけで、どれほど短時間でもお貸しすることはできかねますな」

「あらまあ、そうなの。それじゃあ仕方ないわね。じゃあ、またあらためて」ミス・メープルウッドは後ろ髪を引かれる様子でのろのろと出ていき、待機していた警官につきそわれて車へ向かった。

彼女が出ていくと、アーノルドは煙草入れを取り出し、パイプに葉を詰めながらほっとため息をついた。「助かりましたよ、うまく話を合わせてくれて」ガーランドへ言う。「とっさにほかの言い訳を思いつかなかったもので。あのご婦人は情報の鉱脈にはちがいありませんが、出てくるのはあらかた石くれで、有用な金属はほんのちらほら、といった塩梅《あんばい》ですな。しばらくのあいだはフィービ嬢への小言を控えてくれることを祈りますよ、全員の平和のために」

「バジルの件についてだが、何か隠していると思うかね？」ガーランドが尋ねた。

「いや、それはないでしょう。あのぶんでは、五分以上秘密にしておけるとは思えません。衝動のまま、最初に顔を合わせた人間にぶちまけるでしょうな。ところでこちらからもお尋ねしたいのですが、警視はフィービ嬢の個人的な問題が、本件に関わったとお考えですか？」

「そこは気になっていたところだ。しかしやはり、その線は薄いんじゃないか。あのお嬢さんの話を額面どおりに受け取れば、兄のバジルは結婚に異を唱えていなかったようだ。叔母のほうは——ことによると叔父も、猛反対しているようだがね。もっともあのお嬢さんは、反対されればかえって燃えあがる性質《たち》に思えるが」

「彼女が受け取るはずだった、例の一万ポンドの件がありますよ」アーノルドは含みを持たせて言った。

「うむ、気の毒だがその金が彼女へ渡ることはないだろう。それにしても、はたして事実なんだろうか？　ジェフリー・メープルウッドが、ヒザリングの財産から一万七千ポンド借りていたというのは」

「そのあたりは、ぜひとも弁護士に確かめてみたいですな。うまくやれば、おそらく聞き出せることでしょう」

ガーランドはうなずいた。「仮に事実だとすれば、ようやく動機らしい動機が一つ見つかるな。というと、きみはこう言うかもしれんがね――ヒザリングの地主になれるのであれば、それで充分ではないかと。だがジェフリーにとって、地主の地位はそこまで魅力的かね？　わたしにはどうも、そうは思えんのだよ。この町での事業は順調そのもので、望むものはもうすべて手にしている。リヴァーバンクの館はきみも見ただろ？　それに生活水準においては、誰《み》よりもまさっているともいえる。週末にはいつも、フォアストル農場をぶらついているんだから。充ち足りた生活に必要なものを、ひととおり持っていることは明らかだ」

「当然、姉君もそこに含まれるわけですな」

「ああ、あのご婦人には、ジェフリーはとっくに慣れっこだと思うよ。つまりだね、わたしの疑問はこういうことだ。なぜあのジェフリーが、百マイルも離れた地所の面倒ごとをしょいこむために、わざわざ甥を殺さなければならないのか？」

「わたしなら、面倒ごとなどいといませんがね。それだけの収入が得られるなら」

「まあ、それも一理あるが。なにぶんきみとジェフリーとでは、置かれた立場が違うからな。何度も言っているとおり、ジェフリーはいまのままで充分裕福な暮らしをしているんだ。しかも、彼を知る者なら口をそろえて言うだろうが、ジェフリー自身にとっての本業は、週末の道楽のほうだといっていい。地主になれるからといって、やすやすとそれを手放すとは思えんよ」

ガーランドはここで言葉を切り、デスクを鉛筆でコツコツと叩いた。「うむ、やっぱり無理があるよ。ジェフリーが甥のあとがまに座るためだけに、殺しをしたと考えるのは」語を継ぐ。「だがバジル青年が土曜の夜、一万ポンドの返済を迫ったとすれば話は別だ。どれほどの金持ちでも、一万ポンドの金を手放すのは惜しいはずだからな。状況から考えれば、拒むわけにもいかなかっただろうし。いきさつはおそらく、こんなところだ――土曜の夜、ジェフリーはこの難題からいかに逃れようかと、頭を痛めながら寝室へ行った。そして閃いたんだ、バジルさえいなくなれば、すべてが片づくじゃないかと。自分が借りたのは、ヒザリング邸の金だ。バジルが死んでしまえば、そのヒザリングの財産がまるごと手に入る。こんなに簡単な解決方法はない。どうだね？　これはもう、動機が見えたかもしれんぞ」

アーノルドはかぶりを振った。「すばらしいとは思いますが、それだけで起訴の準備はできませんよ。せいぜい、こう言うのが関の山です――『ジェフリーの〈別荘〉内で、バジルという者が死体で発見されました。ジェフリーには、バジルを殺すに足る動機があります。いかがでしょうか？』被告側は当然、ジェフリーが甥の殺害を企てた証拠が見つからない以上、陪審の審議にかけるような事件性はなかったと主張してくるでしょう。そして確実に、あっちの主張が通りますよ」

「まあ、そうなるかどうかはきみしだいだ」ガーランドは言った。「さてと、次はどうするね？」

「さしあたって、こちらでできることはもうなさそうです。ロンドンへ戻って、ラストウィク弁護士と会う約束をとりつけようと思います。あちらにいるあいだに、ペリングの消息が摑めるかもしれません。共同経営をしていたペリングなら、ジェフリーの事情にいろいろ通じていることでしょう。それからもうひとり、行方がわかりしだい話を聞きたい人物がいます」

「誰だね、それは？」

「日曜の朝、〈別荘〉の前にバンを停めていた男です」アーノルドは答えた。

第七章

その日の夜、ロンドン警視庁《スコットランドヤード》の執務室で、アーノルドは手帳に書きつけたメモを吟味した。二時間ほどを費やし、以下のとおりの時間表にまとめた。

二月二十日（日曜日）の朝、テンタリッジ村〈旦那さまの別荘〉で起こったこと——

午前七時三十分　デュークス夫人およびヘティ到着。バンの姿は見えず。
同八時　デュークス夫人がジェフリー・メープルウッドを起こしに行く。バジルへの伝言（先に浴室を使用するようにとの指示）を預かる。
同八時二分　デュークス夫人が伝言をバジルへ伝える。
同八時二十分　バジルが浴室へ行く。その直後、湯をためる音が聞こえる。
同八時二十五分　アーチー・ペンダーが〈別荘〉の前を通りかかり、停車中のバンを目撃。
同八時三十分　デュークス夫人がバンのアイドリング音を聞きつけ、ヘティを見に行かせる。ヘティがバンを目撃。それとほぼ同時に夫人が、バスタブの湯が止まるのを耳にする。
同八時三十二分　ジェフリー・メープルウッド、デュークス夫人およびヘティが物音を聞きつける。説明はさまざまながら、バジルが床に倒れた音でほぼ確定的。

同八時三十五分　ウィル・オーエンズが〈別荘〉から走り去るバンを目撃。
同八時五十分　ジェフリー・メープルウッドが浴室のドアをノックするも返答なし。この件はデュークス夫人によって確認されている。
同八時五十五分　ヘティがルーベン・デュークスを呼びに行く。このときバンの姿なし。
同九時五分　ルーベン・デュークスが到着後、浴室のドアを破り、バジルの死体を発見。
同九時六分　プレスコット医師へ電話をかけるため、ヘティが再び農場へ行く。
同九時十分　同医師が電話を受ける。
同九時二十分　同医師が〈別荘〉に到着。このとき玄関のドアには錠が下ろされ、閂《かんぬき》がかけられていた。
同九時二十三分　同医師が死体検案を行う。

この時間表によって、バジルが死亡した時刻にバンが〈別荘〉の前に停まっていたことがますますはっきりした。とはいえこのことに、特別な意味はあるのか？　バンの運転手が、犯罪に関与したのだろうか？　したとすれば、日曜の朝バジルが〈別荘〉に滞在していたことをどうやって知ったというのか？　この最後の問いへの、納得のいく答えは一つしかない――ジェフリーが教えたのだ。
だが、ここここそが頭の痛いところだ。どちらを向いても、真相解明への道はすべてジェフリー・メープルウッドへつながっている。たしかに、ジェフリーが自分の人殺しの能力を信用していないとすれば、共犯者を使ったことも考えられなくはない。けれども、まともな判断力があるはずの者が、なぜわざわざ現場証人――デュークス夫人とヘティの居合わせているときに殺人を犯すのか？　その前の夜、ジェフリーは十時間あまりも甥とふたりきりだったのだ。しかも深夜なら、バンが目撃されることもおそらくなかっただろう。

そもそも共犯者がいたとしても、殺人の手口が明らかになるわけではない。バンのなかに二、三人は隠れられただろうから、人数すら定かではない。しかし仮に数人がかりだったとしても、どうやったらデュークス母娘《おやこ》の目をかいくぐって、頑健な若者へ死ぬほどのショックを与えられるというのか？　相手は鍵をかけた浴室内にいて、外から入りこむ手段は存在しないのだ。

アーノルドはこの問題を自宅へ持ち帰って、ひと晩寝て考えることにした。

アドルフォードからロンドン警視庁に帰ってきてすぐ、アーノルドはラストウィク弁護士と翌朝会う約束をとりつけておいた。火曜の朝になって、時間どおりに法律事務所に着いたアーノルドは、ひとりの老人の前へ通された。鋭い顔つきながら、どこか温かみも感じられる。

「まあかけたまえ、警部」ラストウィク氏は言った。「バジル・メープルウッド君の件で来られたのだろう。警察が関心を持っている以上、それなりに状況の推測はつくがね。最初に言っておくが、その件に関してわたしが知っているのは、昨日の朝にジェフリー・メープルウッド氏から電話で聞いたことだけだよ」

「では、こちらで確かめたことを先にお話ししましょう」アーノルドはそう言って、日曜の朝に起きたことについて手短に説明をした。

ラストウィク氏は注意深く耳を傾けていた。「いまの話は、ジェフリー氏から聞いたこととほとんど一致しているよ。バジル君の死は、まったく不可解至極だ。彼のことは赤ん坊のころから知っているが、一日たりとも病を患ったことはなかった。つい最近も、厳しい健康検査に楽々合格したんだ

――パイロットの資格取得をめざして、操縦を学ぼうとしていたのさ。まあそういうわけで、捜査には協力を惜しまんよ」

「感謝します、ラストウィクさん」アーノルドは言った。「ではお言葉に甘えて、いくつか質問させていただきたいのですが。バジル氏は、小さからぬ地所を所有していたそうですね？」

「父上が亡くなった際、ヒザリング邸の地所を継いだんだ。当時は未成年だったから、昨年成人するまで、ジェフリー氏とわたしが共同で後見人を務めてね」

「バジル氏の次に、地所を継ぐ権利があるのは？」

「ジェフリー氏だよ。存命中の男性では、もっとも近い血筋なのでな」

「ジェフリー氏が、ヒザリングの財産から一万七千ポンド借りていたというのは事実ですか？」

弁護士の目が見開かれた。「その件を誰から聞いたのかね？」

「フィービ・メープルウッド嬢から伺いました」とアーノルド。

「フィービだって！　あのお嬢さんがいったい、なんだって首を突っこんだのかね？」

「兄のバジル氏が亡くなったと聞いて、すぐにアドルフォードへ駆けつけたのです。ここだけの話にしていただきたいのですが、今回の件に叔父上が関与しているとお考えのようで」

「ああ、なんてことだ！　それを触れて回るほど、自制心をなくしておらんといいのだが」

「さて、どうでしょうな。できるかぎりの説得はしたつもりですが」

アーノルドがそう言うと、ラストウィク氏は苦々しげに笑みをみせた。「若さゆえの軽挙妄動というのは、いかんともしがたいものがあるな。しかしまあ、さきほどの質問に答えれば、フィービ嬢がきみに言ったことは間違っておらんよ。ジェフリー氏は兄上の存命中、ヒザリングの財産から一万ポンド借り、のちのちさらに七千ポンド借り受けた。その兄上というのはとかく鷹揚な御仁で、利息を三パーセントまでしか受け取らんばかりか、返済の期限すら切らんでな。わたしとの話し合いのときにも、『家族のことだから』の一点張りさ。『心配しなくてもジェフリーの都合がついたら、すぐに返してくれるよ』と」

「なるほど」アーノルドは言った。「それでジェフリー氏のほうから、返済について口にしたことは？」

「ありゃせんよ。少なくともわたしは、一度も聞いたことがない。わかるだろう？　そんな貸付条件で返済を迫るのは、とうてい無理な話さ」

「先週バジル氏がロンドンへ来て、その件であなたに相談をしたというのは本当ですか？」

「その件も含め、もろもろの相談を受けたよ。ことのいきさつはこうだ。フィービ嬢が、ウィリアム・ビンガムという青年と結婚の約束を交わした——ウィリアム君の父親は、長年にわたってヒザリングの地所の管理人を務めている人物だ。バジル君は結婚祝いとして、妹へ一万ポンド贈りたいと考えた。そこで、その金額だけでも返してもらえるよう叔父との交渉を進めるにはどうしたらいいかと、助言を求めてきたんだ。わたしならいくらかなりとも、働きかけができるものと思っていたようだ。期待を裏切る結果になってしまって、ひどく心苦しかったがね」

弁護士は言葉を切り、眼鏡を直すとひとつ咳払いをして、おもむろに続けた。

「はっきり言えば、ジェフリー氏がわたしの提案をこころよく聞き入れることなど、まずあり得んのだよ——それがたとえ、なんの件であってもだ。べつだん確執があるわけではない。少なくともわたしのほうは、なんとも思ってはおらん。ところが顔を合わせるたび、どういうわけか軋轢《あつれき》が生じるのだ。このわたしから金の話を持ち出したりしたら、それだけでジェフリー氏はそっぽを向くだろう。だからバジル君には、自分で叔父さんと会って——そしてなんとか、うまく話を持っていってくれと言ったのだ」

「ジェフリー氏とバジル氏は、仲がよかったと聞いていますが?」

「わたしの知るかぎりではそうだ。性格はまったく異なっていたが——叔父のほうはどこか冷たく、勘定高い人物だ。甥っ子は対照的に、おおらかで直情型の人間だった。しかし農場経営という趣味に、ふたりとも熱心に打ちこんでいたのでな。そこらへんで結びついていたようだ」

「土曜の夜には、テンタリッジ村で何時間もふたりだけで過ごしたようです。そこで諍《いさか》いになった可能性はあると思いますか?」

「諍いという言葉が、何を意味するかによるな。意見の食い違い程度なら、大いにあっただろう。だが激しい言い争いとなると、ちょっと想像がつかんな。ジェフリー氏は騾馬《らば》のように頑固だが、喧嘩っ早い人物ではない。誰かと対立することがあれば、むっつりと黙りこんでその場をやりすごすのが常だ。それにバジル君が、叔父のところに泊まっておいて、礼を失するとは考えられんよ」

「ジェフリー氏は——まだわかりませんが、ミス・モニカはフィービ嬢の結婚に賛成ではないようですが?」

「そうだろうな」とラストウィック氏。「ミス・モニカの情熱は、もっぱら治療不能の痴愚者だとかに注がれている。弟のジェフリー氏は、姉の意見に左右されがちだ。ふたりはおおかた、姪っ子が身分違いの結婚を企てているとでも思っているのだろう。まあ、そうとも言えるかもしれんが、この民主主義のご時世に、そんなことはたいした問題にはならんからな。わたしの見立てでは、ウィリアム君は勤勉で目端もきくし、少しの元手があれば成功を収めるかもしれん。おそらくもう知っているだろうが、あの青年は共同経営権を買うつもりなんだ。ロンドンの不動産屋のな」

「その話は知りませんでした」アーノルドは言った。「ではフィービ嬢が受け取るはずだった一万ポンドは、そちらで役立てられる予定だったのですか?」

「たぶんな」ラストウィク氏は短く答えた。「ウィリアム君の相続できそうな財産といえば、父親が給金からこつこつ貯めた金のうち、わずかな分け前だけだろうからな。正確にはいくらになるのか、むろんわたしは知らんが」

「ジェフリー氏には甥御さんの相続人として、フィービ嬢に結婚祝いの金を渡す義務があるのでしょうか?」

「ないよ、そんなものは。フィービ嬢が成年に達したら、母親の遺した金をいくらか受け継ぐことにはなっているがね。おそらく一万ポンドにはほど遠い額だろう。かように、バジル君が亡くなったことで、ふたりの未来が明るくなったということはけっしてないのだよ」

「では、どなたの未来が明るくなったと?」アーノルドはすかさず尋ねた。

眼鏡の奥の目が険しくなった。「それは警部、きみが自分で突きとめるべきだろう」弁護士は言った。「さて申し訳ないが、ひと言かまわないかね。弁護士が依頼人の信用を保つうえで、何よりも重要なこと――それはな、面会に遅刻せんことだ」

ここまで露骨なほのめかしをされては仕方なく、アーノルドは法律事務所をあとにして、ロンドン警視庁へ戻った。犯罪記録をあたって、アーネスト・ペリングの裁判および判決についての記載を探す。ガーランドから聞いた内容に加えて、さらに次のことが書かれていた――ペリングはメードストン刑務所で服役し、一九三六年の初めに出所したと。

これらの情報を得て、アーノルドはドビー部長刑事を呼びにやった。ドビーは独自の方面において、犯罪捜査課になくてはならない人材だった。とはいえ、捜査能力で人より秀でたところがあるわけではない。それどころか警視総監補のエドリック・コンウェイ卿が、ある折にこう評したほどだ——あの男なら大西洋の存在にすら気づかずに、そのまま落っこちるにちがいないと。しかしこの男の真価は、もっと別のところにあった。そのいささか回転の鈍い頭には、犯罪者の人名辞典がまるごと収まっていた。さらに悪党の顔を憶えることにかけては、まことに驚嘆すべき能力を持っていた。

「かけたまえ、ドビー」入室してきた部長刑事へ、アーノルドは椅子を勧めた。「アーネスト・ペリング、中央刑事裁判所《オールド・ベイリー》で一九三三年八月、三年の刑に処せられている。これで何かわかるかね？」

ドビーはじっくり、質問を脳裏へしみこませた。それからおもむろに口を開いた。「はい、警部。若くてなかなかの男前です。当時三十そこそこでした。新しい種類の紙を考案したそうで、非常に頭のいい男ですな。といっても、共同経営者の小切手の署名を偽造したところ、それはあえなくばれたのですが」

「そいつだ」アーノルドは言った。「ずいぶん簡単な事件だったようだな」

ドビーは肩をすくめた。「さっさと罪を認めて、関係者の時間と労力を節約したほうがよかったでしょうな。子供でももう少しましな工作をしますよ。カーボン紙で署名を写しとって、上からインクでなぞったんです。もちろん、専門家の目をごまかせるわけがありません。あげくの果てに、使ったカーボン紙が発見されて、法廷へ提出される始末です」

「刑期を終えたあと、その男がどうなったか知っているか？」

ドビーは再び集中して記憶をたどった。「幸運な男でしたよ。元相棒だった人物が気前よく、共同経営解消にあたって金をはずんでやったんです。何千ポンドという金額ですよ、たしか。ペリングはその金で商売を始めました。ラジオや蓄音機だとかを売る店を、ジョン・アーネストと名を変えて。店の場所は、郊外のわりと新興地で――ええと、ちょいとお待ちください。そうだ、オーピントンだ」

「よし、じゃあオーピントンまでひとっ走り行って、まだそこにいるかを確かめてこい。いなかったら、どこへ行ったか聞きこみをしろ。わかりしだい、向こうの署から電話をよこすんだ」

ドビーが出ていったのと入れ違いに、アーノルドは今朝打った電報の返事を受け取った。文面は簡にして要を得ていた。

リュウカンニテ　オキアガレズ　コノタビハ　アシカラズ

メリオン

アーノルドはひとり、むしろ感心するほどくどくどと、悪態のかぎりを並べたてた。今回のような場合にこそ、メリオンの想像力が何よりも役に立つはずなのだ。メリオンという男は目のつけどころが実に独特で、ふつうは見落とすような糸口をとらえ、それをいじくり回しているうち、すべてのもつれをほどいてしまう。それなのに、いまこそその閃きが必要というときに、あの男ときたらどうだ。おおかた、ベッドでぬくぬくしながらたらふく腹に詰めこんでいるのだろう――牛肉《ボヴリル》エキス入りミルクだの、その手の滋養たっぷりのものを。つくづく憤懣《ふんまん》やるかたない。

おのれの運の悪さを噛みしめつつ、アーノルドは昼食へ出かけた。ちょうどいい焼き加減のステーキと大ジョッキ一杯のビールが、だいぶ気持ちをなだめてくれた。メリオンが来られないのなら、あの男抜きでできることをやる——そうだ、それだけのことだ。さて、メリオンだったら今回の件に、どのように取り組んだだろうか?

アーノルドはパイプに火をつけ、ひとしきり考えてみた。メリオンなら真っ先に、動機について思案をめぐらしたことだろう。そう思うと、ちょっとばかり嬉しくなった——そのあたりはすでに片づいている。今回の場合、動機に関してはなんら難しいところはない。

うまい昼食にありつけた満足感も手伝って、メリオンが出してきそうな疑問にもあらかた答えられるような気がしてきた。さて、どういう事件だ? バジル・メープルウッド殺人事件だ。あの不幸な青年が殺害されたことは、あらゆることがらによって示されている。では犯人は? まちがいなく叔父のジェフリー・メープルウッドだ。犯行時刻は? たやすい質問だ。ほぼ正確に絞りこめる——二月二十日日曜、午前八時半。犯行現場は? それも答えるのはやさしい。テンタリッジ村の〈旦那さまの別荘〉の浴室内だ。それならば、犯行の手口は——? それが唯一、筋の通った答えの見つからない問いだった。その部分は、メリオンの想像力で埋めることができたかもしれない。まったくあの男ときたら! 流感になど、もっと暇なときにかかっておけばいいものを。

残った問題はあと二つ。一つ、犯罪の動機は? わかりきったことで、これ以上くどくど言う必要はない。二つ、事件前あるいは事件後、共犯になった者がいるのか? いまのところその疑いは残っている。バンの運転手は事件に手を貸したかもしれないし、貸していないかもしれない。ただアーノルドは、デュークス夫人とヘティの潔白は確信していた。ロンドン警視庁まで徒歩で戻り、自分の執務室へ入る。そのときもまだ、あれやこれやと頭をひねっていた。しかしほどなく電話がかかってきて、アーノルドの思考は断ち切られた。

「ドビーです、警部。いまオーピントン警察署です。例の店がありましたよ。ドアの上に、ジョン・アーネストと書かれてました。わりあいしゃれた店ですな、大きなショーウィンドーがあって、こぎれいな嬢ちゃんが何人か勤めていて。店内へ入って、そのうちのひとりを捕まえて、〝月のもとで狂おしく〟というレコードがないかどうか尋ねました。うちの娘がいつもかけてましてね、なかなか悪くない曲ですよ」

「なるほどな」アーノルドはじりじりしながら言った。「なあドビー、頼むから話を先に進めてくれんか」

ドビーはそれでも、最低限にしか急ぐ気配をみせなかった。「そうですな、警部、その嬢ちゃんが店じゅうを調べてくれたんですが、たまたまそのレコードは在庫がなくて。それで怒ったふりをしたんです、かわいそうでしたけど。よくもおれの時間を無駄にしたな、話があるから店のあるじを呼んでこいって。嬢ちゃんは出ていって、あるじを連れてきました。入ってきた瞬間、アーネスト・ペリングだとわかりましたよ。被告席にいたときと、ちっとも変わっていないように見えました。ペリングは形ばかりはていねいに、二、三日中には仕入れますからと言いました。それでわたしは、ほかの店で買うからもういいと言って、店を出てきたんです」

「向こうはきみに気づかなかったのかね?」

「ええ、大丈夫です。気づきやしませんよ。なにしろこっちと違って、向こうはわたしをじっくり見たことがありませんから」

「わかった、当座はそれでけっこうだ。わたしもこれからそっちへ行って、ペリングと会ってみよう。そこの店への行き方を教えてくれ」

およそ一時間後、アーノルドはチャリング・クロス駅から列車へ乗りこみ、オーピントン駅へと向かった。車中で引き続き、メリオンならどのように今回の件に取り組んだか、あれこれ頭をひねってみた。あの男なら絶対に、常識的な方法はとらない。いつだってそうなのだ。純然たる想像のみで仮説を組み立て、それを突きつめていくうちに、いまいましいほどの強運で望んでいた手がかりを得てしまう。だが今回ばかりはどれほど想像力を働かせようと、つじつまの合う仮説を生み出せるとは思えない。

ジェフリー・メープルウッドが自分の甥を殺した――ほとんどの部分については、きわめて明白な事件だ。金の返済を迫られ、厄介ごとをおそれて始末しようと考えたのだ。しかしいったい、どんな手口で殺したのか？　バジルはなんの前触れもなく、突然息絶えた――鍵のかかった浴室内で。浴室のなかに入る手段はなかった。共犯者を想定しても――たとえ一ダースいたとしても、この謎は解けないのだ。

とにもかくにも、推理のとっかかりがほとんどなかった。思いつくのは、ジェフリーがデュークス夫人に頼んだという伝言くらいだ。それを聞いてバジルは浴室を先に使ったわけだが、それにしてもどうして、前の晩のうちに決めておかなかったのか？　バジルが寝室へ行く際に、ひと言っておけばすむ話だ――『おやすみ。明日の朝だが、おまえが先に浴室を使いなさい。ただ、あまりぐずぐずするんじゃないぞ』とかなんとか。なぜわざわざ、翌朝になってから伝言などしたのか？

つまりバジルが寝室へ行った時点では、まだ殺人の計画は固まっていなかったのだ。とはいえバジルは、健康そのものの若者だ。まず確実に眠りは深かったことだろう。デュークス夫人は、目を覚まさせるのに二度ノックをしたと言っていた。甥が寝入ってしまったら、ジェフリーには朝までたっぷり余裕があったはずだ。それでは、その時間を何に使ったか？

もちろん、なんらかの準備にきまっている。〈別荘〉にいるのは熟睡している甥だけなのだから、出入りだって簡単だ。玄関から出て、戻ってきたらまた錠を下ろし、閂《かんぬき》をかけておけばいい。それどころか、甥が寝しずまってから翌朝デュークス母娘《おやこ》が来るまでのあいだは、ほぼなんでもやりたい放題なのだ。

ここまで考えて、アーノルドはふいに閃いた。ほぼなんでも——そうだ、バンで駆けつけた共犯者の助けがあれば、なおさらやりたい放題だろう。

アーノルドは再び、自作の時間表に目を落とした。日曜の朝七時半、バンの姿が見当たらなかったことはまちがいない。しかしもちろん、近くにひそんでいたことも考えられる。〈別荘〉の一日は、判で押したように決まりきっている。デュークス母娘が来るのは午前七時半で、ずれが生じたとしてもわずか数分のことだ。さらに、いったん母娘が家屋に入ってしまえば、見慣れぬバンが外に停まろうが、家事に追われて注意を向けるはずがない。しかもジェフリーは招待した側の人間だ。前日の夜、お客のバジルが寝室へ行く時間も、思いのままに決められたはずだ。

このように考えると、さまざまな可能性が開けてくる。まずはこのように仮定してみよう。訪問したいとの手紙を受け取ったとき、ジェフリーは気づいた——甥っ子の目当ては、農場のディスクハローではないことに。フィービが結婚すると言っていたし、兄として祝いにまとまった金を贈るつもりだろう。ということは、ヒザリングからの借金の一部を返せとせっつかれるにちがいない。それで決意を固めたのだ――面倒ごとを避けるために、甥をひそかに始末しようと。

となれば土曜の夜は、むしろまたとないチャンスだ！　標的と〈別荘〉で何時間もふたりきりになれる。ジェフリーは創意工夫にすぐれていて、そう簡単には露見しない殺害方法を編み出した――それがなんなのかは置いておくとして、ともかく自動車一台と、その運転手を必要とする方法だった。

ジェフリーはその両方を用意することができた。運転手と連絡をとって、しかるべき指示を与えた。運転手はあらかじめ打ち合わせしておいた時間――たとえば真夜中に、何かを運んでくる手はずになっていた。その何かの正体も、とりあえず置いておく。〈別荘〉の前に到着した運転手は、車を停めてジェフリーが出てくるのを待った。

すべてが計画どおりに進んだ。ジェフリーは寝室へ退《さ》がったと見せかけて、また一階へ下り、待機した。バンの停まる音が聞こえると、外へ出て運転手と会い、相手が運んできた何かを受け取って浴室のなかへ運びこんだ――それの存在する室内にいるだけで、命を落とすような代物を。

ここまでは順調だった。しかしここで、アーノルドの想像はぴたりと止まってしまった。その何かがなんであれ、ジェフリーは苦もなく浴室へ運びこむことができただろう。だが、運び出すときはどうだ？　浴室のドアには鍵がかけられて、ルーベンがこじ開けるまでそのままだった。開けたときに見慣れないものがあれば、デュークス一家の誰かが気づいたのではないか？

数分後、アーノルドは再び閃きを得た。ウィル・オーエンズという若者の証言だ。オーエンズは恋人に会いに行く途中、自転車で〈別荘〉の前を通りかかった。そしてその際に、バンの運転手がハンドルの前に座って、ロープを巻くかどうかしているのを見かけた。このささいな目撃情報が手がかりになるかもしれない。

その何かは、ロープを――というより、ブラインドコードのような丈夫な紐を結わえつけてあった。ジェフリーはそれを所定の位置に据えたあと、紐の端っこを窓から道路めがけて放り投げる。共犯の男が紐を拾い、低い塀越しに庭の植込みに隠してから、バンに乗って走り去る。男はまた翌朝、決まった時間に戻ってくる手はずになっている。ジェフリーなら、甥が浴室へ入る時間を数分以内の誤差で予測できたはずだ。

翌朝男が戻ってきて、バンを降り、エンジンをいじるふりをする。実際には、ジェフリーが〈別荘〉のなかから合図をよこすのを待っていたのだ。合図が来たら、男は塀越しに手を伸ばして紐の端っこを掴み、力をこめてぐいと引っぱる。すると浴室の窓から、その何かが引っぱられて飛び出してくる。男はそれを回収してバンへ乗りこみ、紐を巻いて片づけてから走り去る。

ここまで考えたとき、列車はオーピントン駅へすべりこんだ。アーノルドはしてやったりと笑みをもらした。悪くない仮説だ。メリオンの旺盛な想像力をもってしても、これ以上のものはひねり出せないだろう。

第八章

ドビーの説明どおりに行くと、くだんの店はすぐに見つかった。見たところ素人くささのない、なかなかに繁盛していそうな店で、アーノルドが入ったときにも半ダースほどの客の姿があった。手が空いて応対にやってきた店員の娘へ名刺入りの封筒を差し出し、アーネスト氏に渡したいと伝える。娘は名刺を確認すると、すぐさま返してよこした。アーノルドはその娘《こ》の案内で、専用の事務室へ通された。そこにいたのは色白で金髪のまだ若く見える男で、ひげをきれいに剃り、りゅうとした身なりをしていた。品のある物腰で椅子を勧めてくる。

アーノルドはその勧めに従いつつも、口はつぐんだままでいた。娘が出ていったのを見はからい、声をひそめて尋ねる。「失礼ですが、アーネスト・ペリングさんですな?」

相手はとたんに色をなし、「だったらなんだというんです?」と声を荒らげた。「死ぬまで警察に悩まされないといけないんですか?」

アーノルドは椅子の背にもたれて、微笑みを浮かべた。「いやいや、悩ませるなどと。わたしは忘れられた過去に、これっぽっちも興味はありません。今日お訪ねしたのはですな、ご商売で組まれていたジェフリー・メープルウッド氏についてお話を伺うためです」

この名を出した瞬間、ペリングの身体がこわばった。「ジェフリーですって?」噛みつくように尋ねる。「ジェフリーがどうしたというんです?」

「いや、ジェフリー氏はどうもしていません」アーノルドは言った。「ただ、甥御さんのバジル・メープルウッド氏が急死されましてな。日曜の朝、ジェフリー氏の〈別荘〉の浴室で」

ペリングはしばしのあいだ、きょとんとアーノルドを見つめていた——が、だしぬけにヒステリックな笑い声を上げた。「バジルが?」唾を飛ばしてわめき散らす。「いやはや、こいつは恐れ入ったな。則《のり》を越えざる家をも災いは訪《おとな》うとは、よくも言ったものだ。バジル青年が死んだって? じゃあぼくの勘違いでなければ、ジェフリーがヒザリングを受け継ぐわけですね、あの一族の地所を?」

「そうだと聞いています」アーノルドは短く答えた。「ペリングさん、つらい記憶を思い起こさせるかもしれませんが、なにとぞご容赦を。共同経営をしていたとき、ジェフリー氏との仲は良好だったのですか?」

ペリングは肩をすくめた。「親しき友、とまではいきませんでしたがね。そもそもジェフリーは、誰かと親しくなるような柄じゃないんですよ、ひどく自己中心的なのでね。でもまあおっしゃるとおり、それなりにうまくやっていました。事業については、それぞれうまく分担しましてね。あの古ギツネみたいなジェフリーが事務所の管理をして、ぼくは技術方面を受け持って」

「週末にはテンタリッジ村の〈別荘〉で、ジェフリー氏と過ごすこともあったのですか?」

ペリングはうなずいた。「ええ、まあ。〈別荘〉や農場なんかにとりたてて興味があったわけではないですが、あそこしかジェフリーの姉上の口から逃れられる場所はないですから。会いましたか、あのご婦人に? いまも肝煎りの施設のことを、べらべらまくしたてているんですか? 治療不能の痴愚とやらが唯一の入所資格なら、ご本人こそあそこに入るべきですよ」

「ええ、お会いしましたよ」アーノルドはうなずいた。「ですがお訊きしたいのは、あの方の弟さんについてです。あそこの〈別荘〉へ足を運ばれていたそうですが、改築前に行かれたことは?」

「何度かありますよ——そうですね、五、六回は。ジェフリーに助言を求められましてね。浴室を新たに造りたいとか、家屋全体を時代に合わせたいだとか。ぼくは、建築には疎いから無理だと伝えました。本職の建築家に図面を引かせたって、たいしてふところは痛まないだろうと。でもジェフリーは、頑として受けつけませんでした。削れる出費は、一ペニーだって削ろうとするんです。そんなわけで、結局地元の土建屋へ押しつけました。そこの仕事ぶりは、まあ実用には足りたかもしれませんが、目覚ましいところは何もありませんでした。とはいっても、のちに手を加えたかもしれません。ぼくはなにしろ、五年以上もあそこへは近寄っていませんから」

「ここ五年間で、ジェフリー氏に会われたことは?」

ペリングはわずかに眉根を寄せた。「状況を考えると、会っても少々気まずいでしょうからね。ですが、人を介してなら連絡をとりましたよ。あっちが提案をしてきて、ぼくが受け入れたんです。ほかにどうしようもなかったので。けれども交渉はすべて、弁護士を通しました」

「ラストウィク氏ですか?　メープルウッド家の顧問弁護士の」

ペリングは勢いよくかぶりを振った。「とんでもない!　ジェフリーは、その弁護士のことが大嫌いなんですよ。実はですね、ジェフリーは製紙工場へ共同出資をするために、自分の兄から借金をするはめになったんです。当時本人が口をすべらせたんですが、どうやらラストウィク氏は、貸付条件を少々引き締めようとしていたようですね。ともかく、ラストウィク氏じゃなかったですよ。アドルフォードのフレトンという弁護士でした」

「あなたご自身、バジル氏に会ったことは？」

「一度か二度ですけどね。リヴァーバンク邸に滞在しているとき、ジェフリーが工場まで連れてきたんです。実にいい青年だと思いましたよ――叔父の短所をこれっぽっちも受け継いでいなくって。ぼくがあの若者の死をどれほど悲しんでいるか、とても理解してもらえないでしょうね。急死したとおっしゃいましたが、どうして亡くなったんです？」

「医師もまだ判断しかねていましてな。それもあって、もっか聞きこみに回っているのです」

ペリングは「なるほど」とうなずき、語を継いだ。「ぶしつけかもしれませんが、お尋ねしてもかまいませんか。ぼくのところへいらしたのは、どういう理由でですか？」

その声音には、明らかに憤りがにじんでいた。アーノルドはなだめるように微笑んだ。「さきほども申しましたが、忘れられた過去にはいささかの興味もありません。わたしが今回の件に関わって以来、ジェフリー氏の知人で身辺の事情に詳しい人物として、たびたびあなたの名前が挙がりますのでな。というわけで、ジェフリー氏についてお話し願えますか」

「偏見抜きでですよね、もちろん」ペリングは皮肉交じりに言った。「いいでしょう、やってみますよ。ジェフリーは手に入れたものではけっして満足せず、常にそれ以上を求める男です。といっても、野心家というわけではありません。たとえば、どこかで五シリング浮かせたとしたら、なぜ六シリングにならなかったのかと悔やんで鬱々とするんです。おわかりですか？」

「よくわかります」アーノルドはうなずいた。「そして次には、六シリング浮かせようと努力を尽くすわけですな」

「そのとおりです。いつもいつも、そんなことに頭を悩ませているわけです。仮に六シリング浮かせたとしても、けっして喜んだりしません。七シリングにならなかったことで鬱々とするんです。ずっとこの調子ですよ。

　テンタリッジの農場にしても同じことです。人には道楽でやっているとか、農場経営に関心があるからとか言っていますが、実情は違います。なんだかんだで、あそこは儲かっているはずですよ。でなければあの気の毒なデュークスが、ちくちく嫌味を言われているでしょうね。ジェフリーの下で働くのは、並たいていの仕事じゃないですよ」

「ジェフリー氏には、商才がおありだと思いますか？」

　ペリングは奇妙な笑みを浮かべた。「あの商売のやり口には、まったく感心しますよ。あれほど値切るのに熱心な人間は、そうそういるもんじゃありません。百ポンドの取引で一ファージング（英国最小額の銅貨。一九六一年廃止）の節約がかなうなら、あの世でも覗いてやろうという勢いなんですから。ただ、雀の涙でも得をすると確信すれば、最後の最後には出費もいといませんがね。つまり、商売の一環としてなら金を出すこともありますが、使うためだけに使うなんてことはあり得ません。それはジェフリーのやり方じゃないですよ」

「そうですか」とアーノルド。「とすると、金はかなりあるのでしょうな」

　ペリングは再び肩をすくめた。「そのはずですよ。工場は非常に好調でしたし――といっても、ぼくが関わっていたころの話ですが。まあ、現在も好調だと思いますよ、ハーマタインの製造権を独占しているんですから。ご興味があるかはわかりませんが、そいつはぼくが開発した紙でして」

「だそうですな」アーノルドは言った。「恐縮ですが、ジェフリー氏と甥御さんの関係についてお聞かせ願えませんか？」

するとペリングは、アーノルドの顔をまともに見すえた。「ねえ警部さん、そろそろまどろっこしい話はやめにしませんか？　わかりますよ、バジル青年の死にジェフリーが関わっているとお疑いなんでしょう。それでぼくから話を聞き出して、公判が開かれたら証人として呼び出すつもりですね。あいにくですが、そういったことはきっぱりお断りしますよ」

相手が声を荒らげた理由を、アーノルドはとり違えた。「恩義を感じておられるのは、すばらしいことです。ですが――」

「恩義ですって！」ペリングがさえぎった。「ああ、おっしゃる意味はわかりますよ。もちろんジェフリーには感謝しきりですよ、ぼくを追い出すときに、あんなに金をはずんでくれたんですから。罪を犯した悪党に、他人の思いやりを期待する権利などありませんからね。けれども証言台に立つ気がないのは、それが理由じゃないですよ。わかりませんか？　ぼくには一度、自分の証言を信じてもらえなかった経験があるんです。二度目なんてごめんですね。ぼくはもう、前科者なんです。嘘つきの偽造犯の烙印は死ぬまで消えないんです。そんな者の証言が、そうそう信用されると思いますか？」

心底苦しんでいることが、声音から伝わってきた。アーノルドはわれ知らず心を揺さぶられた。

「お気持ちお察しします、ペリングさん。過去のことを掘り起こされるのは、もちろんご本意ではないでしょう。ですが、可能なかぎりでかまいませんので、ご存じのことを教えてもらえませんか？　あなたの名前はもらさないと約束します」

「ええ、まあ、そういうことでしたら」ペリングはためらいがちに、のろのろと答えた。「けれども、ジェフリーとあの青年の間柄なんてほとんど知りませんよ。ぼくの見たところ、ひとりの人間としては気に入っているようでしたがね。気に入らないのは、甥っ子の存在だったんです――わかりますか？」

「よくわかりませんな、残念ながら」

「じゃあ、ちょっと説明しましょう。このへんのことは本人からしょっちゅう聞かされてましたから、言いぶんはわかっているつもりです。さっき、ジェフリーの商才うんぬんの話をしましたね。実際、たいした商売人ですよ。このごろは製紙工場の経営者の地位にも、まずまず満足しているようですが。しかしあそこの買収のときには、説得するのに骨が折れましたよ。どうもジェフリーにとっては、望みの商売じゃなかったようで」

「それでは、何が望みだったんでしょうな？」アーノルドは尋ねた。

「ヒザリング邸です――それしかないですよ。ジェフリーは若いころ、父上がご存命のときにそこの屋敷に住んで、地所内を一手に切りまわしていたそうです。ジェフリーのお兄さんは、そういうことにいっさい興味を示さなかったらしくて。好人物ではあったようですが、地方地主の生活は肌に合わなかったんですね。インテリ向けの芝居を観に行ったり、さまざまな学会に出たりするのを好んだそうです。たしか、レヴィラギゲド島（アラスカ南東部の島）住民の風俗習慣の権威だったとか。もちろん、実際に訪れたことはなかったようですが」

アーノルドは「なるほど」とうなずいたものの、地理のほうはあまり得手ではなかった。

「まあこれで、お兄さんの人となりはおわかりでしょう。一族の地所や小作人たちよりも、異国の風物や住民に興味を持っていたんですね。ジェフリーは、自分ではなくそんな兄がヒザリングを継ぐことに、しょっちゅう不満をもらしていました。バジルが生まれたあとですら、何か奇跡が起きて跡継ぎの座が転がりこんでこないかと、一縷《いちる》の望みにしがみついていたくらいです。

しかし奇跡は起こらず、ジェフリーはだんだんふさぎがちになりました。言っておきますが、その地所に愛着があったとか、そういう情緒的な話ではありません。うまく運営していけば、莫大な利益を生み出せると思ったんです。もう一度言いますが、ジェフリーは本当にたいした商売人です。それはもう、綿密な計画を練っていたんですよ。地所のうち、使えるところは一平方フィート単位で住宅用地にして、残りは集約的に農地化すると言っていました——住宅を建てたのち、そこの入居者たちへ農産物を供給するためです。卵や牛乳、家禽、野菜、そういったもろもろのものを。ジェフリーはその経済活動の中心となって、ぞんぶんに手腕をふるうつもりだったようです。状況さえ違っていれば、こうしていたああしていたと、よくぼくにこぼしていましたよ。ですがいまこそ——」

「いまこそ——?」アーノルドは静かに問い返した。

ペリングはアーノルドを見すえると、唇を笑みの形にゆがめた。「いまこそジェフリーが、野望を実現するときが来たわけです。彼にとっては、まさしく降って湧いたような幸運ですよ。まさか誰も、あんな若者がぽっくり逝くとは思わないじゃないですか。気づかれなかったようですが、きっと心臓が弱かったんでしょうね」

「医師によれば、バジル氏の心臓は健康そのものだったそうです」

「しかし、これといった原因もなく急死したんでしょう?」ペリングは怪訝《けげん》そうに尋ねた。「ジェフリーの〈別荘〉の浴室で、とおっしゃいましたか? まあ、ぼくには関係のないことですが」

「事件解決への責任という点では、だれしも無関係とはいえないと思いますが」

「まあ、それはそうですね。ところでぼくには、科学の知識がありましてね。だからハーマタインを発明できたんです。いまの商売にも必要なんで、ここにもささやかな実験室を造ったんですよ。以前とは違って、化学ではなく物理学の分野ですが。お帰りの前にご案内しましょう。余暇にはそこで電波の実験をしているんです。なにしろまだまだ、未知の部分の多い分野ですので。たとえば宇宙線のエネルギー利用の可能性について、考えたことはおありですか？　ないでしょうね、たぶん」

「ないですな、一度も」アーノルドはきっぱり答えた。「どうも、おっしゃることの意味がよく――」

「ああ、失礼。だれしも憶えがあるでしょうが、趣味の話を持ち出すと止まらなくなって。ぼくが言いたかったのは、下水管を調べることは思いつかれたか、ということです」

どこかで聞き憶えのある言葉だった。そうだ、例のとんちんかんなご婦人、モニカ・メープルウッドが口にしていたのだ。アーノルドはふいに、無性にいら立ってきた。

「下水管ですって！」思わず口調がきつくなる。「冗談はほどほどにしてください。たしかにそれが破損すれば、具合を悪くする者も出るでしょう。しかしどれほど盛大に壊れれば、人が死ぬというんですか」

「いやいや、ごもっともです」ペリングはなだめるように言った。「ぼくが言いたいのは、そういうことじゃないんです。ぼくが出入りしていたころ、あそこの村に下水本管は通っていませんでした」

「通っていないでしょうな、いまも」アーノルドはそっけなく言った。「それが今回の件に、どういった関係が？」

「関係ないでしょうね、まったく。けれども下水本管がない以上、〈別荘〉から出た下水はほかの方法で処理しなければなりません。一般的には下水槽を設置して、いったんそこへ溜めておき、適宜空《から》にするという方法がとられます。ジェフリーもあそこの〈別荘〉でそうしていました――現在はどうだかわかりませんが」

「まだどうも、お話が呑みこめませんな」アーノルドはなおもとげとげしく言った。

「それはたぶん、警部さんが下水槽をそれほどご存じじゃないからですよ。町の人間は、下水設備などはあって当然だと思っていますからね。いいですか、いざ下水槽を造ろうと思ったら、かなりの大きさの穴を掘らなくちゃいけないんです。あそこの〈別荘〉の下水槽だと、三千ガロンほどの容量でしょうね。一立方フィートあたり六・二五ガロンとすると、四百八十立方フィートです。考えてもらえばわかるでしょうが、相当の大きさの穴になります」

とうとうアーノルドにも、ペリングの真意が理解できた。「どこです、その下水槽は?」

「勝手口の前の、舗装部分の下にあります。家屋から離れた隅のほうに、蓋がはまっているはずですよ。ぼくが何かをひそかに処分しようと思ったら、真っ先にあそこを思いつくでしょうね」

アーノルドはしばし考え、言った。「ご教示感謝します、ペリングさん。何かが処分された可能性については、わたしも考えていたのですが。つまり、バジル氏殺しの凶器になったもののことですがね。しかしどんなものを捜せばいいのか、まるで見当がつかんのですよ」

ペリングはアーノルドを鋭く一瞥した。「すでにご承知かもしれませんが、ジェフリーの農業のやり方はきわめて現代的です。現代の農業においては、絶えず害虫や害獣と戦わなくてはなりません。常にあれやこれやと農薬を散布しますし、そのなかには相当に有害なものも存在します。その気になればフォアストル農場で、教会区民全員を殺せるだけの毒物が何種類も見つかるでしょうね」

この意見はアーノルドにとっても、とりたてて目新しいものではなかった。「バジル氏がなんらかの毒で殺害されたという線は、わたしも考えました。たとえば毒ガスだとか」と言葉を継ぐ。「ですがもっかのところ、医師の見立てはショック死ということでして」

ペリングは微笑んだ。「お医者先生にはまことに失礼ですが、あまり知られていない毒物のなかに、ショックとほぼ同様の効果をもたらすものがあるんですよ――たとえば、アルシンなんかがそうですね」

「アルシン？　なんですか、それは？」

「危険で厄介なガスですよ。さいわい、ふだん出くわすものじゃありませんが。けれども農家が使うもののなかには、砒酸鉛《ひさんなまり》という薬品がありまして、そこからアルシンを作り出すのはたやすいことです。こいつを少しばかり、ゴムホースあたりで閉めきった室内に引き入れてやれば、どんなに屈強な男でもいちころですよ」

「ああ！」アーノルドは大声を上げた。ペリングがなにげなく発した言葉が、新たな可能性を開いたのだ。ゴムホースあたり、か！　そんなものならどこの庭にでもある。目撃証言にあった、バンの運転手が持っていたというロープはそれで説明がつくのではないか？　「面白いご意見ですな、ペリングさん。それにしても、そんな毒ガスを作る方法を一般の農家が知っているものでしょうか？」

「一般の農家がですか？」ペリングは問い返した。「まあ、まず知らないでしょうね。農薬としての砒酸鉛の使用法は熟知していても、それ以外の使い道など考えもしないと思いますよ。でもジェフリーは、農業だけではなく製紙業もやっていますから。現代の製紙業者は、幅広い化学の知識が求められるんです。それはまちがいないですよ。研究施設だってなければなりませんしね。たとえばぼくがハーマタインのまともな試作品を生み出すまでには、何ヵ月もかかりました。そのために当然、研究所の設置が必要だったんです」

「その研究所というのはどこに？」

「もちろん工場内ですよ。ジェフリーには経費のことで、さんざん文句を言われましたがね。でもハーマタインが大当たりして、すっかり大人しくなりました。まだあそこにあるはずですよ、定期的な製品のテストが必要ですから」

「その、なんといいましたかな？　さっきおっしゃっていたものを、そこで作ることはできるんですか？」

ペリングは〝アルシン《arsine》〟と綴ってみせ、アーノルドはそれを手帳に書きとめた。「そのアルシンを、工場の研究所で作ることは可能なんですか？」

「可能ですね、完全に。アルシンにかぎらず、ほかの毒ガスでも何種類も作れますよ。言うまでもなく、安全対策をおこたってはいけませんが」

「作ったあと、持ち運ぶことは？」

「簡単ですよ、適当な容器に封入すれば。たとえばタイヤのチューブなんかでも、一ダースの人間を毒殺できる量を運べます。でもぼくだったら、その手の実験はやめておきますね。アルシンはとにかく危険ですから、おいそれとは扱えないんですよ」

「ああ、その点はご心配なく」アーノルドは心から言った。「いろいろ教えていただいて、まことに助かりました。少々長居しすぎたのでは？」

「いいえ、かまいませんよ」ペリングの声にも温かみが感じられた。「最初のうち、つっけんどんな応対をして失礼しました。おわかりかと思いますが、牢屋帰りの人間は警察の影がちらついただけで、怖気をふるってしまうもので。死ぬまでこの調子ですよ。さ、帰られる前に、ぼくの実験室を覗いていってください。五分とかかりませんから」

ペリングが先に立って事務室を出て、広い部屋へアーノルドを案内した。そこは電気の実験室だった。アーノルドがあっけにとられて、ところ狭しと置かれた精巧な機器類を見つめていると、ペリングが微笑んだ。「ラジオ販売店の奥にこんなからくりが並んでいるなんて、思いもよらなかったでしょう。実を言いますと、研究はぼくの趣味なんです。やっていて愉《たの》しいのもありますが、一つの発見で一攫千金も狙えますからね。たとえば電線を介さずに、電力を送る方法なんてどうですか？　道のりはまだまだ遠いですが、いつかは実現すると信じていますよ」

「そうでしょうな」アーノルドは上の空で返事をした。「いやはや、勉強になりました。ところでそろそろ、ロンドンへ戻らなければなりませんので」

「約束を忘れないでくださいよ。ぼくをけっして巻きこまないと」

「忘れませんよ」アーノルドはそう言い、握手を交わしてその場を辞した。駅からチャリング・クロス行きの列車へ乗りこむ。

ペリングから聞いた話は、実に示唆に富むものだった。ひとりよがりと思っていた仮説が、科学の知識のある人物の支持を受けたのは予想外の収穫だった。アルシンなる代物は、見事に条件を満たしている。農業が趣味のジェフリー・メープルウッドは、確実に砒酸鉛を入手できたことだろう。さらに製紙工場の経営者として、研究所を自由に使い、砒酸鉛からアルシンを作り出すことができた。このガスは、ごくふつうのゴムホースで浴室へ引き入れることができる。そしてこのホースこそ、運転手が巻いて片づけていたとみられるロープの正体にちがいない。

考えれば考えるほど、バンの運転手が謎を解く鍵という気がしてきた。共犯を作るということは、わが身を危険にさらすことにほかならない。それなのになぜ、ジェフリーはそうしたのか？　もちろん、犯罪の証拠を始末するためだ。しかしそれにしては、あまりにもやり口がお粗末ではないか？どうして共犯の男は、道路に停めた車のなかでホースを巻いたりしていたのか？

アーノルドはふと、はるかに簡単な方法を思いついた。問題の毒ガスを、楽に持ち運びできるもの——たとえばサッカーボールかラグビーボールの内袋に封入する。これなら〈別荘〉へ持っていって、計画実行のときが来るまで隠しておける。実行のときとは、バジルが浴室へ入ったあとだ。管の片端を内袋に差しこみ、もう片端をドアの鍵穴に差し入れてから内袋を押しつぶし、中身のガスを浴室内へ送りこむ。犯罪の証拠として残るのは、空っぽの内袋だけだ。その程度のものなら、処分するのもたやすい。この方法なら、共犯者も使わずにすむ。

ところが現状では、あらゆる点が共犯の存在を指し示している。今回の件にまるで関係のないバンが、バジルが死んだ時刻にたまたま〈別荘〉の前に停まっていたとすると、それこそずいぶんな偶然ということになってしまう。ともあれ、この謎を解くもっとも確実な方法は、バンと運転手を見つけ出すことだ。

とはいえアーノルドは、これまでの苦い経験から学んでいた。車一台を探し出すというのは難儀なことだ——とりわけ、注意を引く理由のない車の場合は。正確な証言が得られているときでさえ、この手の作業は容易ではないのが常である。ナンバープレートの偽造はすぐにできるし、あらかじめ準備さえしておけば、数時間とかからずに車台《シャシ》だけを残し、上の車体《ボディ》をそっくり交換してしまえる。また、速乾性のペンキで塗装をほどこすだけでも、見てくれを完全に変えることができる——古ぼけた車ならなおさらだ。

ロンドンに帰ったのち、アーノルドはまずハラム博士と連絡をとった。しかし病理学者の話は、失望の念を禁じえないものだった。

「検査をひととおり行ってみたよ」博士は言った。「まあ、詳細は省くがね。結果を言えば、バジル・メープルウッドの正確な死因は少しも明らかにならなかった。遺体の症状——というよりも症状の欠如は、ショック死であることを示しておる。しかしあいにく、どのようなショックが加わったかを知るすべはないのだ」

「それだけでは、ちょっとどうにもなりませんな」アーノルドは言った。「どういう種類のショックだったたか、少しでも見当はつきませんか?」

ハラム博士は肩をすくめた。「きみら警察はわれわれ科学者に、教皇のごとき無謬《むびゅう》性を求めておるのかね」ため息交じりに言う。「少しは立ち止まって、わしらに課せられた限界について思いをはせたらどうなんだ。そりゃあ、明白な痕跡が残っていたり、砒素のような毒物が遺体から検出されれば、われわれも明確な判断を下せるよ。しかしだね、本件のようにその種のものがいっさい見つからん場合は、曖昧な態度をとらざるを得ないのだ。いくらせがまれようと、専門用語を並べたててけむに巻くわけにもいかんしな。

きみのことをひとまず、人並みの常識と注意深さを備えた刑事と仮定するとだね。Aという人物が血まみれで床に倒れていて、Bという人物が肉切りナイフを手にしてそばに立っていたとしたら、きみはこのように考えるだろう——かなり確実性の高い結論を導き出すだけの根拠が存在すると。同様に、遺体の体内から一オンスほどの砒素が見つかったとしたら、わしは死因について仮説を立てることをいささかもためらわんだろう。しかし手がかりの一つとしてない現状では、われわれのどちらがどんな説を唱えようと、誤りの元になるのがオチだ。

プレスコット君は、ここだけの話だが、田舎医者にしてはなかなか気がきいておる。その彼が言っておったのが、第一印象では感電死に思えたということだ。たしかに感電の場合、遺体になんの痕跡も残らんことはままある。仮に遺体が高圧電線の近くで見つかっていれば、死因を電気ショックと推定するのは理にかなっているといえるだろう。だがそれでも、真実と断ずるだけの証拠がそろったとはいえんのだ」

「あいにくと本件では、遺体発見現場から四分の一マイル以内に電力源はありません」アーノルドは言った。

「だそうだな。仮にあったとしても、死んだ若者がどうやってそれに触れたというのか」

「そこですよ」アーノルドは答えてから、だしぬけに思い出した──聞いたときには気にもとめなかった、ペリングの言葉を。「そうだ、博士！　電気ショックを、空気を通して送るというのは不可能なんでしょうか？　たとえば無線みたいに」

「それはまた、突拍子もない思いつきだな」ハラム博士は言った。「その点については、頭を悩ます必要はないよ。まったくあり得んことだから。よしんばそんな方法があったとしても、どうやって的を絞るのかね？　屋内には四人の人間がいたのに、なぜあの若者だけが被害をこうむったというんだ？」

アーノルドは落胆してかぶりを振った。「見当もつきませんね」一瞬口をつぐみ、再び語を継ぐ。「こんな話を聞いたのですが。アルシンというガスを吸いこむと、ショック死そっくりの死に方をすると」

「アルシンだと！」博士は声を張りあげた。「いったい誰が、きみにアルシンのことなどを吹きこん

だのかね？　まあどこの誰であれ、ある程度は正しい意見だよ。だがその人物は、一つ肝心なことを

見落としておるな」

「なんです、それは？」

「アルシンの吸入が死因ならば、呼吸器から微量の砒素が検出されるのだ。かならずな」

「本件では、それがなかったと？」

「なかったよ」この話は打ち切りとばかりに、博士はきっぱりと言いきった。

第九章

テリー巡査がテンタリッジ村配属になったのは三年前のことだが、そのころから抱いている野望があった――ずばりそれは、昇進することだ。といっても、自分だけのためではない。階級が上がれば上がるほど、仕事がきつくなるのは承知している。それでもテリーには、確固たる人生の目標があった。かつて妻と交際を始めたときに話し合って決めたのだ。恩給をもらえるようになったら警官を辞め、田舎に居心地のいいパブを構えようと。

とはいえテリーは堅実な男だ。自分も妻も社交的なので、ひっきりなしに客の訪れるパブというのは魅力がある。けれども、あくまでもそれだけだ。田舎のパブの儲けなど知れていて、それだけではかつかつの暮らししか望めない。しかしたとえば、巡査部長の恩給がもらえたとしたら？　もっと運が向けば警部の――さらに夢のまた夢ではあるが、その上までもテリーは思い描いていた。

さて、それではどのように昇進を果たすべきか？　日々の業務をこなしているだけでは、いつになるやらわからない。テンタリッジのような辺鄙《へんぴ》な村では、手柄を立てて実力を見せつける機会など何年もめぐってくるものではない。ときたま無鑑札で犬を飼っている者の通報があるくらいで、事件らしい事件が起きる気配もなかった。だが運命は、テリーの前途にまたとないチャンスを放ってよこした。ロンドン警視庁《スコットランドヤード》から来た警部（威張ったところがなく、気のいい人物に思える）が、〈旦那さまの別荘〉の前に停まっていたバンについて聞きこみをしろとの指示をよこした。テリーは首尾よく、二名の目撃者を見つけ出した。さらにバンも探しあてれば、すばらしい手柄になるのではないか？

この思いつきに気をよくしたテリーは、ある見通しのもと、ひとり調査に乗り出した。誰に訊いても問題のバンは年代物で、ろくろく手入れもされていなかったという。〈別荘〉の前に停めているとき、ちょうど故障を起こしたようだ。どうもキャブレター詰まりを起こしたらしい。あそこにゴミが詰まるとエンストを繰り返しやすくなるから、いくらも行かないうちにまた動けなくなった可能性が高い。つまり、もっと詳しい手がかりが得られる見込みは大いにあるのだ。

テリーは頭をひねりながら、非番にもかかわらず休みの大半を、自転車で近隣をめぐって過ごした。自動車の修理工場やガソリンスタンド、パブを一軒一軒訪ねては、日曜の朝におんぼろのモーリスのバンが来なかったかと尋ねる。運転手は黒い口ひげを生やし、革のキャップをかぶったロンドン言葉の男だと。

まあ、これだけではたいした特徴とはいえない。日曜のことだったので、ほかの曜日よりも商用車の通行が少なかったのだけは好材料といえるが、それでもテリーの聞きこみはなかなか実を結ばなかった。そのようなバンを見かけた者はひとりもいなかった。いや、見かけたのかもしれないが、運転手の姿かたちまでは誰も憶えていなかった。どうやらバンの運転手は車の修理も給油もせず、パブでひと休みもしなかったらしい。

日が暮れたころ、テリーはその日の捜索の打ち切りを決めた。いつの間にか馴染みのないところまで来ていた。テンタリッジ村からロンドン方向へ十二マイルほど出てきただろうか。すでにあたりは暗く、南東の空を覆った雲が郊外の町明かりに映えていた。自宅までは長い道のりがあるし、今夜零時には〈別荘〉での見張りの交替がある。いい加減に引き返さなくてはならない。

だがちょうどそのとき、百ヤードほど先の道路沿いにこうこうと灯る窓明かりを見つけた。そこまで行き、自転車を降りる。やはり勘は当たっていた。人家のまばらな村落の入口に、こぢんまりとした愉しげなパブがあった。看板の文字がかろうじて読みとれる――〝〈胡桃《くるみ》の木〉亭――バンティングのうまいエール〟と。

テリーは自転車を壁に立てかけると、ドアを押し開けて中へ入った。

二つの電灯に照らされた店内はくつろげる感じで、暖炉の火があかあかと燃えていた。私服姿のテリーは炉ばたへ近づき、手をこすり合わせた。「いやあ、今夜は冷えるな」誰にともなく言う。

中にはほかにふたりの男がいた。カウンターの奥にはずんぐりした男が、いかにもパブの親父らしく陽気な顔で立っていた。長椅子には痩せぎすの陰気な男が腰かけて、ビールのグラスを手元に置いて新聞に顔を埋めていた。テリーの言葉を聞いた店の親父が「そこにいてもかまわんよ」と言った。痩せぎすの客のほうは、なにやらぶつくさつぶやくと、ビールをひと口啜ってまた新聞へ目を戻した。

テリーはカウンターへ近寄り、飲みつけのマイルド・アンド・ビター（マイルド・エールとビター・エールを半量ずつ混ぜたもの）を一パイント注文した。親父はそれを注ぎながら、愛想よく「このへんにはよく来るのかね？」と話しかけてきた。

「まあ、そんなには来ないかな」テリーは言った。「ここの前を通ったことはあるかもしれないが、入るのは初めてだ」

「一度来たらやみつき、って客も多いんだよ」親父は胸を張った。「こんなちっぽけな店でまさか、と思うかもしれんがね。夏の盛りの週末ともなりゃあ、わざわざロンドンからビールを味わいに来る客もいるくらいさ。それで言うことにゃ、うちの街でこんなものには絶対お目にかかれないよ、だと」

「そうだろうね」〝バンティングのうまいエール〟を味わってみたものの、さほどの高い評価を下せないままテリーはうなずいた。「ここからロンドンまでは、どのくらいあるんだい?」

「道に迷わなきゃ、二十五マイルってところかね。まっすぐ村を突っ切っていくと、右手に曲がり角が見えてくる。でも、そこを曲がっちゃあ駄目だ。曲がっちまうと、しばらくしてふりだしに戻っちまうからな。さらに一マイル近く行くと、二つ目の曲がり角が見えてくるから、そこを曲がるんだ。で、しばらく行くと、アドルフォードからロンドンまで続く大通りに出るって寸法さ」

「なるほど。まあどのみち、今夜はロンドンへ行くつもりはないんだがね。あべこべの方向へ戻らなきゃならないんだ。実を言うと、聞きこみをしていたバンの行方を追っているところでね」

親父はテリーの、ぴんと背筋の伸びた姿を上から下まで眺めまわすと、訳知り顔にうなずいた。

「おまえさん、警察の人間だろ? なあに、はなからわかってたよ。バンだって? どんなバンだね?」

「おんぼろのモーリスさ、ナンバーのアルファベットが二文字の。日曜の朝、このへんで目撃されたんだ」

「ほら、言わんこっちゃない!」親父はすっとんきょうな声を出した。「だからおれは、はなっから睨んでたんだ。こいつはどうも妙ちきりんだってな」声を張りあげる。「おおいトム、聞こえたろ?」

炉ばたの男が、新聞の上からちょっぴり顔を覗かせた。「何が聞こえたって?」不機嫌そうな声だ。

「あのな、こちらの警察の旦那が、おんぼろのモーリスのバンについてお尋ねだ。二文字ナンバーのな」

「おまえだって知ってるだろ。ちょうどそんなのが、おれんとこの敷地をふさいでるって」トムと呼ばれた男が答えた。「そっちのお友達が欲しがってるならくれてやるが、保管料はしっかりいただくぞ」それだけ言うと、ぷいとまた新聞へ戻った。

パブの親父は、ものものしくカウンターに身を乗り出した。「トム・バーラップは、うちの向かいでガソリンスタンドをやっててね」聞こえよがしに耳打ちする。「おまえさんが言ってるのにそっくりのバンを、あいつのところに置いてったやつがいるんだ。日曜の午前中にな。取りに戻るって言ってたんだが、まだ姿を見せなくってね。ご本人から話を聞きたいだろ?」

「ああ、そうだな。けれど、お喋りは喉の渇く仕事だ」テリーは言った。「そこのバーラップ氏に、パイントでお代わりを頼むよ。親父さんも一杯やってくれ」

お代わりにありつけると耳にして、バーラップ氏の顔がぱっと輝いた。新聞を床へ放り捨てると、手元のビールの残りを一気に呷《あお》る。

「おんぼろのバンの話だったな」そう言った。「ずっとな、おかしいと思ってたんだ。あの男、盗んだ車を置いてったんじゃないかって。とは言ったって、盗むほどの車じゃないんだが。どっちにしろ、厄介払いできりゃ万々歳さ。うちの敷地には空きがないのに、あのおんぼろがのさばってたって一文の得にもなりゃしない。まあ、このところ景気もよくないから、ただで置いとかれたって痛くもかゆくもないけどな」

「どんないきさつで置いていかれたんです?」テリーは尋ねた。

「まあ、こういうわけさ」バーラップ氏は言いながら、お代わりのビールをかかげた。「あんたの健康を祈って。日曜の午前中、知らない男がバンで通りかかったんだ。だいたい十時半ごろだったか。あんまりうるさいんで、何ごとかと思ってな。道路の向こうを見たら、そのおんぼろがいまにも停まりそうになりながら、やっとのことでこっちへ来るんだ。で、うちのスタンドまでたどりつくと、停まって男が降りてきた。顔はオイルまみれで真っ黒、革のコートは泥だらけだった。おおかた路上で車の下へもぐったんだろ、と思ったら、案の定そのとおりだった。男が自分で言ってたのさ。朝から走って、二十マイルしか来られなかったと言っていた。で、もう少しも動いてくれないってな」

「その男の人相風体は？」

バーラップ氏は、困ったように鼻のわきを掻いた。「そいつは、ちょっとわからんな。考えてみりゃ、まともに顔を見てないんだ。煙突掃除人並みに顔が汚れてたんでな。けど背が低くて髪が黒くて、真っ黒な口ひげを生やしてた。すりきれた革のコートを着て、革のキャップをかぶってな。キャップはあれだ、耳覆いのついたやつだ。ああ、そうだ、運転用の手袋もはめてたっけ。身なりはそんなもんだが、言葉はぐっとお上品でな。まるで上流階級の紳士さまさ」

テリーはうなずいた。「そいつがぼくの探している男のようですよ。で、それからどうなったんですか？」

「ええっと、もうこのバンを動かすのはうんざりだとか、ぶつくさこぼしてたな。なんでも、兄弟の家まで運転していく約束をしたんだそうだ。家の場所は、たしかロンドンのあっち側の――そう、ブレントフォードだと言ってたな。まあとにかく、それ以上四苦八苦するのはごめんだったようだ。うちの敷地にしばらく置いておけるかと訊かれたんでな。

おれは、いつまで置いとけばいいのかと尋ねた。そしたら、ほんの数時間だと言うんだ。バンに自転車を積んでるから、それに乗って兄弟んちまで行ってくる。で、そこんちのトラックで戻ってきて、バンを引っぱっていくからってな。そこでおれは、そいつを敷地に入れてもいいが、預かり料として半クラウンもらうぞと言った。男はそれでかまわないと言って、そのポンコツを敷地へ入れ、その場で半クラウンよこしたんだ。

それから男はバンのうしろのドアを開けて、自転車を取り出した。そっちのほうは故障もなさそうというか、むしろ新品に近いくらいに見えた。それから、かなりでかいスーツケースを引っぱり出して、丈夫そうな紐で自転車の荷台にくくりつけた。おれはそれを見て、どこで何をしてたんだこいつは、と思った。スーツケースはちゃちなもんじゃなく、本革のがっしりした作りでな。紐のほうは、どっかの物干し紐みたいだった。男は支度を終えると、夕食のあとに戻ってくると言って、自転車にまたがって村のほうへ走り去った。それっきり、なしのつぶてさ」

「どこから来たとは言わなかったんですね？」テリーが尋ねた。

「ああ。朝から走って、二十マイルがやっとだったと言っただけだ。あのありさまじゃ、無理もなかったがね」

「エンジンが駄目になっていたんですか？」

「いいや、そうじゃない。だいたいが、あの手の旧型モーリスは出来がいいんだ。いつまでだって動いてくれる。ことの次第はこうさ——日曜日、おれは一日じゅう男が戻ってくるのを待っていた。月曜の朝になって、どこがおかしくなったのかちょっくら見てやろうと思った。男が乗ってきたときから、三気筒だけで動いてるのには気づいてたんでな。見てみると、点火プラグの一本がいかれてた。どうやらあの男は、エンジンのことには不案内らしい。でなけりゃあのくらい、すぐにわかるはずだからな。しかもバンの道具入れから予備のプラグが出てきたんだ、立派に使えるやつが。試してみたから確かだぜ。またはずして、元どおりにしといたけどな」

「じゃあプラグさえ取り換えれば、問題なく走れたということですか？」

「そういうことだ。どうして取り換えなかったのかは知らんが。バンはうちの敷地をふさいじまってるんだが、男の名前も、兄弟んちの住所も聞かなかったんだ。約束の期日を二日過ぎたから、あと五シリング取ってやらにゃあ。見てみたいんなら、見せてやるぞ」

　テリーは即座に、その申し出に飛びついた。ふたりで〈胡桃の木〉亭を出て、向かいのガソリンスタンドの敷地へ行く。テリーが懐中電灯で照らし、バーラップ氏とともにバンを検めた。それは製造年不明の、十五ハンドレッドウェイト（約〇・七六トン）のモーリスで、箱型の車体はぼろぼろだった。ナンバープレートの番号はＤＤ７２４１、自動車税の支払済ステッカーはきちんと貼られて、有効期限は三月三十一日までとなっていた。

　テリーはこれらを逐一書きとめ、独断で処置を講じた。バーラップ氏に頼んで、運転手がバンを引きとりに来たら口実を設けて引き止めておき、近くの警官を呼んでもらうようにした。それから警官を探して、事情を説明しておいた。すべてがすむと、自転車にまたがって一目散にテンタリッジ村へ戻り、自分の発見を電話でガーランド警視に知らせた。

　そういうわけでアーノルドは水曜の朝ロンドン警視庁へ出勤してくるなり、ガーランドからの電話を受けることになった。

「ちょっとしたニュースがあってな」ガーランドは言った。「テリー巡査がバンを探し出した。巡査本人は、〈旦那さまの別荘〉の前で目撃されたバンにちがいないと言っている。ナンバーもわかったし、聞きこみを行っている最中だ。きみも承知のとおり、どれほど役に立つかはわからんがね。テリーの発見に興味はあるかね?」

「もちろんですよ」アーノルドはうなずいた。「ぜひともこの目で、そのバンを見てみたいですな。いまどこにあるんです?」

「プラクスティドという小さな村落さ。ここからさほど遠くはない。次の列車でこっちへ来られるなら、ランバートに駅まで迎えに行かせよう。テンタリッジ村でテリーを拾っていけば、バンのところまで案内するはずだ。それでいいかね?」

「願ったりです。あとでそちらへお伺いして、報告を入れますよ。それでは」

およそ二時間後テンタリッジ村に着いたアーノルドは、予定どおりテリーを迎えに行った。テリーは前夜の一件について、アーノルドに語って聞かせた。

「よくやったな」アーノルドはテリーを褒めた。「お手柄だよ。さあ、車に乗ってくれ。そのパブまで案内してもらおう」

ランバートの運転でテンタリッジ村から〈胡桃の木〉亭まで十二マイルの距離を、ものの二十分あまりで走りぬけた。

「あのバンです。まだ停まったままです」バーラップ氏のガソリンスタンドが見えてきたところで、テリーが言った。

スタンドのあるじはアーノルドの質問に対し、運転手はまだ姿を見せていないと答えた。アーノルドはバンを外側から内側まで、細心の注意を払って調べた。パネルとフェンダーはでこぼこになっていて、どう見ても再塗装が必要だった。フロントガラスにはひびが入っており、ボンネットはきっちり閉まらない。手入れもされずに酷使されてきたことは明らかだった。ただ、運転席の足元部分だけは違っていた。どうやら最近床板を取り換えたらしく、そこだけが傷のない状態だった。厚さ一インチほどの唐檜《とうひ》の板材を荒っぽく切り分けたものを張ってある。どんな人物の仕事かはわからないが、見栄えは二の次のようだった。床板の一枚には、幅の太い長方形の穴が二つ並べて開けられていた。

タイヤもすり減っているとはいえ、まだ溝も残っており、充分に使えそうだった。左の後輪がダンロップ・フォートなのに対し、右の後輪はミシュラン、左の前輪がグッドイヤーで、右の前輪は左の後輪と同じくダンロップというちぐはぐぶりだ。ほかにミシュランのスペアタイヤも積んではあったが、こちらはつるつるにすり減っていた。

道具入れには予備の点火プラグのほか、一般的な道具が入っていた――といっても一式はそろっておらず、いろんなものが欠けていた。ジャッキは壊れており、タイヤの空気入れはシリンダーがひどくへこんで、プランジャー（ピストンに似た細長い棒状の部品）が動かなくなっていた。ナンバープレートは意外なことに、本物にしか見えなかった。長いことはずされた形跡もないし、塗り直された跡ももちろんない。タンクにはガソリンが半分ほど残っており、バッテリーはしっかり充電されてはいないものの、それでも問題なく動く状態だった。

アーノルドの頼みに応じて、バーラップ氏は壊れた点火プラグをはずし、予備のプラグをつけ替えた。そうするとエンジンが、わりあいに素直にスタートした。試しに路上を走らせたランバートによれば、それなりの損耗はあるけれども、故障などは起きていないとのことだった。「ちゃんとオーバーホールをすれば、まだ何千マイルも保《も》ちますよ」というのがその見立てだった。

車内は空っぽで、清潔だった。傷やへこみの入り具合からして、過去にはよほど手荒な扱いを受けていたとみえる。ところが仔細に調べても、最近の積荷の見当はさっぱりつかなかった。運転手が自転車とスーツケースを降ろすのを見ていたバーラップ氏は、ほかには何も積まれていなかったと証言した。

「よし、とりあえずはここまでだ」アーノルドは言った。「警視のほうで、ナンバーの照会がすんだかもしれん。バーラップさん、ここに電話はあるかね?」

あるとの答えだったので、アーノルドはアドルフォード警察署のガーランドに電話をかけた。向こうの首尾は上々だった。ナンバーDD7241の車はモーリスのバンで、所有者はウッドコック・グリーンの自動車販売店のハロルド・スワンリー氏と判明した。

「ウッドコック・グリーンですか?」アーノルドが尋ねると、ランバートは言った。「それなら、アドルフォードとロンドンを結ぶ大通りの途中にあります。ここから直線距離で五マイルというところでしょう。ですよね、バーラップさん?」

「六マイルくらいはありそうだが、まあそんなとこだ」バーラップ氏はうなずいた。「ここの村を突っ切っていって、右手の二つ目の角を曲がりな。あとはまっすぐ行けば、その大通りに出るから。間違えようがないよ」

「そこで車の販売店をやっている、スワンリーという人物を知らんかね?」

「知り合いじゃないが、あそこはよく通りかかるよ。ウッドコック・グリーンの入口あたりの左手に、一軒だけぽつんと建ってるんだ」

「よし、さっそく行って話を聞いてみよう。テリー君、きみはここに残ってバンの見張りをしてくれ。

さてランバート君、道はわかったな?」

　その自動車販売店は苦もなく見つかった。波形鉄板でこしらえた店舗が大通り沿いに建っており、そこの表《おもて》にガソリンポンプが並んでいる。店のわきに空きスペースがあって、乗用車やバンが半ダースほど停めてあり、さまざまな値段の貼り紙がしてあった。アーノルドは車を降り、〝事務室〟と書かれたドアへ歩いていった。

　ドアから覗いたのは、いかにも陽気そうな中年男の顔だった。「ガソリンですかい、旦那?」おどけた調子で尋ねる。

「いや、さしあたっては間に合ってるよ」アーノルドは続けた。「ハロルド・スワンリー氏を探しているんだが」

「それだったら、探すまでもないですよ」男は即座に答えた。「あたしがそうです。さてさて、何をご所望で?　まあ、ここじゃなんですから」

　スワンリー氏はアーノルドを、こぢんまりした暖かい室内へ招き入れた。アーノルドは自己紹介をすませると、さっそく用件を切り出した。「DD7241のモーリスのバンは、おたくのではなかったかね?」

「あのおんぼろなら、もう売っちまいましたよ。先週土曜の夕方にね」とスワンリー氏。「何も不備はなかったでしょう?　登録証は買い手に渡したし、州議会へ届けも出しましたし。やることはちゃんとやったはずですがね」

「それなら問題ないさ」アーノルドは言った。「興味があるのは、バンよりも運転していた男のほうでね。そのバンがおたくへ来たのは、いつのことだね?」

「ええと、一年半くらい前でしたかね。客のひとりから下取りで引きとったんですよ。それからさんざん手荒にこき使ったんですが、よく期待に応えてくれました。けれどもそのうち、ちっとばかりよけいにオイルを食うようになったんで、そこのスペースで売りに出したんです」

「それはいつからだね?」

「つい先週からですよ。あんなに早く出るとは思わなかったな。土曜の夕方、暗くなりかけたころに男がひとりで自転車にまたがって来ましてね。あたしはたまたま表で給油をしてたんですが、その男が自転車を降りて、鉄クズの寄せ集めへ近寄っていきまして。だからひと仕事終えてから、そっちへ行って声をかけたんです、中古車をお探しですかって。けれど、本気で売れるとは思っちゃいませんでした。なにせあのなりときたら、六ペンス以上はポケットに入っていそうになかったんで。

だから思いのほか人なつっこい声で、小型のバンを探してるんだと言われたときにはちょいと面食らいました。どんなバンがいいんですかと尋ねると、特にこだわりはない、箱型の車体ならなんでもかまわないと。それから、テンタリッジ村を知っているかと訊かれました」

「何?　その男がそんなことを?」アーノルドは大いに興味を示して言った。「それで、あんたはなんと?」

「あそこの村ならよく知っているけれども、村人に知り合いはいないと答えました。本当にそのとおりですしね。そしたらその客は、デュークスと名乗りました。親父さんはテンタリッジ村のフォアストル農場の管理人をしていて、そこの農場の持ち主は、アドルフォードの製紙工場のメープルウッドって人だそうで」

「それを全部、訊かれもしないのに喋ったのか?」

「そうです。こっちからは訊きませんよ、別に興味もないですしね。それから続けて、こんなことを言ってました——ここ二、三年ブレントフォードの会社でトラックを転がしていたんだが、もっと家の近くでやれる仕事がないだろうかと、ずっと探していた。で、金をかき集めて、テンタリッジ村の周辺で魚の行商をやることにした。だからバンが欲しいんだ、とね。

それならあのモーリスで充分だろうと思ったんで、路上で試しに走らせて、それから値段を決めました。バッテリーはたまたま新品に近いのがうちにあったんで、そっちと取り換えるってことで。ガソリンを満タンにして、タイヤに空気を入れて、走る準備を整えました。それからここへ来ましてね。ちょうどその、旦那の座ってる椅子に座りましたよ。で、一ポンド札で支払いをすませました」

「円満な取引だったようだな」

「そりゃあもう。あっちもほくほく顔で帰っていきましたよ。掘り出し物だったと思ってるでしょうね、きっと。見てくれはよくないですが、調子よく動いてましたから。あと一、二年は、魚を積んで走りまわれるはずですよ」

アーノルドは苦笑した。「さて、それはどうだかな。その男はどんな風だった？」

「最初に見たときは、むさ苦しい男だと思いましたよ。真っ黒な口ひげを伸ばしっぱなしにしてね。ちゃんと顔を洗ってひげを剃ったって、ぱちは当たらないだろうにねえ。まあ正直なところ、顔はよく見えなかったんです、耳覆いのついた革のキャップをかぶってたんで。それから、くたびれた革のコートを着てました。年齢は三、四十ってとこでしたかね」

「自転車に乗ってきたと言ったな？」

「ええ、そうです。やけに上等そうなスーツケースを、紐で荷台にくくりつけてね。そいつをバンに積んで、引きあげていきました」

「ファーストネームと、住所は伝えていったのかね？」

「ええ。誰が買ったか、州議会へ届けることになってると伝えましたから。名前はジョージ・デュークスだと言ってました。住所はテンタリッジ村の、フォアストル農場で大丈夫だからと」

「気の毒だがな。全部嘘っぱちだよ、それは」アーノルドは言った。「農場のルーベン・デュークスとは顔見知りだが、あの管理人に息子なんかいない。その男が何者かはわからんが、バンはもうそいつの手元にはないよ。日曜の午前中、プラクスティドという村落に置いていって、それきり引きとりに来てないんだ」

「ええっ！」スワンリー氏は驚いた声を上げた。「なんだってまた、そんなことをしたんです？」

「用済みになったからだろうな、おそらく。さてスワンリーさん、ご苦労だがプラクスティドまで同行してもらって、バンの確認をお願いできるかね」

「かまいませんよ。うちの主任にひと言伝えてから、おともします」

ガソリンスタンドの敷地に停められたバンを一瞥するや、スワンリー氏は自分の売った車だと言った。

「まちがいない、こいつですよ！　まさかこんなに早く、再びお目にかかるとはね」

「土曜日に売ったとき、道具入れに予備の点火プラグを入れていたかね？」

「入れてなかったと思いますが、あんまり記憶にないですね。でも、あまった道具をいくつか放りこんでただけで、たいしたものは入れてなかったはずですよ」

「そうか」とアーノルド。「じゃあ、運転席の足元の床板をちょっと見てくれ」

アーノルドの頼みに応じたスワンリー氏は「ありゃ、これはまた」と声を上げた。「よくもまあ、張り替える暇があったもんだ。まあたしかに、前のは少々ガタが来てたしな。旦那、こいつはあたしが渡した板ですよ」

「あんたが渡したって？　どういうわけで？」

「どういうわけって、頼まれたからですよ。けれども床板を作るなんて、ひと言も言ってませんでしたがね。魚の籠《かご》を置くために車内に敷きたいから、新しめの板材がないだろうかと言われたんです。それで店にあった、一インチ厚の新品の板をあげたんですよ」

さらに細かく調べたのち、張り替えられた床板を別にすれば、手放したときとまったく同じ状態だとスワンリー氏は証言した。それから怪訝《けげん》そうに首をひねりながら、警察車へ乗りこむと、ランバートの運転でウッドコック・グリーンへ戻っていった。

アーノルドはバーラップ氏と話し合い、請求された五シリングを支払ってバンを引きとった。ところがここで小さな問題が生じた。いったい誰が、このバンを運転していくのか？　名乗りを上げたのはテリーだった。運転なら得意ですし、免許証も携帯しています。警部さえよろしければ、自分が引き受けましょうと。

「きみという男は、まったく重宝だな」アーノルドは感嘆して言った。「のんびり運転でかまわんから、テンタリッジへ持っていってくれ。デュークスさんに頼んで、当座のあいだあそこの馬車小屋に置かせてもらうんだ。ランバート君が戻りしだい、わたしも行くから」

ランバートを待つあいだ、アーノルドは〈胡桃の木〉亭でパンとチーズ、それにビールのそれなりの昼食をすませた。食べおわったとき、ちょうど警察車が戻ってきた。

「今度はどちらへ?」乗りこんできたアーノルドへ、ランバートは尋ねた。

「フォアストル農場だ」アーノルドは言った。「きみにはきっと、誰かさんがごちそうしてくれるんじゃないか?」

ランバートは顔を赤らめつつも、「ええ、たぶん」と笑みをこぼした。

第十章

その日の午後、アーノルドはフォアストル農場でバンの検分を行った。その場に居合わせたヘティ・デュークスが、ひとり目を務めることになった。しかしその意見はいかにも女らしく、はっきりしないものだった。日曜の朝〈別荘〉の前で見かけたバンによく似ているけれども、そうだとは言いきれない。ちらっと見ただけだし、〈別荘〉への用事ではないとわかったので、すぐに引っこんでしまったから。でも、同じバンではなかったとしても、そっくりなことはそっくりだ、と。

次に呼び出されたのはアーチー・ペンダーだった。ペンダーは神妙な顔をして、バンの周りを二回りしたあと、おもむろに判断を下した。あのときのバンだ、そうにきまってる。解体業者の作業場じゃあるまいし、ここまでのポンコツが二台もあるはずがない。色も同じだし、車体の形もおんなじだ、と。

テンタリッジ村からランバートが連れてきたウィル・オーエンズの意見は、さらに確信に満ちていた。オーエンズの確認作業は、たったひと目で終わった。バンに近づくやいなやフロントガラスのひびと、それを応急処置で止めたばんそうこうに目をとめ、この車だと断じたのだった。

アーノルドはデュークス夫人の許しを得て、キッチンの炉ばたに腰を下ろすと、パイプに煙草を詰めた。あのバンが、日曜の朝に〈別荘〉の前に停まっていたバンと同一であることに疑いの余地はない。車の検分が問題なく終わったばかりではない。バーラップとスワンリーの語った運転手の人物像は、ペンダーおよびオーエンズの証言とぴったり一致している。

そして、あのバンが犯罪に関わったこともほぼ確定した。でなければなぜ、運転手が名前と住所をいつわる必要があったのか？　ただ、どうしてあの名前と住所を言ったのかは、のちの宿題にしておかなければならない。

ロンドンを発《た》つ前に、アーノルドはアドルフォード周辺の地図を一枚入手しておいた。それをテーブルに広げ、仔細に検討を始める。ロンドンからテンタリッジ村へ至る道すじは六通りほどあり、すべてほぼ同じ距離だった。まずはロンドンとアドルフォードを結ぶ大通りを二十マイルほど行き、三つ四つ並んだ十字路のどこかで右へ折れる。それから枝道や路地を縫って、適当に進んでいく。要は、ウッドコック・グリーンのスワンリーの自動車販売店を通りすぎたら、右へ曲がれば問題ない。あとはプラクスティドの村落を二マイルほどのあいだ左手に見て、一本道をずっと進んでいけば、ほぼ迷わずにテンタリッジ村にたどりつける。

この道すじをたどると、ウッドコック・グリーンからテンタリッジ村までは十六マイルの距離である。ウッドコック・グリーンからプラクスティドまでが四マイル、プラクスティドからテンタリッジ村までが十二マイルだ。ロンドンブリッジからの最短距離は、里程標によれば二十九マイルだった。

これらの数字を頭のなかでこねくり回しているうち、バンの存在の意味がいよいよわからなくなってきた。というよりも、運転手の意図がわからない。ジョージと名乗ったその男――身元が判明するまではその名で呼んでおくしかないが、そいつはいったいどういう理由でバンを買い、いくらもしないうちに手放したのか？

ジョージが最初に姿を現わしたのは、ウッドコック・グリーンの自動車販売店だ。先週土曜の、暗くなりかけたころだったという。アーノルドはふと、こんな言い習わしを思い出した——〝聖ヴァレンタインの日の午後六時、一ファーロング（約二百メートル）離れた場所から灰色のガチョウを見分けることはできて当然〟。そこから考えれば先週土曜、すなわち二月十九日は、午後六時過ぎに暗くなりかけたものと思われる。バンの値段交渉と試乗には少なくとも三十分、おそらくそれ以上かかっただろう。となるとジョージがバンに乗って走り去ったときには、午後七時くらいになっていたはずだ。

次にジョージが現われたのは〈別荘〉の前、翌朝の八時半だ。時刻は三人もの目撃者によって特定されている。念入りに確認をとった結果、バンがその場に停まっていたのは十分間程度だと明らかになっている。ジョージは最後に、日曜の午前十時半ごろにプラクスティドに現われた。そのときバンは、三気筒だけで動いている状態だった。

第一の疑問は、土曜の午後七時から日曜の午前八時半まで、ジョージが何をして過ごしていたかということだ。わずか十六マイルを走るのに十三時間以上もかかるわけがない。そんなありさまでは、まあまあ活動的なカタツムリといい勝負だ。しかもテリーの話によれば、プラクスティドのほうからこちらへ向かってくるとき、いつも平均して時速二十マイルは出しているという。

第二の疑問は、〈別荘〉からプラクスティドまでの移動時間に関することだ。今度は二時間で十二マイルを走りきっている。つまり時速にして六マイルで、まだまだのろいにせよ、前夜よりはよほどましになっているわけだ。プラクスティドへ来る途中、バンの調子がおかしくなった様子にもかかわらずである。

ここで最初の疑問がさらに重要度を増してくる。おそらく答えはこうだろう——ジョージはウッドコック・グリーンから〈別荘〉まで、まっすぐ来たわけではなかった。夜のうちにどこかへ寄って、凶器になるものを取ってきたのかもしれない。しかし何を、どこから取ってきたというのか？　そしてことを終えたとき、いったいどのように始末したのか？

アーノルドはふいに、あることに思いあたった。ジョージはスワンリー氏からもらった板を用いて、いつどこで新しい床板をこしらえたのか？　そしてそれを張ったあと、古い床板をどこへやったのか？

アーノルドはキッチンを出て、家の前の空き地へ行った。テリーがバンの見張りをしていたが、ランバートの姿は見当たらなかった。

「やあテリー君、ちょうどよかった」アーノルドは言った。「きみなら、このへんの土地鑑は大いにあるだろう。このバンをひと晩この近くで隠すとしたら、どこへ持っていくかね？」

「そうですね、人目につかない場所なら山ほどあります。とりわけこの季節なら」そう言ってテリーはしばし考えこみ、また口を開いた。「中でもいちばんいいのは、クイーンズウッドでしょう。あそこの森には小道があるのですが、ずいぶん昔に材木運搬のために伐《き》り開かれたもので、いまは使われておりません。特に夜間は誰も通らないはずです、なにしろどん詰まりの道ですから」

「ここからそこの森まで、どのくらいの距離があるんだね？」

「そこの道路を二マイルほど行った先です」

「小道の路面はどんな感じだ？」

「かなり軟らかいですね。砂利なども敷かれておらず、土が剝き出しですので。いくらかでも雨が降れば、通るのはひと苦労でしょう。でもこのところ晴れつづきでしたから、このバンでも充分に走れたと思います」

アーノルドは、バンが空き地につけたタイヤの跡を指さした。「こんなタイヤの取り合わせの車には、そうそうお目にかかれないだろう。つまり、これとそっくりのタイヤ跡が見つかれば、おのずと正体が判明するわけだ。さっそくその森へ行って、確かめてみようじゃないか。ランバート君はどこへ行ったんだね？」

「裏のほうにいると思います」

「ああ、それじゃあ悪いが呼びに行ってくれ。近寄る前に、咳払いをしたほうがいいぞ」

テリーは笑みを浮かべて使い走りを引き受けると、ほどなくランバートを連れて戻ってきた。ランバートはアーノルドの前で気をつけの姿勢をとり、敬礼をした。

「やあ、来たな」アーノルドは快活に声をかけた。「きみをここから引き離すのはまことに心苦しいんだが、クイーンズウッドというところまで運転を頼みたくてね。道案内はテリー君がしてくれるよ」

三人は警察車へ乗りこみ、ものの五分足らずで目的地に着いた。アーノルドは道路わきに車を停めさせた。そこから車がやっと通れる程度のでこぼこ道が、下生えのからみついた木深い森の奥へ延びていた。路面は黄色い土で、適度に水を含んで軟らかかった。このぶんならうまく跡を残してくれているだろう。

そう思いながら車を降りたアーノルドは、あっという間にバンのタイヤ跡を見つけた。このちぐはぐな溝の模様は見間違えようがない。後輪がダンロップとミシュラン、前輪がグッドイヤーとダンロップ。巡査たちへ近寄らないように指示し、かがみこんでさらに細かく調べる。

まず判明したのは、バンはいったん森の奥へ入ってから再び出てきたということだった。入ったときの跡は完全にくっきり残っていた。左側の前輪がグッドイヤー、後輪がダンロップとわかっているから、車の向きを判断するのはたやすい。しかし妙なことに、森を出たときの跡はわずかにしか残っておらず、ところどころでは見分けすらつかなくなっていた。最初の跡と交差したところが何ヵ所かあったが、深くついた跡を消すまではいかず、その上にうっすらと残っているだけだった。

これはもしかして、入った際には重い荷物を積んでいたけれども、出てくる際にはすでに降ろしたあとで、軽くなっていたということではないか？　だとするとその荷物は、まだ森の奥に隠されているかもしれない。跡をたどって行こうと思った矢先、さらなる発見があった。かすかながらたしかに、自転車のタイヤ跡が残っている。

上首尾の結果に大いに満足して、テリーとランバートに地面を指し示す。

「ほら、かっこうの捜査教材だぞ」アーノルドは言った。「ここを見て、何がわかるか言ってみたまえ」

テリーが先に答えた。「バンが森の奥へ入っていったようです」

「それからまた、出ていっています」ランバートが続けた。「しかし、どうにもわかりません。なぜ入ったときのタイヤ跡が深く残っているのに、出ていったときの跡は浅いのか」

「じっくり考えてみたまえ」アーノルドはうながし、続けた。「さて、道をたどって森の奥へ行ってみようか。気をつけて、タイヤ跡を踏まないようにな」

アーノルドが先頭に立ち、三人は奥へと入っていった。小道はまっすぐ延びていたかと思うと、すぐに森のなかにぽっかり開けた、木を伐ってこしらえた空き地に出た。ここでもバンの動きを追うのはたやすかった。バンは空き地の真ん中にまで進んだあと、かなりの時間そこにとどまっていたらしい。というのも、もれ出たオイルが黒くたまっていたからだ。その後バンはUターンして、もと来た道を戻っていったようだった。

「そら、ランバート君」アーノルドはタイヤ跡を指さしながら言った。「車が停まった位置まで、跡は深くてはっきりしているだろ。けれどもそのあと、Uターンして出ていくときには、浅くなってところどころ消えてしまっている。さて、これをどう解するね？」

ランバートは頭をごしごし掻きながら、しばし思案にふけっていた。「わかりました、警部！」声を上げる。「バンは荷物を積んでここへ来て、そいつを降ろして出ていったんです。かなり重たい積荷だったはずです、これほどの差がタイヤ跡に現われたんですから」

「よし！　さて次はきみの番だ、テリー君。自転車の跡についてどう思う？」

「両方とも、ちょうど車が停まっていた場所から始まっております。どちらが来たほうで、どちらが出ていったほうかはわかりません。しかし両方ともほぼ同じ深さでついており、差があるとは言えません。そしてタイヤの模様はどれも同じです。どのタイヤも、新品に近いダンロップだと思います」

「そこから何が推測できるかね？」

「どちらのタイヤ跡も、同じ自転車によってつけられたものと思います」

「跡のつけられた時期は？」

「バンがここへ来てから、再び出ていくまでのあいだです。バンの跡との重なり具合から、判断することができます」

「よろしい、見事だ。さて、これでかなり多くのことがわかってきた。この跡が同じ自転車によってつけられたものなら、誰かが自転車に乗ってバンの運転手に会いに来て、また立ち去ったものとも考えられる。ジェフリー・メープルウッド氏が自転車に乗るという話を耳にしたことはあるかね？」

「いいえ、まったく」テリーがきっぱりとかぶりを振った。「メープルウッド氏はいつも車を使っているはずです」

「そうか、じゃあ別の方向から考えよう。ジョージなる人物が、ウッドコック・グリーンに自転車で現われたことはすでにわかっている。そこで購入したバンに、自転車を積んで走り去った。さらにジョージはバンをプラクスティドへ置いていった際、自転車を降ろしてそれに乗っていったという。つまりほぼ確実に、バンがここへ来たときに自転車が積んであったということだ。だから何者かがジョージに会いに来たのではなく、反対にジョージが自転車に乗って、何者かに会いに行ったのかもしれん。さて、バンがここまで積んできた荷物の件に戻ろうか。ランバート君、重たい積荷だったはずだと言ったな。どれくらい重かったと思うかね？」

「難しいですね」ランバートは言った。「ですが、跡の深さの違いから考えて、ここを出ていくときには一トン近く軽くなっていたのではないでしょうか」

「少なくとも、自転車で一度に運べる重量を超えているわけだな？」

「ええ、はるかに超えております」

「よろしい。そうやって運び出せなかったのなら、まだこのへんにあるはずだ。ここの奥の、下生えの陰に隠されているかもしれん。ひとつ、ふたりで探してみてくれ」

巡査たちは空き地の奥へ入っていった。が、いくらも行かないうちにふたりそろって足を止め、その場にかがみこんだ。「見てください、警部」ランバートが言った。

アーノルドはそちらへ行ってみた。それは三枚の白茶けてひび割れた板切れで、油染みだらけになっており、地面に打ち捨ててあった。

「こいつの正体は明らかです」とランバート。「ジョージが新しい床板を作る前に、バンに張られていた古い床板ですよ」

「ほかにもまだあるぞ」テリーが言って、枯れ草の上にかがみこんだ。「大量のおがくずと木端《こっぱ》くずです。枯れ葉にまぎれて散らばっています。ええとこっちは、鋸《のこぎり》で落とした板の切れっぱしですね」

「なんだと、見せてくれ！」ランバートが興奮した声を上げた。「叔父貴が大工をやっていて、巡査になるまで手伝ってたんだ。ああ、やっぱりそうだ。警部、このおがくずは非常に細かいものです。持回しびき鋸《のこ》を使ったんでしょう。それからこっちの木端くずは、曲がり柄ドリルで出たものです。持参した回しびき鋸で、運転席の足元に張れるように板材を切り分けたんでしょうね」

「じゃあ、曲がり柄ドリルは何に使ったんだ？」テリーが声を尖らせた。

「ああ、新しい床板に長方形の穴があっただろう。あれを開けるのに使ったのさ。まずはドリルで穴を開けてから、回しびき鋸で四角くしたんだ。ただ、一つだけわからないな。どうしてこんなところで板を切ったんだろう？　バンに載せてやったほうが安定するのに」

「その疑問には、わたしが答えられそうだ」アーノルドが言った。「どんなに早くても、ジョージが土曜の午後八時半より前にここへ来たとは考えにくい。そのころにはおそらく、あたりは真っ暗になっていたはずだ。だからこっちへ板材や工具を持ってきて、バンのライトで照らしながら作業をしたんだ。そら、バンが停まっていたとすれば、ちょうどここの位置が真ん前だ。ヘッドライトをつけて作業をしたのだろうな。ところでわたしからも質問だ。床板にあんな穴を開けたのはなんのためかね?」

「よくやるんですよ、それは」とランバート。「そうしないと、床板をはずすのに不自由しますから。たいてい穴を開けておいて、はずす場合はそこに指を突っこんで持ち上げるんです。この古い床板にも穴が開けてありますよ」

「なるほど。だがそいつは、ずいぶん小さくて円い穴だな。あっちは大きくて四角かったが。しかしまあ、ジョージに木材加工のこだわりがあったとしても、それはどうでもいいことだ。さて、バンの積荷探しを再開してくれ」

巡査たちが下生えを探しているあいだ、アーノルドは座り勝手のいい場所を見つけて腰を下ろすと、おもむろにパイプに火をつけた。これまでのところ、ジョージの動きは順調にたどれている。たどったところで徒労に終わるかもしれないが、ともあれこの謎の行動を解く手がかりは、いつどこに落ちているかわからないのだ。

パイプを吸いおえるまで待ってみたが、テリーとランバートからはなんの声もかからなかった。アーノルドはしびれを切らして立ち上がり、捜索に加わった。一トン近くもの荷を積んでいたのなら、どのように隠そうが見つからないわけがない。仮に荷物の正体が砂で、ジョージが広範囲にばらまいたのだとしても、発見するのは難しくないはずだ。

ところがどれだけ森のなかを探しまわっても、ジョージやバンに関わりのありそうなものは――いかに想像をたくましくして考えても――一つも見つからなかった。アーノルドはとうとう捜索を打ち切り、巡査たちと連れだって、古い床板の落ちていた場所へむなしく戻ってきた。

「ともかく、この床板だけでも持っていくか」アーノルドは言った。「わからんな、それにしても。

バンがここにあった以上、誰かが積荷を見つけたとも、持ち去ったとも考えられん。この空き地へ通じているのはそこの小道だけで、バンの跡よりも新しいタイヤ跡などはついていないんだからな。まったく、どうにもお手上げだ」

その言葉に巡査たちは遠慮して黙っていたが、やがてテリーがためらいがちに咳払いをした。

「失礼ですが、警部」おずおずと口を開く。「さっきからずっと、考えていたことがありまして」

「職務中に考えごととは、感心せんな」アーノルドは不機嫌にたしなめた。「それで、何を考えていたというんだね?」

「はい、その、もしかしたらバンが荷物を積んでここへ来たという、ランバートの考えが間違いなのではないかと」

「間違いだって?」せっかくの着想にけちをつけられたと感じて、ランバートは気色ばんだ。「そいつはどういう意味だ? 最初のタイヤ跡は、あとのよりも明らかにずっと深かったじゃないか。積んできた荷物を降ろしていったんじゃなけりゃ、どうしてそんなことが起きるんだ?」

「だから、ほかの理由もあり得ると思ったんだよ」テリーは一歩も引かなかった。

「では、その理由というのを聞こうか」アーノルドが言った。

「はい、こういう次第です。土曜の午後は、いまごろの季節にしては暖かい陽気でした。ところが日没後はぐんと冷えこみ、真夜中ごろには氷点下になりました。日曜の朝七時ごろに自分は外に出たのですが、そのときには裏の用水桶にかなり氷が張っておりました」

「なるほど。いいところを突いているかもしれん」アーノルドはうなずいた。「続けたまえ。ランバート君はまだわかっておらんようだ」

「地面がまだ軟らかいうちにバンが入ってきたら、荷物を積んでいなくても深い跡が残ったことでしょう。その後、地面が凍ってから出ていったとすれば、そのときの跡はあまり深くならなかったはずです」

「もっともだ」とアーノルド。「それで、自転車については？」

「自転車の跡は両方とも、地面がすっかり凍る前についたものと思われます」

「地面がすっかり凍ったのは、いつのことだと思うかね？」

「そうですね、こうやって木の生えているところは、木のないところより凍りにくいものです。本格的に凍るには、気温が氷点下になってから数時間はかかったことでしょう。おそらく、日曜の朝五、六時近くになっていたと思います」

「ふうむ。一考の価値はありそうだな」アーノルドは言った。「ようし、床板を拾っていったん農場へ引きあげよう。ランバート君が頼みこめば、奥さんのお茶にありつけるかもしれんぞ」

頼みこむまでもなく、デュークス夫人はいそいそと三人をキッチンへ招き入れ、一家とともに食事をとらせてくれた。それをすませるとアーノルドはランバートへ命じ、発見した床板がバンにはまるか否かを確かめさせた。実験の結果、ぴたりとはまった。この床板が、もともとバンに張られていたことはもはや疑いようがない。

「しかし、どうにもわかりません」ランバートが言った。「なぜジョージというやつは、わざわざ新しい床板をこしらえたりしたのでしょう？　こっちの古いほうだって、上等とはいえませんが用は足りますよ。ひび割れだらけですけれども、使うには支障ありません。こいつで充分だと、自分なら思いますが」

アーノルドは肩をすくめた。「さて、わからんな。大工仕事が趣味なのかもしれんが。新しい床板を切り出して、四角い穴を開けるにはどのくらいの時間がかかっただろうな?」

ランバートは新しい床板を、玄人の目で一瞥した。「粗い仕事ぶりですが、それでも一時間はかかったでしょう――満足な作業台もなかったのならなおさらです。それからもう一つ、たったいま気づいたことがあります。四角い穴と並んで、ねじ穴が四つ開けられています。こんなものを、なんのために開けたのか。あるいは板材に、最初から開いていたのかもしれませんが」

アーノルドはルーベン・デュークスに頼んで、もうしばらくバンを馬車小屋に置かせてもらう約束をとりつけた。テリーに指示を与えて、このあたりで土曜の夜にバンを見かけた者がいないか、近隣住民への聞きこみに回らせる。それからランバートの運転で、アドルフォード警察署へ向かった。

車中でアーノルドは、集めた情報のピースをなんとかつなぎ合わせようとした。しかしどれだけいじくり回しても、意味のある形をなしてはくれなかった。ジョージの行動はいまのところ、でたらめというかなんというか、頭のおかしい者のそれとしか思われない。まったくメリオンときたら、こんなときに流感にやられるとは! いまこそあの男の旺盛な想像力が、何よりものを言うときだというのに。

署に到着すると、ガーランドが持ち前の温かさで迎えてくれた。「やあ、ようこそ警部。ひとまずかけて、くつろいでくれたまえ。さて、首尾はどうだった?」

「なんとも言えませんね」アーノルドは、どっと疲れを感じながら言った。「テリー君は、実に気のきく若者ですな。おかげで手がかりはたくさん集まりましたが、肝心の全体像が見えてこないのです。こちらではいかがでしたか?」

「残念だが、とりたてて進展はなかったな。検死審問は、ハラム博士の報告があがってくるまで延期となった。バジル・メープルウッドの亡骸《なきがら》は、昨夜霊柩車でヒザリング邸へ運ばれた。そこで今日の午後、一族の地下霊廟《れいびょう》に安置されたはずだ。ジェフリー・メープルウッドとその姉君は、今朝列車でそちらへ向かった。フィービ嬢も帰ったんだろう、あれから何も言ってこないからな」

アーノルドは安堵のため息をついた。「助かりますよ、離れていてくれるのは。とりわけあのご婦人がたは、この状況ではまことに頭の痛い存在ですからな。ジェフリーが犯人である証拠は、正直なところまだ一つも見つかっていません。しかし動機のほうは、証言によってより確かになったと思います」

「誰の話を聞いてきたんだね？」

「ラストウィク弁護士とアーネスト・ペリングです。弁護士は予想どおり言葉を濁していましたが、バジルがここへ来た目的は、借金の返済の催促でまちがいないようです。ジェフリーが、ヒザリング邸の財産から借りた金ですね」

「それは訊きに行った甲斐があったな。そのうえペリングまで見つけ出したのかね？　いま、あの男は何を？」

「アーネストと姓を変えて、オーピントンで蓄音機とラジオの販売店をやっています。見たところ、なかなか成功しているようですよ」

「その成功が、まっとうな商売によるものであることを祈るよ。オーピントンで店を構えているのかね？　ここからそれほど離れていないが、知り合いに正体がばれるのは覚悟のうえなのかもな。それで、ジェフリーの話をしたんだろ？　彼のことを恨んでいるようだったかね？」

「いいえ、そのあたりの分別はついているようです。もちろん、例の件については口が重かったですが。ジェフリーについての質問には、こころよく答えてくれました。重要なことも聞けましたよ」

「なんだね、それは?」

「ジェフリーは昔からずっと、自分が継ぎたかった地所のことで、兄と甥を相当妬んでいたようです。徐々に憎しみをつのらせていった結果、甥っ子を殺害するまでに至ったとも考えられます。よろしければ、そのあたりを説明したいのですが」

「お願いするよ」ガーランドは言った。「しかしジェフリーをよく知るわたしとしては、どうにも理解しがたいな。とても人殺しをするような、大それたところがあるとは思えんが」

「そもそもジェフリーにとって地所を継ぐのは、長年の宿願といっていいものでした。ジェフリーが、その兄よりも地所を継ぐのにふさわしい人物だったことは明らかです。けれども兄が生きているかぎり、その望みはかなわぬものでした。その後兄が結婚し、息子をもうけたことで、ジェフリーに運がめぐってくる可能性はいよいよゼロに近くなりました。

これはジェフリーにとって、いわば人生の挫折だったようです。ペリングの話ではしょっちゅう愚痴をこぼしていたそうですから、その後もおそらく、延々と不満をくすぶらせていたのだと思います。そして先週の金曜、当の甥っ子からの手紙を受け取ったのです。

思うに、ディスクハローがうんぬんと口では言っていても、バジル青年の目的がなんなのかジェフリーにはお見通しだったのでしょう。結婚を控えている妹に、兄が祝いをしてやりたいと考えるのは当然です。そして自分には、ヒザリングからの借金がある。法的に返済を強制されることはないにせよ、甥からじかに要求されたら、拒むことは難しい。

そういう状況下でジェフリーは、これまでにないほど痛烈に思ったのです——バジルに事故でも起こってくれれば、問題は一挙に解決するのにと。そう、そういうことになれば、何もかもが完全に解決するのです。ヒザリング邸の地所は当然わがものになりますし、大金を払う必要もまったくなくなる。だったら事故に見せかけて——という考えがよぎったとしても、それほど突飛ではないと思いますが」

「なるほど、きみの言うとおりだ」ガーランドは頭をひねりながら答えた。「たしかに、ジェフリーが甥っ子を殺してもおかしくはないのかもしれん。けれどもあいかわらず、手口のほうは見当もつかんな」

第十一章

アーノルドはパイプの灰を暖炉のなかへ落とすと、新しい葉を恐ろしくていねいに詰めはじめた。

「わかりませんな、わたしにも。ただ、科学の徒である方々にもわからないというのは、大きな慰めではありますね。医者たちはショック死だとかなんとか、途方もないことを述べたてていますが、頑健な若者を即死させるほどのショックが〈別荘〉のなかでどのように起きたのか、説明できるものならぜひともお願いしたいですな。

いや、よしましょう。ひとまずその疑問は棚上げにして、単独犯か否かを考えてみるべきです。おそらくジェフリーには、共犯が存在したのだと思います。便宜上、その男をジョージと呼んでおきますが」

「ではわたしは、有名な広告の文句を借りてみようか――〝ジョージはどこだ？〟（かつて英国に存在した大規模チェーン〈ライアンズ・ティーショップ〉の広告の一節）」ガーランドはそう尋ねた。

「その疑問にも、まだ答えが出ていません。ジョージの行方がわかれば、どんなにいいかと思いますが。その男は事件の全容までは知らなくても、謎の部分を埋められるだけの材料を握っているはずです。ジョージは言ってみれば彗星のごとく現われ、〈別荘〉の上を旋回したあと、再び空へ消え失せたんです。いいですか、よくお聞きになってください。今朝ランバート君に駅へ迎えに来てもらってから、わたしがどのように駆けずり回ったかをお話ししますので」

アーノルドは今日一日でこなした仕事について、こと細かに説明した。熱心に耳を傾けていたガーランドは、「なかなか順調じゃないか」と称賛した。

「そうとも言えるかもしれませんが、よく考えてみてください。もちろん、最初に浮かんでくる疑問はこれです――ジョージおよびその車は、はたしてバジルの死に関わったのか？」

「バジルが死んだとき、そいつは現場から数フィート以内にいたんだろ？」

「ええ、しかしそれは、まったくの偶然かもしれません。ちょうどその時刻に、バンが〈別荘〉の前で故障しただけかもしれない――もちろんこれは、バンの運転手本人の発言にすぎませんが。その男はウッドコック・グリーンで自動車販売店を営むスワンリー氏に、ジョージ・デュークスという名を名乗り、父親はフォアストル農場に住んでいると言ったそうです。これからテンタリッジ村で、魚の行商を始めるつもりだと。

最初のうちは、なぜそんな嘘をついたのか理解に苦しみました。けれどもいまは、わかるような気がします。近くでバンを見かけた人間が、あの自動車販売店の車だと気づいて、スワンリー氏へご注進に及ぶかもしれない。そうなったとき、ほかの嘘をついていたら――たとえばニューカッスルで石炭の行商をするなどと言っていたら、きっと怪しまれます。けれどもテンタリッジ村うんぬんの嘘なら、スワンリー氏は『いいんだよ。あのバンなら、土曜の夕方に売ったんだ』などと答えて、それっきりになるはずです。ただ、ジョージが適当に名前をあげた農場で、たまたまバンが故障したとはとても信じられませんが。わからない点はまだあります。ジョージはいったいなぜデュークスの名前と、フォアストル農場で管理人を務めていることを知っていたのか？　土地の事情に通じている者だったか、ジェフリーが教えたかのどちらかでしょうが、前者について言えば、目撃者のペンダーもオーエンズも、男の正体はさっぱり見当がつかないようでした。ふたりともテンタリッジ村、あるいはその近隣に長年住んでいるにもかかわらず、です」

ガーランドはうなずいた。「なるほど。続けてくれ」

「今度はジョージが姿を消して、再び現われるまでの足どりについて考えてみたいと思います。ジョージが入手した時点で、バンは問題なく走れる状態だったとわたしは見ています。ウッドコック・グリーンからまっすぐ走って、せいぜい一時間かそこらでクイーンズウッドの森にたどりついたことでしょう。出発時にすでに暗かったので、着くころには真っ暗になっていたはずです。誰かに見られたとしても、のちのち正体がばれる心配はほぼありません。ひとまずクイーンズウッドに到着した時刻を午後八時半としておきます。森の空き地で息をひそめていれば、見つかることはないでしょう。けれども鋸を使ったりバンのライトをつけたりしたら、手前の道路を通りかかった者が気づいて、ちょっと奥へ入って確かめてやろう、となるかもしれません。たとえばあの重宝なテリー君なら、確実にそうしていたと思います。

ですからジョージは、しばらく動かなかったはずです。真夜中近くになってから自転車に乗って、森を出ていったのです。行き先はわかりませんが、大胆に推測すれば〈別荘〉へ行って、ジェフリーと会ってきたのではないでしょうか——むろん、事前に約束した上でのことです。自転車で行ったのは、バンだと誰かに気づかれる危険がはるかに増すからです——あれほど騒々しいポンコツではなおさら」

「ジョージはそのときに、何かを持っていったのだろうかね？」

「その点にはあとで触れましょう。ジョージは〈別荘〉を訪れたのち、また森の空き地へ戻ってきました。このときには真夜中を過ぎており、道路を誰かが通りかかる心配はまずありません。そこでバンのライトをつけて、床板作りにとりかかりました。

白状しますと、ここがさっぱりわからないところなのです。ランバート君が指摘して、わたしも同感だったのですが、古い床板はまだ充分に使える状態でした。ジョージは新しい床板を、時間つぶしと身体を温めるためだけにこしらえたのでしょうか？　いや、そんなはずはありません。わざわざスワンリー氏へ板材を無心していますし、あらかじめスーツケースに必要な工具を入れていたようです――ウッドコック・グリーンを出てから購入した形跡がありませんから。つまり、床板は最初から作る予定だったわけです」

「おかしな話だな」ガーランドは言った。

「同感です。けれども、これからもっとおかしな話になるんです。タイヤ跡の深さの違いについて、テリー君が説明してみせたのはお話ししましたね。その説が正しければ――おそらく正しかろうと思いますが、バンは地面が凍って固くなるまで森を出なかったことになります。テリー君の見積もりによれば、どんなに早くても日曜の午前四時ごろです。もう一度自転車で出ていった形跡もありません。これはわたしの推測ですが、午前八時過ぎまではその場を動かなかったのではないでしょうか。その時刻になったらバンで〈別荘〉へ向かい、車の故障を装って十分間ほどそこにとどまり、また移動したのです。

その二時間後、ジョージはプラクスティッドに姿を現わします。そのときバンのエンジンは、壊れた点火プラグのせいでまともに動いていませんでした。道具入れにはまともなプラグが入っていたのに、それを使おうとはしなかったのです。さらに奇妙なことに、スワンリー氏はバンを手放したとき、予備のプラグをバンに積んではいなかったようなのです。となると、こういうことになると思います。ジョージは壊れたプラグをあらかじめ用意しておき、日曜の朝〈別荘〉からプラクスティドへ向かう途中、エンジンからプラグの一本をはずすと、それを道具入れにしまって壊れたほうを取りつけ、三気筒でのろのろ走ってきたと」

「しかし、どうしてそいつは――どいつでもかまわんが、好きこのんで一気筒減らして走ってきたんだ?」

「バンを預からせる口実が欲しかったんでしょう。道路わきに捨てていったりしたら、通りすがりの警官がすぐに詳細を照会するでしょうからね。だからバーラップ氏のガソリンスタンドまで乗っていったんです。ほら、ジョージはバーラップ氏に、故障の原因を調べてほしいとはひと言も頼んでいないんですよ。もうこいつを動かすのはうんざりだから、あとで戻ってきて、トラックで引っぱっていくと言っただけです。テリー君の頑張りがなかったら、数週間とは言いませんが数日は、そのまま気づかれずに放っておかれたでしょう」

ガーランドはうなずいた。「そうだろうな。それで、お次はなんだね?」

「次の部分が、いちばんわけのわからないところです。ジョージがウッドコック・グリーンでバンを買ってから、プラクスティドで捨てていくまでのあいだ、〈別荘〉にしか行かなかったのはほぼ確実だと思います。行っていればテリー君が聞きこみのとき、その情報を仕入れたはずですから。ジョージはスーツケースを自転車に載せてきて、それを載せて去りました。スーツケースには少なくとも回しびき鋸、曲がり柄ドリル、壊れた点火プラグが入れてあったはずです。

日曜の朝〈別荘〉の前にバンを停めているときには、家屋へものを運び入れたり、運び出したりはしなかったでしょう。デュークス母娘《おやこ》が家事で駆けずり回っているのですから、それは無理です。ジョージが真夜中ごろに〈別荘〉を訪れた可能性は充分にありますから、そのときに運び入れるか、運び出すかしたかもしれません。なんなのかはわかりませんが、自転車で運べるサイズのものを。わたしが何を言いたいか、おわかりですか？」

「いや、わからんな」ガーランドは言った。

「ですから、こういうことですよ！」アーノルドは激して、こぶしでデスクをドンと叩いた。「バンはいったい、なんのために用意されたんです？　そこなんですよ、わたしがわからないのは。バンでは〈別荘〉へ何も運び入れていないし、何も運び出していないんです。森のなかで寝泊まりするためだけに、ジョージはバンを買ったのでしょうか？　あるいは床板を張り替えて遊ぶため？　そんなわけはないでしょう。要するに、バンの存在はまったく無意味に思えるのです。自転車だけでも同じくらい、いやもっとうまく、ことを運べたはずですよ」

「ジョージの身柄を押さえて、本人に吐かせればいいんじゃないかね」

「身柄を押さえてですか！　たしかにそのとおりです。けれども、それも楽な仕事じゃないですよ。ふいに現われ、またいなくなった——ジョージについて話したのは、このくらいでしたね。そこそこ若い部類で、黒い髪に黒い口ひげ、身なりはむさ苦しいが言葉つきは上品。話していなかったのはこのくらいです。むさ苦しい身なりは変装だと思いますし、口ひげはどうせ付けひげか、本物でもとっくに剃り落としてしまったことでしょう。つまり、手がかりはほとんどないに等しいわけです。ジョージを探し出すには、回り道をする必要があると思いますよ。ジェフリーだったらどんな人物を共犯に選ぶか、考えてみるんです」

ガーランドは肩をすくめ、「見当もつかんな」と言った。「しかし、きみだってよく知っているだろ。裏社会なら報酬しだいで、どんな犯罪にでも手を貸す輩《やから》がごろごろいるじゃないか」

「おっしゃるとおりです。でもジェフリーがどうやって、その手の輩とわたりをつけるんです？　裏社会とつながりのあるような人物には見えませんよ。まさか新聞広告を出すわけにもいかないでしょう。〝急募、悪党一名。殺人幇助の実務能力のある者。高額報酬、および完全なる安全を保証。詳細はアドルフォード、リヴァーバンク邸ジェフリー・メープルウッドまで〟なんてね」

ガーランドは笑い声を上げた。「なるほど、そりゃ無理だ。無法者どもとつき合いのある人物ではない、という点にも同感だよ」

するとアーノルドは身を乗り出し、ガーランドの膝を軽く叩いた。「ところが長いあいだ、ジェフリーにはつき合いがあったんですよ。無法者とね」語を継ぐ。「いいですか、ちょっとジェフリーの身になって考えてみてください。あなたは、自分の甥を殺すことを決意しました。そのための手口も思いついたものの、それには――なぜなのかはまだ不明ですが――共犯が一名必要でした。どこへ行けば見つかるか、あなたは知恵を絞ります。そしてふと思い出すのです、かつての共同経営者のことを。その男は、はっきり言えば前科持ちです。もうおわかりですね？」

「ペリングか！」ガーランドは声を上げた。「しかしペリングは、商売で成功しているとさっき言っていたじゃないか。元相棒への恩義だけで、ろくに知りもしない男を殺すわけはないだろう」

「そうかもしれません、恩義だけの問題であれば。けれどもジェフリーが、どんな約束や脅しをしたかはわかりませんよ。それに、いったん塀のなかに入った者というのは、犯罪に対する考え方がほかの人間と異なるものです。

流れはこのような感じだったと思います。ジェフリーは金曜の朝、甥っ子が週末に来て滞在していくことを知りました。これはチャンスだ、と思うと同時に、天才的な閃きで殺害の手口を思いついた――などと言うつもりはありません。チャンスが訪れるか否かはともかく、手口についてはずっと前から練ってあったのでしょう。バジルの手紙を受け取ってから土曜の午後までのあいだに、ジェフリーはペリングと連絡をとりました。連絡手段はわかりませんが、電話で話したいようなことでもないでしょうから、自ら足を運んだことと思います。そしてペリングと打ち合わせをし、手はずを整えました。ペリングは髪を染め、付けひげをつけて、オイルを顔に塗りたくりました。これでジョージの一丁上がりです」

ガーランドはまだ首をひねっていた。「それで、これからきみはどうするね？」

「明日の朝、もう一度ペリングに会いに行きます。オーピントンはここからそれほど離れていないと、さきほどおっしゃいましたね。それならランバート君に、また送ってもらえるでしょうな。ペリングには、日曜の朝八時半に何をしていたかなど、いくつか質問をぶつけてみたいと思います。そのあいだそちらには、周辺への聞きこみをお願いできますか。ジェフリーが金曜の朝から、土曜の午後バジルと会うまで何をしていたのか。かまいませんな？」

「うむ、それはかまわんがね」気の乗らない返事だった。「しかしきみも、ジョージなる者の正体がペリングだとは、本気で信じていないんだろ？」

「信じませんよ、証拠を摑むまでは。いまのところジョージにつながる手がかりは一つも見つかっていませんから、正体の候補は五十万を下らないでしょう。けれどもその男が、なんらかの形でバジルの死に関わったことは確実だと思います。

これまで判明したかぎりでは、あの若者を殺す動機を持った人間は世界じゅうにひとりだけです。バジルが死んでわずかなりとも得をするのは、ジェフリー・メープルウッドただひとりです。ということは、ジョージは従犯にすぎないはずです。そしてジェフリーがもっとも従犯に選びそうなのは、ペリングというだけの話です。理屈に合わないですかね、この考え方は?」

「いや、そんなことはないがね」とガーランド。「しかしどうにも、どこかに穴がある気がしてならんのだよ。動機の問題はさておくとして、ジェフリーの思惑とは関係なしに、ジョージが単独でやった線はないのかね?」

アーノルドはかぶりを振った。「いえ、それはないでしょう。〈別荘〉のなかに入りもしないで、どうやって鍵のかかった浴室内のバジルを殺すんです? ジョージが飛行機で浴室の窓まで乗りつけたという目撃証言があって、死体から弾丸が見つかっていれば話は別ですが。ジョージは夜のうちに自転車で〈別荘〉へ来て、誰かと会ったにちがいありません。状況からして、その相手はジェフリーしかいないでしょう」

「ではきみは、ジョージがジェフリーと共謀していないという証拠が見つかったら、ジョージは事件に無関係だと信じるのかね?」

「証拠が見つかったら――そうですね、いくつかの点については信じざるを得ませんね。たとえばジョージが、ミス・メープルウッド肝煎りの例の施設で世話になるべき人物であること。もろもろの行動が、わたしにはとうてい理解できない悪ふざけのたぐいであったこと。ジョージ・デュークスという名前は、人のいいスワンリー氏をけむに巻くためだけに持ち出されたこと、などなど。つまり、ジエフリーと裏でつながっていなかったとしたら、ジョージの行動はまるで支離滅裂なのですよ」

ガーランドは苦笑した。「きみの話を聞いていると、本当に支離滅裂なのではと思えてくるがね」

アーノルドの気分を害さないよう、穏やかに言葉を継ぐ。「きみも言っていたじゃないか。バンがなんのために用意されたのかわからないと」

「ええ、言いました。バジルが死んだ時刻、どうしてバンは〈別荘〉の前に停まっていたのか」

「それについて、ひとつ思いついたことがあるんだがね。役に立つかはわからんが、披露させてくれたまえ」ガーランドが言った。「ジョージは夜のうちに〈別荘〉を訪れて、ジェフリーと会った。その点はきみに同意しよう。そしてそのとき、殺人の準備がなされたのだと思う。どういう準備かは知る由もないが、ふたりの企ての成否は、次に浴室へ入る人物がバジルになるかどうかにかかっている。ジェフリーはもちろん、そうなるように仕組んだはずだ。

わたしの思いつきというのは、何か別のものから注意をそらせるために、〈別荘〉の前でバンが故障したように見せかけたのではないかということだ。たとえば、何かの音だとか。ジョージはそこにとどまり、少なくとも一定のあいだはエンジンを吹かしつづけていた。これがデュークス母娘《おやこ》の注意を引いて、ヘティは屋外へ出て様子を見に行った。もしかしてアイドリングの音が、何かの音をかき消していたんじゃないのかね？　のちのち手がかりになりそうな音を」

「まあ、一理あるかもしれません」アーノルドはしぶしぶ認めた。「しかし、いったいどんな音です？　外でアイドリング音が響いていたにもかかわらず、屋内の人間は全員、バジルが床に倒れこむ音を聞きつけたようですよ」

「それよりも、ずっと小さな音だろうさ。たとえばカチッとかポンとか、そんな感じの」

「となると、また手口の件に逆戻りですか」アーノルドはげんなりして言った。「あの医者たちには、ほとほとあきれましたよ。あれじゃあ、いてもいなくても同じです。ハラム博士は、バジルの死因はわからないと暗に認めていましたよ。もしもこうだったら、ああだったらとはいくらでも言えるでしょうが、〝もしも〟ではしょうがないんですがね。でもまあ、仕方ありませんから、光明が見いだせるかどうかもう一度検討してみますか。バジルは鍵をかけた浴室内で死んでおり、浴室に入りこむ手段はありませんでした。窓は数インチほど開いていたようですが、それでは猫くらいしか通り抜けられません。しかも屋外のどの位置からも、浴室のなかを覗くことはできません。中の人間が窓にくっつくようにして立たなければ、外からは見えないのです。バジルが殺されたとき窓のそばにおらず、バスタブに入ろうとしていたことは状況から明らかです。

出入口のドアが破られたあと、三名の目撃者が浴室全体をはっきり見ました。そのうちデュークス夫人とその娘は、ジェフリーに雇われて家事をこなしていますので、家屋のなかは細かいところまで知りつくしています。そのふたりが、何も変わったところを発見できなかったのです。となると、このように考えるのが妥当でしょう――バジルの死を引き起こしたものは、その時点で浴室内に存在していなかったと。それなのに、あの気の毒な青年は死んでいたのです」

「どうにもこうにも、難問だな」ガーランドはつぶやいた。「息絶えたのは、バスタブに入りかけたときでまちがいないんだね？」

「死体の発見位置からいって、そのはずです。死体のあった場所についても、同一の目撃者たちが証言しています」

「可能かどうかはわからんが、バスタブの湯に致死性の毒が混入されたということは？」

「ハラム博士が、湯のサンプルを採取して分析しました。ロンドンを発《た》つ前に話を聞いたのですが、成分はごくごくふつうの硬水で、固体は溶けた状態でも、懸濁《けんだく》状（液体中に固体の微粒子が溶けずに分散した状態）でも検出されませんでした。ちなみに石鹸成分も出てこなかったので、バジルがまだ一度も湯につかっていなかった点は裏づけられると思います。湯の出どころについてですが、あそこへ行った際、水道会社の水を引いているのを確認してきました」

　ガーランドは笑った。「わたしの思いつきも、ここまでが限界だな。さてと、何か腹に入れに行こうか。きみがぜひにと言うなら、翌朝ペリングのところまで送らせるとしよう」

第十二章

その日の夜さらに考えて、アーノルドは予定を実行に移すことにした。ペリングがバンの運転手だと楽観的に信じこんでいるわけではない。ただこういった場合、なんでも一つ一つ当たってみるしかない。それになんといっても、ペリングには重罪の前科がある以上、注目せざるを得なかった。

そういうわけで翌朝、アーノルドは再びペリングの店へおもむき、事務室に通された。現在はアーネストと名乗っているその男は、驚きもあらわにアーノルドを見つめた。「ずいぶんとまた、間を空けずにお越しですね。今度はなんのご用ですか?」

「いくつかお尋ねしたいと思いましてな。お答えいただけますか」アーノルドは厳しく言った。

「ぼくでわかることでしたら」ペリングはかすかに笑みを浮かべた。「ジェフリーのことでしょうね、おそらく」

「いえ、あなたご自身のことです。さっそくですが、自転車には乗られますかな?」

ペリングの眉が上がった。「ええ、乗りますけども」そう言った。「どうしても実験室にこもりがちになるもので、運動のために一台買ったんです。乗るのが好きなわけではないですが、歩くよりはまだましですからね」

「いま、その自転車はどこにあるんですか?」

「裏の物置ですよ。ご覧になりますか?」

「いや、いまはけっこう。最後に使ったのはいつです?」

「今週は一度も使っていません。最後に乗ったのは、土曜の午後でしたね。その日は早めに店じまいしたので、昼食のあとは暇になりまして。それで自転車を出して、ウェステラムまで乗って帰ってきたんです」

「何時ごろのことですか?」

「はっきりはわかりません。帰ってきたときには暗くなっていたから、午後六時か七時じゃないかな」

「夜はどこで過ごされました?」

「ここですよ。この商売を始めてから、よそに泊まったことはほとんどないんです。それから、日曜の午後まで外出しませんでした——外出といっても、ちょっと歩いて角のポストへ手紙を出しに行っただけですが」

「土曜から日曜の午後にかけて、誰かに会われたりは?」

ペリングは顔をしかめた。「会いませんよ。会うと思いますか? ぼくみたいな立場の者は、多少なりとも気が回れば、慎重に人づき合いを避けるものです。世間というのはえてして、他人の過去を好き勝手にほじくってくるものですから。この町で噂が広まるのは望まないんですよ——社交嫌いのアーネストさんの正体が、前科者のペリングだなんて。それもあって、余暇はたいてい実験室で過ごしているんです。あそこなら少なくとも、邪魔してくる者はいませんから」

言葉にこもった皮肉を、アーノルドは無視した。「なるほど、誰にも会っていないわけですな。それでは、あなたを見かけた者は？　日曜の朝八時半にあなたがどこにいたか、裏づけられる人物はおりますか？」

ペリングは再び笑みを作り、「いいえ。おりません」と穏やかに答えた。「失礼ながら警部さん、あなたのお考えはわかりましたよ。あの気の毒な若者の死に、ぼくが関わっているとお疑いなんでしょう――まことに残念至極ですが。そうですよね？」

単刀直入な問いだった。アーノルドは核心を避けた。「アリバイのない人物の関与を考えるのは、ある意味当然だと思いますが」

「まあ前科があるんですから、疑われるのは仕方ありません。けれどもぼくが、バジル・メープルウッドを殺す動機はなんですか？　あるなら挙げてもらえませんか」

「話がずれておりますな」内心もっともだと思いつつ、アーノルドはにべもなくはねつけた。「日曜の朝、どこにいたか証言できる人物はいないんですな。お住まいはどちらです？　使用人などは？」

「この店の階上《うえ》に住んでおりますよ。まずまず快適にね」ペリングは語を継いだ。「お調べになりたいなら、いつでもご自由に。それから使用人ですが、ブリス夫人という善良なご婦人に来てもらってます。掃除のために午前中二時間と、夕食作りのために夕方一時間。けれども土曜の夕方から日曜いっぱいは、いつも休みをとってるんです」

「では、週末の食事はどうしているんですか？」アーノルドは語気をゆるめなかった。

「どうしていると思います？　自分で用意しているんですよ。なぜ世間の人々は、男には卵一つゆでられないと思いこんでいるんでしょうね？　プロの料理人でもないかぎり、ゆでても石みたいに固くしてしまうのがオチだと思っているんですから。料理だってせんじ詰めれば、化学の一部門なんですよ。先日も話したと思いますが、ぼくはそっちの分野には少々うるさいんです。そりゃあときどきは、ロンドンへ芝居やなんかを観に出かけて、ついでにすませてきますがね。でも先週の土曜は、ここで夕食を食べたんですよ」

「何をして過ごしたか、教えてもらえますか?」

「自転車で帰ってきたあと、ブリス夫人が下ごしらえしておいてくれたものを使って、夕食の支度にとりかかりました。たしかカレイの切り身のフライに、ラムロインのロースト、それから牡蠣《かき》のベーコン包みでしたね。作りおえたらすぐ食べて、あと片づけをして、実験室へ行きました。それから真夜中近くまで、そこで仕事をしてました。その後は寝《やす》みに行きまして、まあまあいつもどおり眠れましたね。日曜の午前中には、手紙を何通か——正確には三通ですが——書いて、そのあと家の雑用をやりました。昼食には——」

「ああ、そこはけっこう」アーノルドはしびれを切らしてさえぎった。「あなたの食事の内容には、まったく関心がありませんので。日曜の朝ここにいたという、動かぬ証拠を出してほしいのですよ」

ペリングは両手を広げ、抗議の意思を表わした。「勘弁してください、無理なものは無理ですよ。いま説明したとおり、ぼくにはアリバイがないんです。日曜の朝テンタリッジ村にいなかった証拠なんて、どうやっても出せません。でもそちらだって、ぼくが村にいただなんて証拠は出せないでしょう。そもそも犯罪の疑いをかけるなら、それ相応の動機くらい示してもらわなくっちゃあ」

アーノルドはこの言葉を受け流した。「ジェフリー氏と最後に会ったのはいつのことです?」

「ジェフリーが証言台に立ったときですよ。ぼくの裁判のね」激することもなく、ペリングは答えた。「それ以来会っていませんし、直接連絡をとってもいません。前にも話したはずですが、その後の交渉は弁護士を通しましたので」

「先週の金、土のいずれにも、ジェフリー氏とは会っていないし、連絡もとっていないとおっしゃるのですか?」

「前科者の誓いなど、吹けば飛ぶようなものでしょうが」ペリングの表情が固くなった。「それでも誓いますよ。もう長いあいだ彼とは会っていないし、言葉を交わしてもいません。手紙なども受け取っていないし、向こうからの接触もいっさいありません。この点については、簡単に裏づけがとれるはずですよ。ジェフリー本人に訊けばいいんですから」

「そしてもちろん、向こうも同じことを言うでしょうな。口裏を合わせておいたのだから」

ペリングはアーノルドの顔を穴の開くほど見つめ、やがて弾けたように笑いだした。「いや、失敬。警部さん、あなたの肚《はら》のうちがようやく読めましたよ。これは笑わずにはいられませんね。ジェフリーがぼくを雇って、甥っ子を殺させた——そうおっしゃりたいんですね?」

「どんな形であれ、手を貸したはずだ」アーノルドは詰めよった。

ペリングはかぶりを振った。「いいえ、それは絶対にあり得ません。ジェフリーは犯罪を企てたとしても、それを他人にもらすような人間じゃないですよ。自分の姉にだって言いやしません。まあのご婦人は、それでもたいがい嗅ぎつけてしまうでしょうがね」

「どうしてそんなことがわかるんだ?」

「わかりますよ。身にしみていますので」ペリングは静かに語を継いだ。「ねえ警部さん、本気でお考えなんですか? ジェフリーが甥殺しの計画を立てたうえ、よりによってこのぼくに、そのことを打ち明けるだなんて」

「ちょっと待て、どういう意味だ？　犯罪を他人にもらさないと、身にしみてわかっているだと？　ジェフリーがどんな罪を犯したというんだ？」

ペリングはアーノルドの目をまともに見すえた。「偽証ですよ」短く答える。

「偽証だって？　なんの話だ？」

「ぼくの裁判でジェフリーが行った証言は、最初から最後まででたらめだったんです」

アーノルドは怒りを剝き出しにした。「何かと思えば、その手の話か」吐き捨てる。「出獄後に無罪を主張して、なんの役に立つのかね？　事業から離れるときに金をたんまり受け取っておきながら、その相手に偽証の罪を着せるとは、ずいぶんさもしい根性じゃないか。前にジェフリーの話をしたときには、そんなことはひと言も言っていなかったのに」

「どうせ信じてもらえないと思ったんですよ、あのときは――まあ、いまもですけれど」

「あの評決で、何をどう信じろというのかね？　判事や陪審に偏見があったとでも？」

「いいえ、違います。むしろ、あれほど公正な裁判はなかったと思っています。それは見事なほどに、証拠に基づいた評決でした。小切手のジェフリーの署名が写されたものであることを、否定しても無駄でした。そこは揺るぎのない事実でしたから――弁護人にとってさえ。ぼくにできたのは、やっていないと誓うことだけです。ですが弁護人すら、ぼくの言葉を信じていないことは明白でした。のちに刑務所で眠れぬ夜を過ごしながら、いかれるほど脳みそを絞って、ようやくからくりがわかったんです――もちろん、そのときには手遅れでしたけれども」

相手の様子にただならぬものを感じとり、アーノルドはわれ知らず惹きこまれた。「それで、なんだというんだね？」いくぶん語調をやわらげて尋ねる。「自分は冤罪の被害者だと、そう言いたいのかね？」

「ぼくは被害者ですよ。あの男が仕組んだ、巧妙な罠の」ペリングは静かに答えた。

「しかし、なんのためにそんな罠を仕掛けたというんだ？　そんなことをしても、ジェフリーにはなんの得もないだろう」

「ぼくを刑務所送りにするためですよ。そのとおりになったのは、議論の余地がないでしょう」

「いや、わからんな。きみらの仲は悪くなかったそうじゃないか。ジェフリーがきみを刑務所送りにする動機とはなんだ？」

「欲ですよ」ペリングは言いきった。「おわかりでしょう、甥殺しとまったく同じ動機です。工場経営が軌道に乗ってきたとみると、あの男は儲けをひとり占めしたくなったんです。さっき警部さんは、ぼくが金をたんまり受け取ったと言いましたよね。たしかに、犯罪者相手に相場の四分の一足らずも支払ってくれたんですから、〝たんまり〟と言っていいかもしれません。笑えるのは、ぼくを追い出すのに使った金が、あの男の金じゃなかったってことです。当時の弁護士がうっかり口をすべらせたんですがね、ジェフリーは兄の財産から借金したんです。まだ返していませんよ、きっと」

「なにも大人しく、その金を受け取らなくてもよかったんじゃないのかね？」

ペリングは乾いた笑い声を上げた。「ええ、そうですね、大人しく引き下がらなくてもよかったんです。けれども前科者の過去を後光みたいに光らせて、アドルフォードで生きていくのは気が進みませんでしたからね。ことわざにもあるでしょう、どちらを選んでも不幸なら、より小さな不幸を選べって。それにご想像がつくでしょうが、ジェフリーともう一度組むのはごめんだったんです。なにしろそのころには、あの男の罠に気づいていましたから」

「罠、罠と繰り返されるのには、少々飽きてきたな」しびれを切らしてアーノルドは言った。「ジェフリーの署名は写しとられたものだと、きみも認めているんだろ？　きみじゃなければ、どこの誰がそんなことをするんだね？　そもそも、小切手帳を保管していたのは誰なんだ？」

「どうやら、ひととおり話さなくちゃいけないようですね」ペリングはうんざり顔で言った。「といっても、どうせ信じてもらえないでしょうが。少なくともぼくがあいつに恩義を感じて、甥殺しに手を貸してやるなんてことはあり得ないとわかるはずですよ。

詳しい説明は省きますが、ぼくとジェフリーは経営上対等な関係でした。大ざっぱに言えばぼくは工場担当で、向こうが事務所の担当です。けれども、事務所内の権限は平等でした。質問にお答えすれば、小切手帳の保管場所はジェフリーの事務室で、鍵はふたりとも持っていました。小切手を切るときの通常の流れはこうでした。ジェフリーが内容を書きこみ、署名を入れてぼくに渡します。そうしてぼくが連署をするんです。当然ながら検察は、ぼくが手に入れようと思えば、まっさらな小切手を入手できたと主張してきました。

問題の小切手のいきさつはこうです。ある月曜の朝、ジェフリーはぼくと顔を合わせるなり言ったんです――昨日農場で手を怪我してしまったと。たまたまか、仕組まれたのかは知りませんが、ぼくはその週末農場へは行っていませんでした。ジェフリーの手には包帯が巻かれていましたけれども、怪我の内容は知りません。

その日の昼近く、ジェフリーはぼくを事務室へ呼び、ようやく金が浮いたぞと言いました。経営に余裕ができたら開発費に回そうと、ふたりで決めていたんです。ジェフリーはぼくに、自分の署名だけを記入した小切手を差し出して言いました。署名はどうにか入れたが、どうにもうまく書けないので、残りはきみが記入してくれないかと。もちろんぼくは、疑いもしませんでした。あの男の目の前で小切手に必要事項を書きこみ、自分の署名を入れました。目撃者はいませんでした。ジェフリーは、事務所の人間が昼食へ出たのを見はからってぼくを呼んだので」

「いや、それはおかしいだろう」アーノルドは口を挟んだ。「それなら署名の下に残っていた、カーボン紙の跡はどうなるんだね?」

「まあ、誰でもそう考えますよね。写し跡があるからには、署名はにせものにちがいないと。自分の署名を偽造することはたしかに不可能ですが、やろうと思えば写しをとることはできるんですよ。残念ながらぼくがそのことに思いあたったのは、判決が下ったあとだったんですが。ぼくは甘ちゃんで、あの男のことを頭から信じこんでいたんです。長いことかかって、ようやくだまされたと気づいたんです」

アーノルドは肩をすくめた。なにやら突拍子もない話だ。けれどもペリングがこれを真実だと信じ、かつての共同経営者に深い恨みを抱いていることはまちがいない。自身が言っているとおり、ジェフリーに手を貸して悪事を行うことなどあり得ないだろう。

「まあ、きみの言うことはわかったよ」長い沈黙ののち、アーノルドはそう言った。「じゃあともかく、自転車を見せてもらえるかね」

ペリングはアーノルドを物置へ案内して、鍵を開けた。中には男用の自転車が入っていた。どう見ても新品にはほど遠く、前輪後輪ともにすりきれたタイヤが取りつけられていた。クイーンズウッドの森のタイヤ跡とは、まるきり溝の模様が異なっていた。

オーピントンを離れる前にアーノルドは地元の警察へおもむき、土曜の午後から日曜の昼にかけてペリングを目撃した者がいないか、聞きこみをするように依頼した。その後アドルフォードの警察署へ戻ると、ガーランドが昼食に出かけるところだった。

「やあ、おかえり」ガーランドは快活に言った。「いい朝を過ごしたことを祈るよ。こちらもずっと忙しかったよ、なにしろリヴァーバンク邸と製紙工場の両方で徹底的な聞きこみをしていたからね。その結果だが、金曜から土曜にかけて、ジェフリーがペリングと連絡をとり合った形跡はまったくなかった。さあ、一緒に昼食へ行こう。きみの冒険の話は、あとでじっくり聞くとするよ」

申し分のない食事をとったのち、ふたりはガーランドの執務室へ行った。アーノルドはそこでペリングから聞いた話を説明した。「変わった男ですな」アーノルドは言った。「どうにも測りかねるところがあります。しかしながら、ジェフリーの共犯ではないとの誓いは信じてもいい気がしますよ」

「誓いの言葉だけでかね?」ガーランドが尋ねた。

「いいえ、ほかにもいくつか理由はあります。まず第一にペリングの話しぶりは、ジェフリーが甥を殺したのを前提としているかのようでした。たとえばわたしが警視と共謀して殺人を犯したとして、自分が疑われたとしても、あなたの罪を主張したりはしないでしょう。あなたが追及を受けたら、すべて白状してしまうかもしれません。そうなったらわたしもただではすまないでしょうから。ここまではよろしいですか?」

ガーランドはうなずき、アーノルドは続けた。「第二にペリングは、アリバイのあるふりをしませんでした。やましいところのある人間はきまって、犯行時刻にどこか別の場所にいたように見せかけようとするものです。けれどもペリングは実になにげない調子で、自分にはアリバイはないと言いきりました。それこそ、毛ほども心配していない様子で。身にふりかかった疑いを、さして深刻にはとらえていないという印象でした。

　さて、これがいちばんの理由なのですが、ペリングにはジェフリーに感謝している気配がみじんもありません。小切手偽造事件についてあの男が語った思いがけない話を、いちいち細かく繰り返すのは避けます。要するにジェフリーが共同経営者のペリングを陥れるために、自ら署名の写しを作ったというのです。その企ては成功し、ジェフリーは見事ペリングを罠にはめて、はした金で追い出してしまったそうです。これが事実かどうかはさておき、ペリングは事実だと信じていますので、元相棒に好感を持っているわけはないのです。犯罪に手を貸すどころか、そんな話を持ちかけられたら警察に通報するでしょうね」

「ジェフリーは、なんの話も持ちかけていないよ」とガーランド。「昼食の前にも言ったが、ふたりが連絡をとり合う機会はなかったはずだ。では、ペリングは本件に無関係とみていいのかな？」

「それでいいと思います。そもそもペリングがバンの運転手かもしれないというのは、わたしの思いつきにすぎませんから。というわけでまた、正体不明のジョージ探しからやり直しですね」

「うむ。実はわたしも正体に心当たりができたのだが、結局きみと同じく空振りだったんだ」ガーランドは言った。「ジェフリー・メープルウッドがバンの運転手を欲しがるなら、おかかえ運転手に目をつけそうだとふと思ってな。そこでサックスビーの動きを調べさせた。その男が土曜日にジェフリーと甥をテンタリッジ村へ送り届けてから、こちらへ戻ってきたのは憶えているかね？」

「ええ。サックスビーはおそらく午後三時半過ぎ、テンタリッジ村を発《た》ったものと思われます」

「そして午後五時ごろ、自分の家でお茶《ティー》をとったんだ。きみもリヴァーバンク邸を訪れた際に見かけただろうが、サックスビーはあそこの番小屋にかみさんの両親と一緒に住んでいる。六時十分前になると、ミス・メープルウッドを例の施設へ乗せていき、そのままそこで待機して、午後七時ごろに彼女を乗せてまた戻ってきた。自宅へ帰ってきてから、女房を連れて映画に行った。それから朝まで自宅にいて、日曜の午前八時半にはそこで朝食をとっていた。だからサックスビーは、ジョージの候補からはずれるよ」

「製紙工場の従業員はどうだったんです？」

ガーランドはかぶりを振った。「全員に聞きこみをしたんだ。むろん訊き方には気をつけてな。全員が土曜の午後、および日曜午前の行動について、きちんと説明をつけることができた。ジョージだったら、土曜の午後六時ごろから日曜の正午ごろまで、なじみの場所に顔を出すはずはないからな」

「アリバイの疑わしい者はいなかったんですか？　言いたいことはおわかりですよね。アリバイがあまりにもよどみなく出てきたら、少しばかり疑わしいということですよ。たとえばわたしがビル・スミスという男に、『先週の火曜午後六時二十分、あんたはどこにいたかね？』と尋ねて、そいつが『本通りを歩いて、〈豚と笛〉亭へ行く途中だったよ』と即座に答えたら、いささか怪しいと思います。なぜそんなにはっきりと、特定の時間の行動を憶えているのか。人はふつう、特別な理由でもなければ時間などはいちいち憶えていないものです。

これでもしビル・スミスが頭を掻きながら考えこむ様子だったら、これは本当のことを話そうとしているのではないか、と思います。『先週の火曜だって？　ええと、ちょっと待った。そりゃあうちのかあちゃんが階段から落っこちて、脚の骨を折った日だ。夜には何をしたっけな？　そうだ、〈豚と笛〉亭へ行ったんだ。何時ごろに着いたかははっきりしないが、七時よりは前だったぜ。ジャック・バーンズのやつがあとから来て、ダーツを一ゲームやったからな。そういやあいつが来たのは、一杯空けかけたころだったな。すると六時半にはパブに着いてただろうから、六時二十分というと、本通りを歩いてたはずだよ』。こういう話し方なら、信用がおけるというものです」

ガーランドは笑った。「もっともだ。そういうことなら従業員のアリバイはすべて、信用できると保証するよ。きみは忘れているかもしれんが、ここみたいな小さな町では誰もが顔見知りでね。誰がどこにいたかくらい、簡単に裏を取れるのさ」

「羨ましいかぎりです」とアーノルド。「ですが、概してアリバイというものは、存在しないときにしか説得力を持たないものです。真偽を確かめられない場合も往々にしてあります。さっきのビル・スミスの例で言えば、先週火曜午後六時二十分の居場所について即座に答えた場合、続けてわたしはこう尋ねます。『では、何時に〈豚と笛〉亭に着いたかね?』そいつは言います、『バーの時計によれば、六時半ちょうどだったよ』と。いかにもできすぎた答えです。そこでわたしは〈豚と笛〉亭へ行って、今度はあるじに尋ねてみます。ああ、そいつなら知ってるよ。うちの常連で、暇をみてときどき一杯引っかけに来るんだ。そうだな、たしか先週のいつだったかも来たはずだよ——せいぜいこの程度が、信用していい限度です。もちろん、パブのあるじが完全な正直者だと仮定しての話ですが。その後慎重に質問を重ねていけば、ビルが来たのは先週火曜のことだと、あるじの記憶を掘り起こすことができるかもしれません。しかし来店時間と帰った時間まで、正確に証言させるのは無理でしょう」

「さいわい今回の場合は、もうちょっと簡単だよ」ガーランドは言った。「ジョージの行動は、十八時間ほどにもわたって判明しているからな。そのあいだに、工場の従業員で行方をくらました者はいなかった。断言してもかまわんよ」

アーノルドは顔をしかめた。「それでもジョージは、たしかに存在しているんです。空想の産物ではありません。五人の人間がその姿を目撃し、うち三人が言葉を交わしています。人と車の特徴について、全員の証言が一致しています。その男がバジルの死に関わっていることはほぼ確実です。殺すだけの動機が存在しないのはさらに確実なのですが、仮に快楽殺人だったとしても、〈別荘〉内の誰かの協力がなければバジルを殺すのは不可能でした。そしてその〝誰か〟とは、ジェフリー・メープルウッドにちがいないのです。

そしてジェフリーとの協力関係が、たまたま生じたはずはありません。ジョージが突然玄関先に現われて、『殺人いかがですか、旦那?』などと尋ね、ジェフリーが『よかった、ちょうど甥っ子を片づけたくてね』などと言うわけはないのです。ですから、ジェフリーは金曜か土曜に、ジョージと連絡をとっていなければおかしいのです」

ガーランドは肩をすくめると、「まことに心苦しいが」と言った。「さっきも言ったが、聞きこみには最大の注意を払ったんだ。けれども金曜から土曜にかけて、ジェフリーと接触があったのは個人的な友人と、商売上の知人だけだった」

アーノルドは、がくりと肩を落とした。ため息をついて言う。「あり得ないことしか起きないんでしょうかね、この事件ときたら」

第十三章

これほど目が冴えては、眠ることなどとうていあり得ない。夜になってもアーノルドは、自分をアドルフォードまで呼びよせた難題から気持ちを引きはがせずにいた。どれほど振り払っても、つまらないことまでが繰り返し繰り返しよみがえってくるのだ。

どう考えてもどうでもいいこと、たとえばジェフリーの小金惜しみの癖まで。ジェフリーの元相棒は、あの男が欲のために甥殺しをしたのだと言った。そうだとすれば、ある意味では理解できる。何千ポンドの金額が絡んでいれば、強欲な者が極端な手段に訴えてもおかしくない。しかし、強欲とケチとはまったく別のものだ。

たとえば〈旦那さまの別荘〉の改築がいい例だ。まず、単なる道楽のためにフォアストル農場を買ったということは、ジェフリーに充分な金の余裕があることを示している。なのにせっかく自分の城にしたその家を、わずかな金を惜しんで台なしにしてしまっている。本職の建築家を雇うことをせず、せいぜい数ポンドの金を浮かすために地元の土建屋へ押しつけたのだから。

浴室内は徹底的に調べたので、細かなところまですべて憶えていた。壁のタイルは曲がっているし、床のゴムマットはぴっちり敷かれていない。そして蛇口は、給水管と給湯管の先端に直接はめこんであるだけで、バスタブから数インチも離れていた。ふさわしい蛇口をバスタブ本体に取りつけるのに、いくら余分にかかるというのか？　多めに見積もっても、数シリングがせいぜいだろう。

ジェフリーが吝嗇家《りんしょくか》であることには、もはや疑いの余地がない——それも相当な吝嗇家だ。考えてみれば、そんな男が共犯を雇うというのは不自然にも思える。ジョージの正体が何者であれ、犯罪に手を貸すとなればそれなりの報酬を要求してきただろう。現金で直接支払ったかどうかはともかく、金銭がらみの報酬だったにちがいない。となればジェフリーは、かなりふところを痛めるはめになっただろう。しかも、のちのち脅迫に遭わないという保証はどこにもありはしないのだ。

眠りから遠ざかったまま、アーノルドの思考はジェフリーのことから、ジョージの不可解きわまる行動へと流れていった。たとえば日曜の朝、〈別荘〉から走り去る前に巻いているのを目撃されたロープ。その正体は見当がついている。バーラップとスワンリーの証言にあった、スーツケースを自転車にくくりつけた〝紐〟のことだ。けれどもなぜわざわざ、ウィル・オーエンズの見ている前で巻いていたのか——それはおそらく、なんらかの目的で使った直後だったからだ。

では、その目的とはなんなのか？　投げ縄よろしく端っこを輪にして、浴室の窓から投げこんだとでもいうのか？　離れ業にはちがいないが、不可能とまでは言いきれない。しかし、うまくいったとしてそれでどうなる？　バジル・メープルウッドは、縊《くび》り殺されたわけではないのだ。

つくづく、病理学者なるものには腹が立つ！　あの連中ときたら、バジルが死んでいないとでも言うつもりだろうか。こちらがいくら死因を考えても、専門知識をふりかざして否定してくる。そのくせ自分たちはけっして、どんな仮説も立てようとしないのだ。言うこととときたひには、電気だの高圧電線だの、検死解剖までしておいて、そのあげくが感電死だ。現場近くのどこにも電源などありはしないのに、そんな話があるものか。

それはともかく、ジョージとロープの件だ。ロープはスーツケースを自転車に縛りつけるために使われた。ジョージが夜中のうちに、自転車で〈別荘〉を訪れたことはほぼ確実である。その際にスーツケースとロープを置いていったのか？　オーエンズが目撃したのは、それらを回収した直後だったのか？

仮説としては成立するかもしれないが、限界はある。日曜の朝、ジョージとジェフリーは絶対に顔を合わせていない。デュークス母娘《おやこ》に気づかれずに〈別荘〉を出入りすることは、どちらにとっても不可能だからだ。

けれどもジェフリーが、用をすませたスーツケースを夜のうちに屋外へ出しておくことは可能だ。むしろこちらの線のほうが有望だろう。ジョージが真夜中ごろ、自転車でスーツケースを〈別荘〉まで運ぶ。スーツケースとロープをジェフリーに渡し、クイーンズウッドの森へ戻る。ジェフリーは、デュークス母娘がやってくる前に、それらを屋外へ置いておく——おそらく植込みのなかに。翌朝八時半、ジョージはバンでやってきて、それらを回収していく。その直後、ウィル・オーエンズがジョージを目撃する。

悪くなさそうな仮説だ。とはいえ、例の決定的な問題点が残る。スーツケースの中身が自転車でも運べる程度のものなら、なぜ十五ハンドレッドウェイトのバンで持ち帰る必要があったのか？

持ち帰った荷物が、運んできた荷物よりも重かったから——答えの一つがこれだ。つまりバンを用意したのは、重量のある何かを〈別荘〉から運び出すためだったということになる。

しかしこの答えも、やはり数多くの難題をはらんでいる。その何かとはなんなのか、そしてどうやって〈別荘〉内に運びこまれたのか？　前日にはまだそんなものはなかったはずだ。存在していたものがなくなれば、デュークス母娘《おやこ》が気づいただろう。土曜の午後、ジェフリーが〈別荘〉に到着したときにも、重たいものやかさばるものは持ってこなかった。

バンのことをいくら考えても、その存在が——もっと言えば運転手の存在すら——ますます無意味に思えてくるばかりだった。ジョージがまっとうな目的でバンを買おうとしたなら、嘘の名前と住所を告げるはずがない。中古車を買うことはなんの罪でもないからだ。そんな名前と住所にしたのは、おそらくテンタリッジ村の近くで目撃されるのをおそれてのことだ。それはそうなのだろうが、考えてみればずいぶんと危険を冒したものだ。

そもそもジョージは、バーラップのスタンドの敷地に置き去りにしたバンについて、遅かれ早かれ警察の照会が入ることくらい承知していたはずだ。そうなれば車のナンバーから、元の持ち主がスワンリー氏だったことがばれてしまう。スワンリー氏は当然、買った人間の名前と住所を警察に話す。フォアストル農場に疑いがかかる——さらにはジェフリー・メープルウッドにまで。なぜジョージはこんな風に、わざわざ犯罪仲間につながる手がかりを残したのか？

かといってジョージが、バジルの死に関与していない線がわずかなりともあり得るだろうか？　関与していなかったとすれば、なんのつもりでこんな真似をしでかしたのか？　バンをクイーンズウッドの森にひと晩置いたのは、新しい床板を作るためだったというのか？　土曜の夜からおそらく日曜の朝八時ごろまでは、バンが森を出なかった確たる証拠があるのだ。

ジョージとバンが事件に無関係という前提のもと、アーノルドはあらゆる仮説を頭のなかでこねくり回した。長々と考えてようやく一つだけ、もっともらしいものを考えついた。これによればジョージは殺人犯ではなく、ただの素人くさい泥棒のなりそこないになる。

ある日のこと、テンタリッジ村を訪れたジョージは、簡単に押し入れそうな家があることに気づいた。近場の森で、隠れ場によさそうな空き地も見つけた。

　そして週末になると、やはりこれしかないと思って、腕試しをすることに決めた。まずは盗品を運ぶための足が必要だ――それゆえのバンだ。ジョージはバンに乗ってクイーンズウッドに身をひそめ、夜中になると自転車にまたがって下見に出かけた。このときの目的地が〈別荘〉だったとはかぎらない。近隣の大きな家を狙っていたのかもしれない。しかしなんらかの理由で、ジョージの企ては失敗に終わった。この地区で住居侵入の報告はあがっていないことから、それは明らかである。日曜の朝、ジョージはすごすごとバンをガソリンスタンドへ持っていき、そこへ置き去りにしていった。〈別荘〉の前で故障を起こしたのは、単なる偶然にすぎない。

　こんな仮説を立てる理由はただ一つ――殺人を犯そうとしている者、とりわけジェフリー・メープルウッドのような性質《たち》の者は、共犯を作って企てを打ち明けることなど、とうていしそうにないからだ。のちのちゆすりに遭ったり、警察に密告されるおそれも十二分にある。甥を消そうと決めたのなら、ひとりで実行しようとするはずではないか？

　しかし、しかしだ。いったい手口はなんなのだ？　どうやってジェフリーは鍵のかかった浴室の外から、中のバジルにショックを与えて殺したのか？　そのショックが、なんらかの痕跡も残さなかったのはどういうわけだ？

　かすかな記憶がよみがえってきて、アーノルドの思考は妨げられた。かつて誰かから聞かされたこと――おそらくメリオンからだ。あの男はしょっちゅう、やくたいもない空想話を人に聞かせるのだ。たとえば、ひと睨みで人間を殺す伝説上の生き物だとか。数分のあいだ落ち着かなく寝返りを打って、ようやく名前を思い出した——そうだ、バジリスク（蛇に似た、時に雄鶏を合わせたような姿の怪物）だ。もともと今回の事件はあり得ないことだらけなので、いまさら怪物の一匹や二匹増えたところでどうということもない。

いっそのこともう、こんな風に考えてはどうか——ジェフリーがそのバジリスクだかなんだか、そういう生き物を飼い慣らしていたと。甥っ子がバスタブに入ろうとした瞬間、浴室の窓からその生き物をかかげる。従順なる生き物がその禍々しい目を注ぐや、不幸な若者は倒れ伏して息絶えてしまう。いや、ジェフリーは犯行時刻に屋外には出ていなかったはずだ。ここで再び、ジョージの存在が浮かびあがってくる。このたびのジョージは、バンにバジリスクを乗せている。ロープはもちろん、そいつを操るための引き紐で——

ついに耐えられなくなって、たわごとだ、とひとりごちた。アーノルドは「モルグ街の殺人」を読んだことがなかった。読んでいれば、動物による殺人についてもう少し思案をめぐらしたかもしれない。アーノルドの考えは、ジェフリーの習慣のほうへ流れていった。週末を人づき合いに使うこともなく、たったひとりか、それに近い状態で過ごしている男。田舎の隠れ家に誰かを招くことはめったにない。ペリングは、かつて共同経営をしていたころにはそこを訪れることもあったそうだが、ジェフリーにとって一緒にいて居心地がよかったか、あるいは単に仕事の話をするのに、邪魔が入らずに都合がよかったのか。ジェフリーの姉は、ほとんど足を運ばないとのことだ。甥のバジルが訪れることは、さらに少なかった。

ジェフリーの隠遁癖は生まれつきなのか、それともただ単に、姉のお喋りから逃れるためのものなのか？　もしくは何か特別な目的があって、わざと身につけた習慣なのか——初めからそこで人を殺すつもりで、あそこの家を買って改築したのだとしたら？

荒唐無稽な考えにも思えるが、魅力がないわけではない。この仮説は、ジェフリーが長年にわたって甥を殺そうともくろんでいたことが前提になる。考えてみれば、それもまんざらあり得なくはない。一時期近しい間柄だったペリングによれば、ジェフリーは若いころからヒザリング邸の地所が、兄とその息子のものになることを妬んでいたそうだ。ことによると以前から甥殺しの場をこしらえ、機会をうかがっていたのかもしれない。

こうなると、事件全体に新たな光が当てられることになる。この犯罪は、バジルからの週末に訪れたいとの手紙がきっかけになって、ジェフリーが突発的に起こしたもの——ではなかった。何年もかけて細部まで練りあげて、すべての失敗の可能性に備えたものだった。謎の手口にしても、ずっと前から用意してあって、バジルが自ら罠に飛びこんでくるのを待ちかまえていたのかもしれない。

それに必要な機器は、驚くほど目立たないか、完全に無害な見た目をしているはずだ。アーノルドの考えは、後者のほうへ傾いた。現在もそれは〈別荘〉の、おそらく浴室内で、石鹸並みにしらばっくれた様子で存在しているのかもしれない——人間を死に追いやる力を持ちながら。翌朝になったらまたあの家へ行って、もう一度すべてのものを調べ直そう。

まだまだ眠りは訪れてくれなかった。ペリングから聞かされた思いがけない話が浮かんできて、頭から離れなくなった。あの男は話してみたかぎり、しごくまともに思える。いやむしろ、自分の科学知識の活かし方を知っている賢い男だ。以前には新たな紙を発明し、現在は電波だとか、そういうものの実験をしているという。早晩かならず足がつくような、お粗末な偽造事件を起こすほどの間抜けには思えない。とはいえ科学畑の連中にはえてして解せないところというか、ピントのずれた部分があるものだ。

自身の潔白を主張してはいたが、ある種の犯人は明々白々な証拠を突きつけられても、けっして言いぶんを覆さないものだ。有罪判決を受けて、刑期を務めあげてもまだ主張しつづけることもある。その点だけから見れば、ペリングも例にもれるわけではない。

しかしながらある意味では、ペリングはかなり例外的な存在ともいえる。犯人は抗議を行う際、話に尾ひれをつけるせいで、自分の主張を台なしにしてしまいがちだ。リノリウムの訪問販売と同じで、あまりぺらぺらまくしたてると、本当のことを話していないとばれてしまう。けれどもペリングの話しぶりはそれとは異なり、事実に関することだけを淡々と語っていた。まあ、あまりにも長いこと作り話を抱えこんでいたせいで、自分で信じこんでしまったのかもしれないが。

それにしても驚くべき話だった——何が驚きかといって、不可能な点が見当たらないのだ。無罪を訴える犯人は、たいてい途方もない話をでっち上げて墓穴を掘るものだ。けれどもペリングは、その手のことはいっさいしなかった。ジェフリーは本当に自らの署名を小切手に写しとって、犯罪の証拠をペリングのデスクに忍ばせたのかもしれない。少なくとも、それでもなんら矛盾するところはない。だが裁判でそのように主張したとしても、重きは置かれなかったことだろう。しょせん水掛け論である以上、判事が信用するのは当然ながら、その犯罪で何も得をしないと思われているほうだ。

ではジェフリーは、そのような卑劣な犯罪を行う男だったのか？　当時なら誰も、そんなことは思わなかったにちがいない。ケチという評判はともかく、まっとうな市民として通っていたのだから。しかしいまは——品性に難がないとはとうてい言いきれない。おそらく彼は、甥殺しに手を染めている。ほかには誰も、機会も動機も持ち合わせなかったのだから。ジェフリーはそのために、甥っ子をテンタリッジ村の〈別荘〉へ招き入れた。動機はペリングの語ったとおりである。欲に駆られて殺人まで犯す人間なら、共同経営者を汚い手口ではめることなどためらいもしないだろう。

となるとペリングの語ったことが真実かもしれないという、まことに頭の痛い事態になってくる。だとすれば、司法が重大な過ちを犯したことになるからだ。刑に服すべきはジェフリーであり、ペリングではなかった。しかしいくら頭が痛かろうと、できることは何もない。仮に再審まで持ちこめたとしても、ペリングの主張が証明されることはないだろう。証拠となる材料も、すでに失われているだろうからなおさらだ。

ペリングが嘘をついたか否かはさだかでない。けれどもあんな話を語ったこと自体が、ジェフリーへの親愛の情が強い憎悪に変わったしるしである。かけらでも親しみの気持ちが残っているなら、あんな風に罠にはめたなどと責めるわけはない。ということは、ペリングがジェフリーの甥殺しに手を貸すなど、どう考えてもあり得ないことになる。そもそもペリングの話が真実だとすれば、ジェフリーは天地がひっくり返っても、自らの企てにペリングを引き入れたりはしなかっただろう。

だいたいジェフリーが、誰かを引き入れることなどあるのだろうか？　危険きわまりない秘密を誰かに打ち明けたりするだろうか？　ジェフリーは、大事なことをぺらぺら喋る男ではない。おそらくは、考えや主張を内に秘めておくたぐいの人物だ。週末ごとに隠れ家に引きこもるのも、その証拠といえる。しかし、殺人を単独で実行しようと計画したのなら、ジョージとバンはどこで登場するのか？　ペリングはすでに除外されている。ジョージの不可解きわまる冒険も、事件から除外するべきなのか？

アーノルドは眠れない頭でぐるぐる同じところをたどっていたが、やがてふいにわき道にそれた。バジル・メープルウッドが殺害されたという確証はまだどこにもない。だったら、ほかの可能性はあるだろうか？

調べによればバジルという青年は健康で、まっとうで、強い責任感の持ち主だったようだ。ヒザリング邸の地所を相続し、その管理にもそれなりの関心を寄せていた。妹の婚約に賛成し、結婚祝いを気前よくはずむつもりだった。週末をともに過ごそうと提案できる程度には、叔父との仲も悪くなかった。

先週土曜の夜、ふたりのあいだでどんなやりとりが交わされたのか？　それが明らかになることはまずないだろう。生き延びたほうに尋ねたところで、自分に都合のいいように話すにきまっている。ともあれ、なんの会話が交わされたとしても、バジルが金の返済の件を切り出したことはほぼ疑いない。

これは叔父にとっては、愉快ならざる事態だったにちがいない。ジェフリーは、一万ポンドもの金をぽんと手放すような人間ではない。なんとかはぐらかそうとしたか、約束させられたとしても、しぶしぶ仕方なくといったところだったろう。いずれにしても、大っぴらな言い争いになったとは考えにくい。深刻な意見の相違が生じたのなら、その夜バジルは叔父のところに泊まったりはしなかっただろう。

翌朝のバジルの様子も、気がかりなことなど何もなかったことを示している。デュークス夫人がお茶を運んでくるまで熟睡していたようだし、浴室へ向かうときにはご機嫌に口笛を吹いていた。蛇口をひねってバスタブに湯をため、いつもどおりにひげを剃る。それから——

それから突然、謎の死をとげたのだ。ほかの人間が出入りできない室内で。自然死、あるいは自殺や事故死の線はあるのか？

ぴんぴんしている人間が、一見理由もなしに倒れて死ぬことはときどきある。しかしそういう場合も、検死解剖で隠れていた不調が明らかになるのが常だ。若く健康な人間の心臓は、自然に鼓動を止めたりはしない。医学的観点からみて、自然死の線は除外される。

では自殺はどうか？　これもまた考えられない。なぜバジルが自らの命を絶つことを決意し、しかもそれを実行するにあたって、バスタブに入りかけた瞬間を選ぶというのか？　そもそもどうやって実行するのか？　浴室には、バジルが自分にショックを与えた形跡は何もなかった。剃刀で喉笛を切ることも、ひげ剃りブラシを口に突っこんで窒息することも、バスタブで水死することもできたかもしれない。しかし、バジルはそのいずれもやってはいない。バジルは――そう、バジルはただ死んだのだ。結局のところ、そうとしか言えないのだ。

あとは事故の線しかないが、これとてどんな事故だというのか？　まともな結論にたどりつけないことに嫌気がさしたアーノルドは、医者は本当に口で言うほど間違いを犯さないのだろうか、などと考えはじめた。バジルは、そこそこの勢いで床に倒れたはずだ。死体の打撲の跡がそれを物語っている。プレスコット医師は、それらの打撲傷は死因になり得ないと断言していた。けれども、転倒のショックが死因になった可能性は残っている。もしそうだとすれば、すべての謎が一挙に解ける。バジルはバスタブに入りかけた瞬間、ゴムマットの上で足をすべらせ、派手に転倒した。その結果、ショックで死んでしまった。ジェフリーもほかの誰も、なんら関係のない事故だった。

ほれぼれするほど明快な結論だ。検死審問が再開されたら、さぞかし陪審に好印象を与えることだろう。しかしながら、事実に即しているかはまったく別の話だ。たかだか床に転倒したくらいで、頑健な若者が命を落とすことなど考えられない。死因となったのは、もっとはるかに強烈なショックだったはずだ。

どちらにせよ、ショックが加わったならなんらかの痕跡は残る。どんなにわずかな跡だったとしても、しっかりと観察眼を働かせれば見つかるはずだ。当然の手順として、〈別荘〉はくまなく調べるべきだ——とりわけ浴室は念入りに、今度は顕微鏡を使って。

ただしジェフリーがなんらかの手段を用いて、手がかりを消し去ったのなら話は別だ。目撃者たちの語った死体発見の瞬間を、もう一度想像してみる。ルーベン・デュークスが、妻と娘と雇い主の目の前で浴室のドアをこじ開けた。次の瞬間、全員の目は当然ながら死体に注がれた。見慣れないものが浴室内にあったとしても、目立たなければ気づかれなかった可能性はある。

まず、ここまではいいだろう。次にルーベンは妻と娘に、階下へ行っているように命じた。女たちはそのまま〈別荘〉から出されるまで一階にいたから、浴室内を調べてみる機会はなかった。ルーベンは浴室に足を踏み入れたが、その関心はもっぱら死体へ向けられていた。死体を抱え上げて寝室へ運び入れたあと、ルーベンは一階へ下り、妻と娘とともにキッチンで医師の到着を待っていた。

先日作った時間表によれば、死体が運び出されてからプレスコット医師が寝室で検案を行うまで、十五分は経っていたはずだ。そのあいだ二階にいたのは、生きた人間ではジェフリーただひとりだった。

ということは、何かを処分する時間は十二分にあったのではないか。そうして、ずっと捜査の目を逃れつづけていたのかもしれない。もしそうならば、どのように処分したのか？〈別荘〉内は徹底的に調べられるにきまっているから、まさか置いていきはしなかっただろう。となると、家から出されたときに一緒に持っていったことになる——まずは農場へ持ちこみ、それからアドルフォードへ持って帰ったのだ。

けれどもジェフリーは、着替えやらなにやらを一式〈別荘〉に置いているから、週末は手ぶらで来るそうだ。つまり〈別荘〉から持ち出したものは、小さくて軽く、ポケットに収まる程度のものということになる。だがそんな代物で、はたして死ぬほどのショックを与えられるのだろうか？

爆発物のたぐいは論外だ。爆発の跡などなかったのだから。医師たちによれば、死体の状況は感電死のそれによく似ていたそうだ。ジェフリーが電気器具を浴室内に隠していたのか？　そのこと自体は不可能ではない。しかしアーノルドとて、専門家ではないにせよ基本的な電気の知識くらいは持っている。上着のポケットに入れて運べるほどの大きさで、健康な若い男を殺すだけの電気を発する器具など存在しないはずだ。

やはり現状では、〈別荘〉をしらみつぶしに捜索するしかないようだ。今度は何か決定的なものを発見するまで、やめずに続けなければならない。その作業をずっと先延ばしにしてきた自分を責めたい気持ちも湧いてきた。とはいえひとりの人間が、なんでもかんでも同時にこなすことはできない。これまでやってきた聞きこみも、動機を見つけるためには欠かせない作業だった。ただ、ジョージとその冒険にかかっては、丸一日を無駄にさせられたかもしれないが。

アーノルドはこれが最後とばかりに力を絞って、眠る努力をした。今度はうまくいった。ジョージのバンに乗り、ペリングの運転で、猛り狂ったバジリスクに追われながら曲がりくねった田舎道を逃げまわる夢を見た。

第十四章

翌朝、アーノルドは早くに目を覚ました。疲れはちっとも取れていなかった。適当に朝食をすませ、ランバートの運転で〈別荘〉へおもむく。テリーも鍵を持ってすでに来ており、アーノルドの指揮のもと綿密な捜索が始まった。

午前いっぱいを費やしたのち、アーノルドはひどく失望しながら、昼休みをとるように指示を与えた。あらゆる場所をしらみつぶしに探したにもかかわらず、光明となる手がかりは一つも見つけられなかった。戸棚、引出し、収納箱のたぐいは残らず中身を検められ、調度品はすべて動かされ、ひっくり返された。絨毯に続いて床板が剝がされ、床下が調べられた。たいそう骨を折ってアーノルド自ら屋根裏へ上がったものの、そこにあったのは貯水槽だけだった。

アーノルドはランバートとテリーを伴ってテンタリッジ村の〈五月の柱〉亭へ行き、チーズとビールを注文した。

「何も出てこないな、これは」店主のヴィンセントがつけ合わせに出した玉葱のピクルスにフォークを突き刺し、疲れた声で言う。「出てくるなら、もうとっくに出てきているはずだ。煙突のすすにもぐりこんだ黒い針だって見逃すはずがない。きみらはどう思うかね?」

テリーは口いっぱいに食べ物をほおばっていたため喋れず、ランバートが代表して答えた。「見落としがあるとは思えません」

「そうだ、あるはずがない」とアーノルド。「デュークス夫人ときみの恋人が、家のなかを見たときになんというか、考えるのも恐ろしいよ。よってたかってめちゃくちゃにしてしまったから。午後からは屋外を調べることにしよう。花壇だとか、特に家の前の植込みを重点的にな。家の窓から何か投げ捨てられているかもしれん。いままで誰も庭に入れていないだろうな、テリー君？」

「はい、警部」とテリーは言った。「日曜からずっと、ほかの巡査と交替で見張りをしておりますので」

「よろしい。厄介なのは、何を探せばいいのかまるで見当がつかんことだ。医者たちの意見によればあの若者はショック死したそうだが、いったいどんなものがショックを引き起こしたというのか。きみらのどちらかが思いついたら、わたしから金一封を進呈するよ」

ランバートがかぶりを振った。「ショックというのは摩訶不思議なものですよ、警部。自分には伯母がいたのですが、どこぞの老紳士がバスにはねられたのをたまたま目撃しましてね。事故のとき、偶然すぐそばにいたんです。伯母はそのことを引きずり、結局一年も経たずに亡くなりました。あのときのショックのせいだと、みんな言ったものですよ」

「そうだったのかもな」アーノルドは本心から同意した。「しかしバジル・メープルウッドは、窓の外を眺めていて死んだわけではないからな。それに日曜の朝のその時刻、〈別荘〉のそばを走っているバスはいなかった。ほかには何か思いつかないかね？」

ランバートはかぶりを振り、今度はテリーが難問に挑んだ。「何かを耳にしたことで、仰天したのでは」

「何をだね？」とアーノルド。

「そうですね、はっきりとはわかりませんが。悪い知らせを聞かされて、卒倒して死んだ者の噂は聞いたことがあります」

「若くて健康な者の話ではないだろう、それは。しかもバスタブに入りかけた瞬間に、どんな悪い知らせを聞くというのかね？　ふたりとも、金一封まではまだまだだな。さて、腹ごしらえは終わったかね？〈別荘〉へ戻って、またひと仕事するぞ」

テリーはポケットから一通の封書を取り出すと、アーノルドへ差し出した。「見てください。今朝デュークスさんに会ったときに渡されたものです。フォアストル農場に届いたそうで」

封書はテンタリッジ村フォアストル農場、ジョージ・デュークス宛となっており、中身は州議会からの要請状だった。ウッドコック・グリーンのスワンリー氏から購入した、モーリスのバンＤＤ７２４１の登録証を提出せよとのことだった。その登録証は所有権の変更登録に必要であり、保険証書の添付が必須となっていた。

「ともあれ、これでスワンリー氏の証言の裏がとれたな」アーノルドは言った。「この手紙を受け取りに、ジョージが姿を現わすとはとても思えんが。さて、充分に腹に詰めこんだら、そろそろ戻るとしよう」

〈別荘〉へ戻ってきたアーノルドは、ペリングと最初に会った際に聞かされたことを思い出した。下水管と、それから下水槽の話だ。試す価値はあるかもしれない。アーノルドは先頭に立って勝手口に面した裏庭へ行き、コンクリート部分にはめこまれた鉄蓋を見つけた。ランバートとテリーに開けさせると、中身は半分ほどたまっており、とたんに悪臭が鼻をついた。

「もういい、閉めてくれ」アーノルドは急いで言った。「こいつは汲み取り式なのか――誰がやっているんだ？」

「月に一度ほど、自治体がタンクローリーを出していますよ」テリーが答えた。「料金はかかりますが、そこへ頼むこともできます。しかしこのへんの農家は、たいてい自分たちで片づけてしまいますね。デュークスさんはふたりの作男に樽を積んだ荷車を持ってこさせて、それで汲み取りしています。何度か見かけましたよ」

「じゃあ、すぐに頼んで中身を全部汲み出してもらおう。それが終わるまではどうしようもないな。よし、きみらは花壇の捜索をしてくれ。わたしは植込みのほうにとりかかろう」

アーノルドはそう言って作業にかかったが、自分で決めたことながら身が入らなかった。下水設備のことが頭から離れない。あの下水槽は言うまでもなく〈別荘〉の下水が最後に流れこむところであり、すべての配管があそことつながっている。その数は四本――出どころはそれぞれ勝手口前の屋外トイレ、洗い場のシンク、二階のトイレ、そして洗面台およびバスタブだ。

家まわりの配管は、無骨ながら頑丈そうな造りだった。たとえばバスタブと洗面台の下水は、家屋の外壁を這わせた鉛管を通じて、数インチの高さから炻器《せっき》製の側溝へ注いでいる。下水はそこから土管を通り、さらにマンホールを経て下水槽に注ぎこむようになっていた。

マンホールは植込みのなかに隠れるようにしてあった。少々手こずりながらもなんとか蓋をはずすと、中は洗い流されて思いのほかきれいで、完全に空っぽだった。

蓋をもとに戻し、しばしのあいだ沈思黙考する。この下水設備を使って、何かを処分するにはどうしたらよいか？　もちろん、下水槽かマンホールの蓋を開けて放りこめば簡単だ。けれども日曜の朝、バジルが死んでから家の者たちが出ていくまでに、誰にも気づかれずにそれを実行できた者がいるとは思えない。

しかし、それが相当に小さなものなら、あるいは別の方法がとられたかもしれない。洗面台とバスタブからの下水を受ける側溝は、浴室の窓のほぼ真下に位置している。窓から側溝のなかへ落とすのは難しくないだろう。あとは下水によって、マンホールから下水槽へ勝手に押し流されていく。この思いつきは、事実とどの程度符合するだろうか？　ジェフリーが二階でひとりになったとき、浴室へ入ることはできたはずだ。そして、おそらく浴室内に置いてあったそれを、窓から側溝へ落としこんだ。さらに洗面台の蛇口をひねる——バスタブには半分ほど湯がたまっていたから、そこの蛇口ではなかったはずだ——もちろん、栓を抜いた状態で。流れた水がそれを下水槽へ運び去る。

これが真相なら、下水槽の中身を汲み出せばそれを発見できるのではないか。けれどもアーノルドは、ここで一つ厄介な点に気づいた——問題のものは、金属製とはかぎらない。いまごろは溶けてしまうか、崩れて見分けがつかなくなっているかもしれない。それでも、いちかばちかやってみるほかはない。下水槽の中身は空けなければならないし、ルーベン・デュークスにその作業をやるように指示しなければならない。

そのいっぽうで、側溝にそれが引っかかっている可能性もわずかに残る。アーノルドは苦虫を嚙みつぶしたような顔をして、側溝の前に膝をついた。腕まくりをし、出口に手を突っこむ準備をする。そのとき初めて気づいた——上の鉛管に、薄くだがたしかに搔き傷がついている。

目立ってわかるのは、かなり新しい傷だということだ。ところどころ塗装が削れて、剝き出しになった鉛が光っている。ナイフの先で引っ搔いたほどの細さで、確かめてみたところ、管の口から二、三インチ上あたりを一周していた。

なんであれ、偶然についた傷ではない。浴室の窓から落とされたものが、配管をぐるりと引っ掻いたりするわけはない。これはどう見ても、人の手が加わってついた傷だ。最近の傷であることは確実だが、日曜の朝以降についたものではあり得ない。それ以降は、警官が絶えず〈別荘〉を見張っていたからだ。要するに、バジル・メープルウッドの死からそれほど前ではない時点に、この傷はついたということだ。

じっと掻き傷を見つめていたアーノルドは、やがてかぶりを振った。どうにもこの謎は手に余る。もっとわかりやすい手がかりを求めて、さきほどの作業を再開した。側溝の出口に片手を突っこみ、探ってみる。初めに掻き出せたのは半ダースほどの枯れ葉だった。植込みの落ち葉が風で吹きこんだのだろう。二度目をやってみると、何かがちくりと指に当たった。さらに探って引っぱり出す。それは、極細の針金の切れ端だった。まだ何かないかと探ってみて、またも針金の切れ端を三本見つけた。

見たところどれもよく似ているが、長さだけが異なっていた。短いもので二インチ、長いものは六インチほど。太さは馬の毛ほどしかなく、強靭な金属でできていた。これらはどこから来て、側溝のなかに入りこんだのか？　配管の傷に続いて、もう一つの謎が加わった。あるいは謎は二つではなく、一つきりなのか？　これらの切れ端が傷をつけたのか？　見た感じからして、それも大いにありそうだ。

とうとう収穫が得られた――とはいえ、どの程度の収穫かはまだわからないが。アーノルドは捜索を再開した。配管を調べ、家屋の外壁を検め、浴室の窓の外側をくまなく見た。けれども成果はなかった。続けて、家屋から道路ぎわの低い塀までのほぼすべてを埋めつくした植込みへ注意を向けた。

この植込みは、観賞用というより目隠しのためのものらしく、イボタをはじめとした常緑低木が生い茂っていた。見てみると根元近くには枝がなく、四つん這いで進むことができた。しかしながら、その忍耐に報いるものは何も見つからなかった。地面は枯れてかさかさの葉で覆われており、これは側溝から掻き出した葉にそっくりだった。その上に寝ころんでいると、緑の葉っぱが半ダースほど点々と落ちているのが目に入った。どうやら枝から引きちぎられたらしい。鳥か虫のしわざかとも思ったが、それにしてはいささか奇妙だった。側溝から道路ぎわの塀のほうへ、まっすぐに続いている。

アーノルドは植込みから這い出して衣服のほこりを払うと、巡査たちの様子を見に行った。ふたりは家屋の反対側で、まだ熱心に芝地や花壇を調べていた。けれども、もっとも胸おどる収穫物といえば、錆まみれのズボンのボタンが二個というありさまだった。アーノルドは得意満面で、針金の切れ端を差し出した。

「これらをどう思うかね?」そう尋ねた。「浴室の窓の下の側溝で見つけたんだ」

ふたりの巡査は、神妙な面持ちで切れ端を見つめた。先に口を開いたのはテリーだった。「側溝のなかですか、警部? ワイヤブラシの毛のように見えますが、下水管の掃除に使ったものでは?」

だが、ランバートがかぶりを振った。「それにしては柔らかすぎるよ」訳知り顔で言う。「それよりは、花屋で使う針金に似ているな。花束の補強に使うやつに。あるいは――一本手にとってもよろしいでしょうか、警部?」

「いいとも」とアーノルド。「ただし、指紋は見つからないと思うぞ。見つかったら、それはわたしのだ」

ランバートは切れ端をつまみ、ハンカチできれいに拭いてから曲げ伸ばししてみた。

「ちょっと失礼します」と言い、それを返してからどこかへ消えた。二、三分して戻ってきたかと思うと、黒い蛇のような物体を誇らしげにアーノルドの鼻先にぶら下げた。

「なんだね、それは?」アーノルドは、少々むっとして尋ねた。

「予備のリード線です。車の道具入れにあったのを憶えていたので、ご覧になりたいだろうと思いまして」

「なんだってまた、そう思ったんだね?」

「これが、そちらの切れ端にそっくりな針金でできているからです」ランバートは言うと、ポケットからナイフを取り出し、厚いゴムの被覆を二インチほど剝いた。すると極細の針金をより合わせた、金属の芯線が出てきた。針金の一本をほどき、切り取って差し出す。「かなり似ていると思いますが」

アーノルドはランバートのよこしたものと、くだんの針金を見比べた。「そうだな」と答える。「そのリード線は、何に使うものなんだ?」

「エンジンの配電器《ディストリビューター》から点火プラグへ、電気を流すものです」

「まさか!」アーノルドは声を上げた。考えつつ語を継ぐ。「それを使えばどんな電気であっても、どこへでも流せるのかね?」

「いけるはずです。線の長さが足りていて、極端に強すぎる電流でなければ」

「よし、わかった」アーノルドはきっぱりと言った。「じゃあ、今日はこれで打ち止めだ。ここまで暗くなっては、ろくろくものも見えないからな。ランバート君、アドルフォードへ車を回してくれ。テリー君、きみはここで交替時間まで見張り番だ。くれぐれも現場を荒らされんようにな」

アドルフォードへ戻る車中、アーノルドはじっと思案にふけっていた。警察署に到着すると、ガーランドがいつもの快活さで迎えてくれた。「おかえり、警部。何か見つかったかね?」

「ええ、まあ。ただ、どうにも価値を測りかねているのですが。警視は、電気関係にお強くはないですか?」

「ヒューズの交換なら任せておいてほしいがね。どうした?」

「バジル・メープルウッドは、やはり感電死させられたかもしれません。ただ、手口はまったく判明していませんが。いくつか知りたいことがあるのですが、少々専門知識がないとわからないのではないかと」

「ああ、それならこの町でも当てがあるよ。わたしの友人にウェルチという男がいて、地元の発電所を経営している。なかなか羽振りがいいようだね。わたしが頼めば、こころよく来てくれるよ」

アーノルドはこの提案に飛びついた。それから三十分もしないうち、ウェルチ氏はガーランドの執務室へ通されて、アーノルドと挨拶を交わしていた。

まずアーノルドは、例の針金の切れ端を見せた。「これが何か、おわかりになりますか?」

ウェルチはそれをつまみ上げ、ランバートがやったように曲げ伸ばしをしてみた。「高圧リード線の切れ端のように見えるね。言っている意味はわかるかね? たとえば自動車などで使われる、黒いゴムの被覆のついた電線のことだ」

「はい、わかります。こういったリード線で、どのくらい遠くまで電気を流せるものでしょうか?」

「どこまでも、と言っていいだろうな。ただしむろん、線の長さに比例して電圧降下が生じるがね」

「たとえば五十ボルトの発電装置から、四分の一マイル離れた地点まで流すことは?」

「ああ、可能だよ。線の反対端では、相当に電圧が低くなるが」

「感電死を起こすには足りるでしょうか?」

「おいおい、まさか! 舌で触れたとして、やっと感じるかどうかという程度さ」

これで疑問の一つは解消した。アーノルドは、フォアストル農場の発電装置から〈別荘〉まで電気が流された可能性を考えていたのだ。残る近隣の電力源は配電網だけだが、それは〈別荘〉から四分の三マイルも離れている。四分の三マイルもの長さのリード線など、とうてい無理な注文だ。

それでも念のため、アーノルドはウェルチにその思いつきを話してみた。ウェルチは即座にかぶりを振った。「テンタリッジ村には、単相の配電線しか走っていないからな。つまり二百三十ボルトまでしか利用できないということだ。そんなものをリード線で引きこんだとしても、人間を殺すことなど千に一つも無理だよ。配電網の電圧――家庭用に下げた電圧程度でも死に至ることもあるが、そんな事例は非常にまれだ。しかも、もともと重篤な病などを患っていたという場合がほとんどだよ」

「入浴中は、そうでないときよりも感電しやすいというのは本当ですか?」

ウェルチは笑みをみせた。「まあ、そういう言い方もできるかな。理由を言えば、濡れた皮膚は乾いているときよりも電気を伝えやすいからだ。だからわれわれは、常に警告を発しているのだよ。浴室で電気器具を扱う際には、格別の注意を払うようにとね」

「では、バスタブに入りかけたとたん、配電網の電気を引きこんだリード線に触れたとしたら? 死ぬことはあり得ますか?」

「まあ、ほぼないだろうな。感電はするが、次からはもっと用心しようと思って、それでおしまいだろう。むろん、きみが何を訊きたいかはわかっているよ。ジェフリー・メープルウッド氏の甥っ子が急死したと、このところしきりに噂されているからね。しかしはっきり言えば、どうやったら感電死など起きるのか見当もつかんな。バスタブに入りかけたとたんに死亡したんだね？　高圧リード線の手がかりも見つけたようだが、そのリード線を浴室内へ引きこむ方法について、何か考えがあるのかね？」

「いえ、ありません」アーノルドはかぶりを振った。「その件でいま、頭を悩ませているのです。今日の午後に発見したものを正確にお伝えしましょう。まずはそれらの、浴室の下の側溝から見つけた針金の切れ端です。そして、バスタブから側溝まで延びている鉛管に掻き傷がついていました——あたかも、リード線を巻きつけた跡のように」

ウェルチは笑った。「失礼ながら、その発見にはあまり意味がないと思うよ」語を継ぐ。「仮に線を浴室に引きこんだとしても、いったいどうやれば——そんなものは——いや、待てよ！　ひょっとしたら可能かもしれんぞ」

「どういうことだ？」ウェルチが俄然《がぜん》興味を示したので、ガーランドが驚いて口を挟んだ。

「ちゃんと現場を見ないと、なんとも言えんがね」ウェルチは興奮しきりだった。「条件に恵まれれば、あるいは可能だったかもしれん。わたしもその道の人間として、大いに興味をそそられるね。この目で見てみたいんだが、いつ行けるかな？」

「きみさえよければ、すぐにでもかまわんよ」ガーランドは言った。「ランバートに車を回させよう。もう暗いだろうが、懐中電灯を持っていけばいい」

ウェルチは大乗り気でうなずき、それから一時間足らずで三人は〈別荘〉に着いた。見張りのテリーの入場許可を得て、家のなかへ足を踏み入れる。道中ずっとぶつぶつひとり言を言っていたウェルチは、階段を一段飛ばしで上っていった。アーノルドたちが追いついてみると、すでに懐中電灯の明かりで一心に浴室内を調べていた。

アーノルドは肩をすくめた。「こうしたほうが、はかが行くと思いますよ」淡々と言ってマッチを擦り、ガス灯に火を入れる。

「このほうがいいな」とガーランド。「きみたち電気畑の人間は、ほかの照明手段を思いつかんとみえる。さて、首尾はどうだね？」

「信じられん！」ウェルチは叫んだ。「この室内のすべてが、そのためにあつらえたようじゃないか」

「でしょうね」アーノルドはそう言って、ガーランドのほうへ含みのある視線を投げた。「ところでわれわれは、あなたのご説明を待っているのですが」

「説明だと！」もどかしげに身ぶりしながら、ウェルチはわめいた。「自分の目で見てわからんのかね？　このゴムマットを見たまえよ、それから蛇口――バスタブの金属部分にいっさい触れていないじゃないか。排水管はどうなんだ？　警部、きみはリード線がそこに巻きつけられたかもしれないと言ったな。管は地面まで届いていたかね？」

「いいえ、側溝から数インチの高さで切れていました」

ウェルチは興奮のあまり、飛び上がらんばかりだった。「それでは、気づかなかったというのかね？　このバスタブが完全に絶縁されていることに。死体は発見されたとき、どんな状態だった？」

「床に横向きに倒れていました、片脚をバスタブの縁に引っかけて」アーノルドが答えた。「バスタブに足を入れかけたとき、即死したように思われます」

「そう、そのとおり！」ウェルチは叫んだ。「何が起きたのか、わたしには掌《たなごころ》を指すようにわかるよ。その時刻、この浴室内にいたも同然にな。その甥っ子氏はバスタブに足を突っこんで、湯が熱すぎるかぬるすぎると思った。そこで湯か水か、どちらかの蛇口へ手を伸ばした。そして触った瞬間、死体のでき上がりというわけさ」

「まあ、きみには自明のことかもしれんがね」ガーランドが、なんとか落ち着かせようと試みる。「しかし、もう少し噛みくだいて話してもらわんといかんよ。この無知な警官たちにも呑みこませたいと思うなら」

「なんだって？　小学生でもわかることだろうに」ウェルチはあきれ返って言った。「いいかね、そもそも想定しなければならんのは、相当に高圧の電流だ。通常の家庭電源の電圧では、まったく用が足りんからな。特定の個人を殺すのにどれほどの電圧が必要か、正確にわかる者はいないだろう。だが米国では電気椅子での処刑に、たしか千七百ボルトの電圧を用いているはずだ、確実を期すためにな。

電源はなんであれ、家屋の外にあったはずだ。電流が閉じた回路でしか流れないことについては、さすがに説明は不要だろう――よし、いいな？　電源の片方の極を、リード線で排水管とつなぐ。もう片方の極は接地しておく。単純に、発電機の端子と地面を電線でつなげばいいんだ。この時点では、回路はまだ閉じていない。バスタブが大地から絶縁されているからだ。ゴムの上に置かれているし、蛇口もバスタブには触れておらず、排水管は地面まで届いていない。管が壁を貫通している部分で多少の漏電は起きると思うが、乾燥した朝ならそれほどの影響はなかっただろう。

さて、ここでその若者が、バスタブに入ろうとしたときに何が起こるか考えてみよう。まず、片足を湯に突っこむ。ここまではまだ大丈夫だ、もういっぽうの足がゴムマットの上に載っていて、大地と絶縁されているのでな。しかし蛇口に手を触れた瞬間、一巻の終わりだ。回路がつながったからな。

電流はリード線から排水管へ、そこからバスタブの湯へ、さらに若者の足へ流れこみ、身体を通って蛇口に触れている手から出ていく。そして、蛇口から水道管を通じて大地へ流れこむわけだ。わたしも長いこと業界にいるが、まあなかなか見事なものだよ」

「たしかに単純明快ですね」そう言いながらもアーノルドは、なおも半信半疑の体《てい》だった。「けれどもまだ、問題が一つありますよ。その電源は、相当に高圧だとおっしゃいましたね。この近隣のどこに、そんなものがあるんですか？」

　ウェルチが口を開く前に、ガーランドが割って入った。「そこでわれらが友人、ジョージのご登場なんじゃないのか？　その時刻、バンはここの前に停まっていただろ。自動車にはマグネトーだとかいう、高圧電流を出す装置がつきものだ。ほら、点火プラグの火花を起こすやつだったか」

「なるほど。しかもジョージは、バンのエンジンを吹かしたままでしたね」アーノルドはうなずいた。

だがウェルチは勢いよくかぶりを振ると、「違う違う、それはない！」と否定した。「車の発電装置からでは、感電死を起こすほどの電流は得られんよ。内部抵抗というものがあるからな。説明するのはよしておこう、ここは信じてくれたまえ。しかしいま、バンと言ったな。どんなバンだ？」

「どこにでもある、モーリスの商用車です。製造年は不明、ぼろぼろの見てくれで」とアーノルド。

「なんでしたら、ご覧になりますか？　ここから四分の一マイルばかりの、フォアストル農場というところにありますので」

「そいつは、この家の前に停まっていたのか？　若者が死んだ時刻、エンジンをかけっぱなしにして？」ウェルチは興奮して、なおも言いつのった。「ジョージというのは何者だ？　ここへ来る前、そのバンで何をしていたんだ？」

「何者かはわかりません」とアーノルド。「ですがどうやら、その前の夜にバンの床板を張り替えたようです。ずいぶんとまめな男に思えますが」

ウェルチはいら立たしげに鼻を鳴らし、「床板だと？　ばかな！」と吐き捨てた。「わかった、ちょっと見せてくれ。自分で判断するから」

一行はただちに農場へ移動した。バンはそこの馬車小屋に置いてあった。ルーベンに明かりをつけてもらい、アーノルドは床板を指さした。

「ほら、これですよ。なんのためにこんな手間をかけたのか、わたしにはさっぱりですが。古いほうの床板も発見しましたが、それで充分用が足りるように思えましたし」

「足りなかったんだよ、目的のためには」ウェルチは言った。「なんのために、真ん中の板に穴を二つ開けたと思うんだね？」

「はずすとき、そこに指を突っこんで持ち上げるためでは？」

アーノルドの察しの悪さに、ウェルチは処置なしとばかりに両手を上げた。「それならなんだってわざわざ、長方形の穴を二つも開けるんだ？　ふつうの穴を一つ開けておけば充分だろ」

「わたしも不思議に思いました。暇つぶしでもしたかったのかと」

「いいや、違う。これらの穴は、限られた目的のために作られたものだ。この下には何があると思う？」

アーノルドは肩をすくめた。「わかりません。機械部分が入っているのでは？」

「機械部分だって！　車台《シャシ》を見たことがないのかね？　いまから教えるから、信じられなければ自分の目で見てみるといい。これらの穴の真下は、エンジンのはずみ車《フライホイール》だ。もうわかっただろ？」

「いいえ、さっぱりですな」アーノルドは平然とかぶりを振った。「ご説明いただかなければ、いまのところはなんとも」

「ううむ、仕方ない。ベルトで駆動する機械を見たことがあるだろう？　モーターと、動かされる機械にそれぞれベルト車《プーリー》を取りつけ、ベルトをその両方にかけて輪っか状にし、ぐるぐる回して動力を伝えるようにしたものだ。いいかね、この床板の上にプーリーをつけた機械を据えつければ、二つの穴を通してベルトをプーリーとバンのフライホイールの両方にかけ、輪っかにして回すことができるのだよ。要するに、問題の発電機をバンのエンジンで駆動できるということだ。

　これできみらも信じてくれるだろうが、それこそが友人のジョージとやらのやったことだ。ジョージはなんらかの、高圧電流を起こせる発電機を持っていた。あるいは低圧電流を起こしてから昇圧したのかもしれんが、そのあたりはさほど重要ではない。そしてあそこの家の前にバンを停め、エンジンをかけっぱなしにしておいた。機械の両極を、それぞれ排水管と地面につないでな。ジョージという男に、ぜひともお近づきになりたいね。きっと、わたしの眼鏡にかなう技術の持ち主のはずだ」

「刑務所にぶちこんだら、すぐにも紹介して差しあげますよ」アーノルドは言った。「しかしですよ、待ってください。それだけの電気を出すとなると、とびきりでかい代物が必要になるのでは？」

「いや、そうでもないよ」ウェルチは言った。「たとえば、模型並みの大きさの交流発電機でもこと足りるだろう。目的に特化した造りにすれば」

「スーツケースで運べるほど小型になりますか？」

「可能だろうな。むろん、大きさも重さもできるだけ切りつめる必要があるが。時間をくれれば、図面を引いてやれると思うよ。用を果たして、持ち運びもできる機械のな。もっとも、長期の使用には耐えないがね」

「バジル・メープルウッドが死ぬまで保《も》てば、ジョージはそれでよかったはずだ」ガーランドが言った。「家の者をみな殺しにする気まではなかっただろうしな」

ウェルチはその言葉を聞き流した。「床板をはずして、細かく調べてみるとしよう」

「ねじ穴が四つ開いているんですよ、正方形を描くように」アーノルドが言った。

「うむ、そうだな。もう気づいていると思うが、長方形の穴のそばに開いているだろう？　これで決まりだな。ジョージが機械の底板をこの床板にねじ留めしたんだ、駆動中も機械が揺れ動かないように。さてと、まだ質問はあるかな？　もしなければ、そろそろ帰りたいんだがね。夕食に遅刻しているんだ」

「すべてを終えるまでには、まだまだお尋ねすることもあると思いますが」アーノルドは言った。

「まったく、お礼の申しようもありません。犯行手口を教えていただいて、これで半分は片づきました」

「残る半分はどうするね？」

「そちらはわれわれにお任せください」アーノルドはきっぱり答えた。

第十五章

その夜、アーノルドとガーランドは、後者の執務室で顔を突き合わせていた。殺害の手口が明らかになったことは、もはや疑いようがなかった。あとは犯人を刑に服させるのみだ。

「ジョージはやはり、無関係ではなかったですな」アーノルドが言った。「実際に手を下したのはその男でした。もちろん指示を与えたのは、ジェフリー・メープルウッドでしょうが。さて、まずは状況を整理してみますか。バンを用意した理由はすでに判明しました。ジョージは移動手段として、バンを手に入れたわけではなかった。発電機を動かすために、エンジンを必要としたのです」

「これで謎の一つは解けたわけだ」ガーランドが言った。

「ええ、ご友人のウェルチさんのおかげで。自力であそこにたどりつけたとは、さすがに思えませんからね。専門家もときには役に立ちますな、つねづねわたしが申し上げているとおり。ジョージは仕事の進め方を承知しており、車などの必要なものをひととおりそろえました。おそらくジェフリーが細かな指示を与えたのでしょう。ひょっとすると道具一式も、ジェフリーが用意してやったのかもしれません。

ジョージはウッドコック・グリーンのスワンリー氏の自動車販売店に、スーツケースを積んだ自転車で現われました。スーツケースの中身は問題の発電機と高圧リード線、それから数点の工具です。

中古のバンの床板では強度が足りないだろうと、来る前から思っていたのでしょう。首尾よくその店で板材をもらって、これならいけそうだと考えた。もしその店に適当なものがなかったら、よそで調達していたはずです。途中どこかで手に入れる必要がありました、自転車に積んでくるわけにはいきませんでしたから。

あらかじめジョージはめぼしい自動車販売店を下見して、あのバンに目をつけていたのだと思います。どうもわたしには、行き当たりばったりの人物には思えません。あるいは指示を受けて動いていたのかもしれませんが、どちらなのかはさしあたり重要ではないでしょう。ジョージはバンを購入し、まっすぐクイーンズウッドの森へ向かいました。

いまならジョージが土曜の夜、どのような趣味に打ちこんでいたかよくわかります。新たな床板をこしらえ、そこに発電機をねじ留めしてベルトを取りつけたのです。先日話し合ったとおり、その作業を始めたのは真夜中過ぎだったはずです。とりかかる前に自転車にまたがり、〈別荘〉へ向かいました」

「ジェフリー・メープルウッドと最後の打ち合わせをするために?」とガーランド。

「そうとはかぎりません。ウェルチさんが説明してくれたように、この計画のすぐれたところは、一度も家のなかに入らずに実行可能な点です。ドアや窓がどれほど閉ざされていようが、閂《かんぬき》をかけられていようが関係ありません。とはいえジョージは、一度だけは下準備を行わなければなりませんでした。これをやるためには、あたりが暗くなっていて、人の目につかないという条件が不可欠でした。

ジョージはクイーンズウッドを自転車で出るとき、高圧リード線を持っていったのでしょう。そして通行人に見つからないような場所に自転車を置き、二つの門のいずれかから庭へ入りました。どちらの門からでも、植込みを抜けて簡単に家のそばまで行くことができます。そこで被覆を剝いたリード線の端っこを、排水管の口の少し上に固定します。といっても、縛ったわけではないでしょう。一、二回ほど巻きつけてから、先端をちょっと折って引っかけておいたのだと思います。もういっぽうの端っこは、植込みのなかを引っぱっていって塀ぎわの地面に置いておきます。おそらく目印に、石か何かを塀の上に載せて。それがすむと敷地を出て、再び自転車にまたがり、クイーンズウッドに戻ってきたのです。

さきほども言いましたが、その森でジョージは発電機を据えつけました。時間はたっぷりあったはずです、不必要に出ていくのは危険ですから。バンで出発する前に、そこで仮眠をとったのではないでしょうか。どうもそのくらいは、肝の据わったやつに思えます」

「話を進める前に、一つだけいいかね」ガーランドが口を挟んだ。「ジョージはどうやって、バジルの入浴時間を知ったんだ？」

「それをお膳立てしたのはジェフリーですからね。朝八時に自分とバジルを起こすようにデュークス夫人へ命じておき、翌朝になったら夫人に伝言を頼んで、甥っ子へ先に浴室を使うように伝えました。バジルはどうやら目覚めのお茶《アーリー・ティー》が熱すぎて、冷めるまで待つはめになったようですね。それを飲んでから浴室へ行き、ひげを剃ったのちにようやくバスタブに入ろうとしました。仮にジェフリーが、八時半直前に来るようにジョージへ指示したとしても、結果的にはまったく問題なかったことでしょう。

ジョージは手はずどおり、家の前にバンを停めると塀越しにリード線の端っこを拾い上げ、それを発電機に接続しました。さらに、発電機の二つ目の端子につないだ電線を地面に接触させます。そうしてから、耳をそばだててました。浴室の窓は細く開いていましたが、おそらくバジルがこのとき、湯気を逃がすために開けたのでしょう。バジルはバスタブに湯をためはじめ、ジョージはその音を聞きながら待っていました。そして音が止まるや、電流のスイッチを入れました。湯を止めると同時に、バジルがバスタブに足を入れたとはかぎりません。ただ、一分か二分後にはそうしたことでしょう。何かが倒れたような音を聞きつけて、ジョージは企ての成功を確信し、電流のスイッチを切りました。

残る仕事はリード線の回収のみです。排水管に軽く巻きつけてあるだけですから、簡単なものです。手元の線をぐいっと引っぱればいいんですから。それこそが、ウィル・オーエンズに目撃されたときにジョージがやっていたことです。リード線をたぐり寄せながら巻いていたわけですな。リード線は植込みを抜ける際、葉っぱを何枚か引っかけて落としました。これでオーエンズの目撃したロープと、わたしの発見したちぎれた葉の説明がつきます。

あとは至極簡単です。ジョージはプラクスティドの村落へバンで向かい、人目につかない場所で停車しました。そして床板の穴からベルトを抜き取り、ねじを抜いて発電機をはずしました。もちろん、それらをどうしたかはまだわかりません。路肩にうっちゃったということはまずないでしょう。たぶんスーツケースに再びしまいこんで、自転車に積んで持ち帰ったのだと思います。われわれは胸を張ってもいいと思いますよ、ジョージがクロだという証拠をそろえたと」

「うむ、そのとおりだな」ガーランドは考えこみながら言った。「しかしそれでも、まだ疑問は残っているな——〝ジョージはどこだ?〟」

それには答えが出ないまま、真夜中をだいぶ過ぎて話し合いはお開きになった。

アーノルドは前の夜に眠れなかったこともあって、その夜はぐっすりと眠り、翌朝には元気と余裕を取り戻していた。パズルのうち、もっとも難しいピースはすでに組みあがった。バジル・メープルウッドが、鍵のかかった浴室で殺された手口については謎が解けた。一見途方もなく思えた医師たちの結論が、結局のところは正しかったのだ。バジルを感電死させたのは正体不明の男だ。しかしこの男の正体も、遠からず明らかになるだろう。アーノルドは次の方針を迷いなく決めた。これまでのやり方は、ジョージの線をたどってジェフリーの犯行を立証しようとするものだった。今度はジェフリーの線をたどって、ジョージの正体をあばくのだ。

ジェフリーが殺人の教唆犯であることには、初めから疑いの余地がない。動機だけでも充分といえるが、状況を考えればさらに明らかだ。日曜の朝、バジルが入浴する時間を前もって知り得た者は、ジェフリーをおいてほかにいない。そもそも〈別荘〉の者以外は、バジルが滞在していたことすら知らなかったのだ。

ただもしかすると、デュークス夫人なら時間の予測が可能だったかもしれない。誰よりも〈別荘〉内の習慣に通じている夫人は、そこに滞在した者が日曜の朝八時に起床することも承知していた。ジェフリーは、厳格に習慣を守る人物だという話だ。今回にかぎってそれを破るとは考えられない。となるとデュークス夫人は、バジルの入浴時間をかなり正確に予測できたのではないか？ もっともそれには、ジェフリーが甥っ子を先に浴室へ行かせることを夫人が知っていた必要がある。そんなことを事前に知るすべがあったというのか？ しかも、夫人がバジルを殺す動機を想像できるだろうか？ やはり夫人は除外しても差し支えない。殺人を教唆したのは、夫人の雇い主だ。自分で手を下す度胸がなかったから、代わりの者にやらせたのだろう。そしてそいつは、用心深くかつ効率的に、その仕事をやりおおせたのだ。

殺害の手口からみて、科学的な素養の持ち主であろうと思われる——となるとやはり、ペリングが疑わしくなってくる。とはいえ、ペリングであるという証拠は何もない。科学知識のある人物ならほかにも、ジェフリーの知り合いのなかに数多くいるだろう。当たり前に考えれば、ペリングが手を下したはずはない。いかなる条件を出されようと、バジルが死んで得をするのがジェフリーひとりという状況で、あの男が首を縦に振ったとは思えない。ペリングが剥き出しにした憎悪の念は、それほど生やさしいものではない。

またしても、以前よりもさらに強烈に、この事件の異様な一面がアーノルドの心にのしかかってきた。ジェフリーが代理を立てたことは明らかだ。だがいったいどんな手を使えば、このように冷酷かつ手の込んだ犯罪を、誰かにやらせることができるのか？　仮にできたとしても、そんな芸当が可能な人物に、わざわざ弱みを握られるような真似をするだろうか？　しかしながら、そこは事実として認めなければならない。ジェフリーは何か尋常ならざる手を使って、代理の男を見つけ出したのだ。なにしろ、ジェフリーとジョージが同一人物ということはあり得ないのだから。

考えれば考えるほど、パズルのピースの一つが欠けている気がしてきた――大きさはさほどでなくても、はめこめば絵柄の一部が変わってしまうような。あるいは一部どころか、全体を左右する要《かなめ》のピースなのかもしれない。

依頼されれば人殺しもいとわないほどに、ふたりを固く結びつけたものはなんなのか？　ドラマチックな想像ならいくらでもできる。たとえばジェフリーの隠し子が、父親とその利益のために骨身を削ったとか。しかしどうにもしっくりこない。ジェフリーはおよそ、その手のドラマと縁がありそうな人物には思えない。

それでも、結びつきはたしかに存在する。ジョージがずさんな人殺しで、行き当たりばったりに犠牲者を選んでいるうち、今回たまたま〈別荘〉に目をつけた――つまり、ジェフリーとは無関係の犯行だった――などということはあり得ない。外部の人間が〈別荘〉内の構造や、入浴時間などを把握しているわけがない。ジョージ・デュークスなどと名乗って、フォアストル農場の住所を告げるはずもない。

そう、結びつきは存在するのだ。それが当然の理屈というものだ。だが念のため、ほんのちょっとだけ考えてみよう――ジョージとジェフリーのあいだに、仮に共謀関係がなかったとしたら？　日曜の朝にバジルが〈別荘〉に滞在するという情報を、ジョージがどのように知り得たというのか？

このときだしぬけに、アーノルドの脳裏に正解が閃いた――いいや、ジョージは知らなかったのだ！

この天からの啓示に興奮しきって、アーノルドはすぐさまガーランドのもとへ走った。「わかりましたよ！」ガーランドの顔を見るや、芝居の一場面のように叫ぶ。

アーノルドが執務室に飛びこんできても、ガーランドはいささかも動じなかった。「何がだね？」と尋ねる。「もしかして、風邪でも引いたんじゃないのかね。どうも熱があるようだが」

「謎が解けたんですよ」アーノルドはまくしたてた。「こんなに妙な事件は、そうそう聞いたことがないですよ。警視、ジェフリーが週末に〈別荘〉へ行く習慣だったというのは確かですね？」

「ああ、その点は確かだよ」ガーランドは言った。

「誰も連れていかず、ひとりで行っていたんですね？　連れていったとしても、年に一度か二度のことで」

ガーランドはうなずいた。「そのとおりだ」

「甥っ子が来ることが決まってから、ジェフリーはジョージなる男といっさい連絡をとらなかった。そうでしたね？」

「ああ、そうとも。先週の金、土にジェフリーと会った人物は、全員シロだとはっきりしたからな」

「では、ジェフリーはその夜も、〈別荘〉にひとりで滞在するはずだと思わないでしょうか？　その日にかぎって客が泊まるなどと、ジョージに知るすべがあるでしょうか？」

ガーランドは鼻のわきを掻き、考えをめぐらした。「うむ、言われてみればそうだ。しかし、だからといって、ジョージがバジルを殺したという事実は動かんだろ」

「そう、ジョージが殺したのですよ！」アーノルドは語気を強め、テーブルをこぶしでドンと叩いた。

「ただし、誤って、です。バジルは人違いで殺されたんですよ」

「なんだと！」ガーランドが声を上げた。「それじゃあきみは、ジョージが狙っていたのはバジルではなく、ジェフリーのほうだというのかね？」

「そのとおりです。先週末、バジルが泊まりに来たいと言い出していなかったら、どうなっていたか考えてみてください。ジェフリーは土曜にひとりで〈別荘〉へ来て、いつものように泊まったことでしょう。起床は午前八時で、デュークス夫人がお茶を運び、ジェフリーはそれを飲みおえてから浴室へ向かいます。ジョージは、バンに乗ってきて〈別荘〉の前で待機し、湯の音に耳をそばだて、頃合いを見はからって電流のスイッチを入れます。その後発見される死体は、ジェフリーのものだったはずです」

「ちょっと待った」ガーランドが言った。「一つはっきりさせてくれ。つまりジェフリーは、甥っ子の死に無関係だと？」

「そうです。ジェフリーは人を殺すどころか、あやうく自身が殺されるところだったのです。例の動機の件が、ずっとわれわれの目を曇らせていたのですよ。なにしろどこから見ても、ジェフリーにはバジルを殺す動機があり、ほかの人間にはないという状況でしたから。その考えを頭から追い出して、あらためて探さなければなりません——ジェフリーを殺す動機のあった人物を」

ガーランドはにやりとした。「誰の顔を思い浮かべているか、おおよその見当はつくよ」

「そうでしょうね。でも、動機以外にもまだあるんです。ジョージがどのようにして〈別荘〉の習慣と内部構造を知ったのか、これまではわかりませんでした。思いついたのは、ジェフリーから聞いたという可能性だけでした。しかしジョージに〈別荘〉の滞在経験があれば、そのとき自ら一つ一つ確認できたことでしょう。ジェフリーが何時に起床する習慣なのか、浴室の造りはどうなっているか、などなど」

「きみの言っていた新たな商売からすると、ペリングは電気関係にはだいぶ詳しいようだな」

「そのとおりです。ペリングには、犯行に使われた発電機を用意することができたのです。あの男は金髪で、ジョージは黒髪との証言がありましたが、それは問題ではありません。毛染め剤と付けひげを使えば、見知らぬ人間をあざむくことくらい簡単でしょう。

ペリングの語った偽造の件はお聞かせしましたね。こうなるとあの話が、真実だと信じられる気がします。あれが本当なら、ペリングには立派な殺人の動機があるわけです。考えてみてください、牢屋にぶちこまれたうえ、会社までぶんどられたんですから。復讐したいと思ったとしても、あながち責めることはできません。

昨夜のわたしの推測が正しければ、手口はすでに明らかです。日曜の朝、〈別荘〉をバンであとにしたペリングは、計画の成功を確信してほくそ笑んだことでしょう。犯行の翌々日にわたしが店を訪れたとき初めて、やつは取り返しのつかない過ちを犯したことを知ったのです。

わたしが聞きこみに現われたこと自体は、驚きではなかったと思います。ジェフリーが死体で発見されれば、元共同経営者である自分にも捜査の手が伸びるとわかっていたはずです。だからその点については、心構えをしていたことでしょう。ただ予想外だったのは、死体がジェフリーではなく、その甥のものだったことです」

「相当な衝撃だろうな。自分が殺したのが、実は別人だったなどと聞かされては」

「ペリングにとってもそうでした。その点は確信しています。わたしがその話をしたとき、口もきけないほど驚いていましたから。単に哀れな青年が死んだというだけでは、あそこまでうろたえはしないでしょう。その後しきりに、悲しくてたまらないようなことを言っていましたがね。ペリングは意を決して殺人を犯しました。けれども、災いは訪《おとな》うものです。費やした時間も苦労もすべて水の泡、また一からやり直し――それで動揺したのです。

ですがわたしは、まんまと一杯食わされました。ジェフリーに疑いがかかっていることを知るや、ペリングは妙案を思いついたのです。容疑が固まれば、ジェフリーはいずれ殺人罪で吊るされる――そうすればこれ以上骨を折らずとも、復讐を果たすことができるわけです。

そこでペリングはできるだけ巧みに、動機についての話をふくらませました。地所を継げなかったジェフリーが恨みを抱いていたというのは、おそらく事実なのでしょう。しかし、天秤を可能なかぎりジェフリーに不利なほうへ押し下げたのは、ほかならぬペリングです。それと同時に、この男がジェフリーの共犯であるはずがないと、わたしに信じこませたのです」

「なるほど、機転がきくもんだな」ガーランドは感心して言った。「さらに言えば、犯行自体も実に考え抜かれている。仮にきみが排水管の掻き傷に気づかず、側溝のなかから針金の切れ端を見つけ出していなかったら、手口はいまだに不明だったことだろう」

「それこそ、ペリングが期待していたことです。〈別荘〉の前でバンを目撃されたり、エンジン音を聞かれたりする危険だけは、どうしても冒さなければなりません。しかしうまく立ち回りさえすれば、そんな危険は無視できるほど小さくなります。バンが停まっていたことと、鍵のかかった浴室内でジェフリーが死んでいたことが結びつくわけもありませんから。

いいですか、ペリングが避けようとしたのはあくまで、ジェフリー殺害の疑いをかけられることです。犯行が計画どおりに進んでいたとしたら、どんな展開になっていたでしょうか? まず、鍵のかかった浴室内でジェフリーの死体が発見されます。〈別荘〉にはほかに、デュークス夫人と娘しかおりませんでした。たとえわれわれが手口について仮説を立てたとしても、そのふたりがクロだとはとうてい信じられなかったでしょう。社会的立場のある農場管理人やその家族が、戯れのためだけに雇い主を殺すわけがありません。かといってデュークス一家が、ジェフリーの死で得をすることは何ひとつないですし。しかしバンが発見され、購入した者がジョージ・デュークスと名乗ったとなれば、いやでも警察は一家に注目せざるを得なかったでしょう。

さきほども言ったとおり、ペリングは警察が聞きこみに来ることを予想していました。ですから、質問にどう答えるかもおこたりなく考えてありました。ジェフリーに偽造の件でペテンにかけられたいきさつなど、本来なら話す予定はなかったのでしょう。そんな話を持ち出したのは、元相棒のジェフリーとグルになって殺人を犯したのではないかと、わたしに詰めよられたからです。追及をかわすもっとも確実な手が、それだったわけですな。本来の計画では、迷惑をかけたあとも手を差し伸べてくれた恩人の死に、衝撃を受けたふりをするつもりだったのです。もしそうされていたら、われわれはペリングに、ジェフリー殺害の動機があるとは見なさなかったと思います」

「そうなっていたら、われわれは事件をどんな風にとらえていただろうな?」ガーランドは考えこみながら言った。

「さて、わかりませんな」とアーノルド。「ただおそらく、ペリングは逃げおおせたと思いますよ」

ガーランドは苦笑した。「なんとも妙ちきりんな話だな。突飛な人殺しのやり方を思いついて、実行に移した男がいた。ところが予想外の事態のせいで、別人を殺してしまったとは。きみの言うように、狙いどおりにジェフリーが殺されていたら、からくりを見破ることはできなかっただろう。だがペリングにツキがなかったおかげで、しっぽを摑むことができたわけだ。もちろんこれから、オーピントンへ行くだろうね? かまわなければ、わたしも同行させてくれ」

数分後ふたりは、ランバートがハンドルを握る警察車へ、もう一名の巡査を伴って乗りこんだ。オーピントンに到着すると、地元の警察署へ立ち寄って手はずを整えた。かくして非常線が、ひそかにアーネスト氏の店の周囲に張りめぐらされた。

用意がすむと、アーノルドとガーランドは店内に足を踏み入れた。アーノルドは前回応対にやってきた娘を見つけ、手招きをした。「店長のアーネストさんに取り次いでくれ。専用事務室へお通し願いたいと」

「ああ、わかりました」アーノルドの様子を意に介さず、娘はこともなげに言った。「知らせてきますね」

いかにも忙しいと言わんばかりに駆けていく。アーノルドたちは店内で、じりじりしながら待っていた。

「どこまで行ったんでしょうな、あの娘《こ》は？」とうとうアーノルドがしびれを切らした。「まさかやつめ、われわれが来たことに気づいて逃げたのでは？」

「いやいや、それはないよ」ガーランドがなだめるように言った。「逃げたとしても、外にはあれほどの警官がいるんだ。遠くへは行けやしないさ」

しかし娘が戻ってきたのは、たっぷり五分も経ってからだった。「お待たせしました、閣下がた」小生意気な口をきく。「店長なんですけれど、事務室にはいなくって。階上《うえ》へ捜しに行っても、やっぱりいなかったんです。それで実験室かしらと思って、ドアをノックしてみたら、そこにいました。かまわなければ、そっちで会いたいそうですわ。どうぞ、こっちです」

アーノルドは娘を押しのけた。「案内には及ばんよ」ぶっきらぼうに言う。「前にも来たことがあるのでね」

ガーランドとともに店内を通り抜け、実験室へ向かう。ドアは細く開いており、アーノルドがノックをすると、ペリングの声が入るようにうながした。

実験室のなかは、アーノルドが以前に来たときとそっくり同じだった。壁ぎわに並んだ作業台の上に、機器のたぐいがひしめいている——用途の見当のつくもの、まったくわからぬもの。奥のほうから、蜂の唸りじみたかん高い音が響いてくる。その音の出どころに、ペリングが背を向けてうつむいていた。

アーノルドたちが入っていくと、ペリングは振り向いた——ただし近づいてはこずに。

「どうも、警部さん」愛想よく言う。「すっかりおなじみになりつつありますね。今日はどなたかをお連れですか？　おや、もしやガーランド警視では？　アドルフォードではお世話になりましたっけ」

「そう、ガーランドだ。きみはアーネスト・ペリングだな。これから言うことをよく聞きたまえ」

「ええ、もちろん聞きますとも」ペリングは言った。「きっと面白い話なんでしょうね。ですけれど、いささか間が悪かったですよ。ちょうどいま、実験を開始したところでして。おそらくぼくの発明のなかで、もっとも意義深いものになると自負しているんです。しかしまあ、おっしゃるべきことがあるのなら、どうぞ続けていただいてけっこうですよ」

このやりとりのあいだ、アーノルドは眼前のものの観察に神経を集中していた。かん高い音を発している機械は、その前に立てられた木の板にさえぎられて見えない。作業台の前の床には平らな金属板が置かれて、ペリングはその上に立っていた。さらにもう一枚、もっと大きな金属板が、部屋の真ん中あたりに置かれていた。この二枚の間隔は、一フィートから十八インチほど。

「実験は中止してもらわねばな」ガーランドは端的に言った。「アーネスト・ペリング。バジル・メープルウッド殺害の容疑で逮捕する。これからのきみの発言は、のちのち証拠として採用される場合があるので、そのつもりで」

こう告げたとたん、人を食ったような態度が抜け落ちた。「逮捕だって！」声を荒らげる。「冗談じゃない！　あんな目に二度も遭わせるつもりか」

背後の作業台へ向き直り、最初に手に触れたものを摑む。それは一本のガラス棒だった。振りまわして威嚇する。

「さあ、来るなら来いよ」挑むように言う。「お巡りふたりくらい、どうとでもしてやるさ」

「そいつを下ろせ。ばかな真似はよすんだ」ガーランドが厳しく命じた。「ふたりならどうにかできても、外にいる大勢は無理だろう。さあ、そいつを下ろしたまえ」

言いながらガーランドは、アーノルドとともに進み出た。先を行くガーランドの片足が、大きなほうの金属板を踏んだ。しかしペリングはガラス棒を下ろすどころか、さらに威嚇を続けた。「それ以上近寄ってみろ、頭をぶち割るぞ」

ガーランドは肩をすくめた。「無駄なことは、よしたほうがいいと思うがね」

静かに言いつつも、相手の振り上げた腕を摑もうと手を伸ばす。その瞬間、アーノルドは仕掛けられた罠に気づいた。ガーランドの胴に組みつき、力ずくで引きずり戻す。ガーランドの両足が金属板から離れた。

ガーランドは身を起こし、振り向いてアーノルドの顔を見た。「何をするんだ?」気色ばんで尋ねる。

だがその問いに答えたのは、ペリングのヒステリックな笑い声だった。「じゃあ、あんたはからくりを見抜いたんだな?」そう言った。「なるほど、どうやら初めの印象よりも、賢いおつむの持ち主だったようだ。けれどもぼくが殺したかったのは、バジル・メープルウッドじゃない。この世に死ぬべき人間がいるとしたら、あの卑劣漢のジェフリーだ」

「不幸な間違いだったな」アーノルドは静かに言った。「さあ。罪を認めたからには、悪あがきはよして大人しく来るんだな」

「行きますよ。大人しくね」ペリングはうなずいた。「ただし警部さん、あなたがたの手に落ちるのはごめんです」

そう言って、アーノルドたちへ向かって一歩踏み出した——右足を小さな金属板に載せたまま。左足が大きな金属板に触れた瞬間、その身体が宙を舞い、床に叩きつけられた。

第十六章

先に口を開いたのはアーノルドだった。「触ってはいけません」駆けよろうとしたガーランドを制する。「もう死んでいます、バジル・メープルウッドと同じように。おぞましい機械のスイッチはどこでしょうな？」

二枚の金属板を用心しつつ回りこんで、ベリングが背にしていた作業台へ近寄る。木の板のついての奥に、一台の小さな機械が据えてあった。ごく当たり前の発電機のようにも見えるそれは、モーターから延びたベルトで高速駆動していた。モーターのスイッチはすぐに見つかり、アーノルドはそれを切った。かん高い蜂の唸りは急激に低くなり、やがて完全に止まった。

「これで大丈夫でしょう。ですが念のため、金属板から引き離すまでは触らないでください。上着の襟を摑んで、引っぱるのを手伝ってもらえますか。さあ、これでよし。息を吹き返すかどうかやってみましょう」

ふたりはたっぷり十分ほど、人工呼吸を試みた。けれども動かなくなった身体からは、なんの反応も返ってこなかった。

「うむ、たしかに死んでいるな」とうとう手を止め、ガーランドは言った。「しかし正直なところ、まだ暗闇のなかにいる気分だよ。どういうわけでさっきは、この男を捕まえるのを止めたのだね？」

「この男に触れていたら、二度と暗闇から出られなかったからですよ。まだわかりませんか？　これらの金属板は、この機械の二つの端子にそれぞれ接続されているはずです。ご友人のウェルチさんが言っていたでしょう、回路を閉じたときに電流が流れるのだと」

ガーランドは死体をちらりと見た。「かなりの電流が流れたようだな、この回路には」

「ええ。ことの仕組みはこうでしょう。ペリングが小さいほうの金属板を踏んでいるだけなら、そのあいだは何も起こりません。警視が大きいほうの金属板を踏んでも、やはり何も起こりません。この男が思い描いていたのは、派手な惨劇でした。われわれがふたりそろって、大きな金属板に足を載せるのを待っていたはずです。そのまま仕掛けに気づかず、摑みかかっていたら一巻の終わりでした。触れた瞬間に回路がつながって、三人まとめて床にドサリだったでしょう。つまりですね、わたしはさきほど警視の命をお救いしたのですよ。それにしてはまだ、充分な感謝をいただけておりませんがね」

「よくわかった、深謝させていただくよ。しかしまあ、あやうく死ぬところだったとは」

「天寿を全うされるまで、二度とこんなことが起きないよう祈りますよ。ペリングはどうも、捕まる気はさらさらなかったようですね。一度裁判にかけられた身ですから、二度目はもうごめんだった。そのくらいならむしろ、苦しまずに手っ取り早く死にたい。そしてどうせならわれわれを道づれにしてやろうと、こう考えたのでしょうな。しかし道づれのほうが失敗に終わったため、片方の金属板を踏んだままもう片方を踏み、この結果になったのです」

専門家として現場へ呼び出されたウェルチ氏が、アーノルドの解釈にお墨つきを与えた。ウェルチ氏は作業台の機械を調べはじめ、たちまちそのとりこになった。

「いやあ、実に惚れぼれするな。昨夜言っただろう、小型の交流発電機を用いても必要な電流は得られると。これこそまさに、そのお手本さ——見たところ一千から二千ボルトは出せそうだ。ペリングという男の自作だろうが、どう見ても素人の仕事じゃない。熟練の技術のたまものだ」

「バジル・メープルウッド殺害に用いたのと同じ発電機でしょうか?」アーノルドが尋ねた。

「まちがいないね。必要ぎりぎりの大きさで、重さも極限まで切りつめてある。十ポンドか、せいぜい十二ポンドしかないだろう。スーツケースでの持ち運びも簡単だ。それにほら、底板に穴が四つ開いている。例のバンのねじ穴とぴったり合うはずだよ、賭けてもいい」

ウェルチは続けて接続状況を調べた。アーノルドの推測どおり、二枚の金属板はそれぞれ端子によって発電機につながれていた。

「いい勘をしていたな、警部。きみたちがその男に組みついていたら、死体は三つに増えていたよ。ところでこの発電機をどうするね?」

「きみに預けてもかまわんかね?」ガーランドが言った。「検死審問のとき、構造を細かく説明しなければならんはずだ」

「よしきた」ウェルチは大乗り気でうなずいた。「すみずみまで調べあげて、報告してやるよ。ただし条件が一つある。報酬は不要だがね」

ガーランドは笑みを浮かべた。「どんな条件だ?」

「ことがすんだら記念に、このすばらしい発電機を引きとらせてくれたまえ」

その夜、アドルフォード警察署内のガーランドの執務室で、アーノルドはガーランドと事件について語りあった。

「ようやく、すべてが明らかになったな」ガーランドが言った。「いや、一つだけ謎が残ったか。ペリングは本当のところ、小切手偽造の罪を犯していたのかな?」

アーノルドは肩をすくめた。「それは謎のままでしょうね。ジェフリー・メープルウッドを問いつめたところで、かつての証言を繰り返すだけでしょうから。ただ個人的な意見を述べれば、ペリングは自ら認める殺人犯ではありますが、あのときの話は信じられる気がします。少なくとも、あの男自身は信じていましたよ」

「だとすれば動機は明らかだな。むしろなぜもっと早く、やつはジェフリーの命を奪おうとしなかったのか。そっちのほうが疑問だが」

「疑問とまでは言えませんよ」とアーノルド。「なにしろ、衝動的な犯罪とはわけが違いますから。やつがジェフリーへの復讐の念を固めたのは、出獄直後だったかもしれません。しかしどのようにことを進めるか、なかなか決めかねていたのでしょう。さまざまな手口を考え出してはまた捨てて、ようやく妙案にたどりついたわけです。しかし実行までには、もろもろの準備が必要でした。たとえば例の発電機です。ウェルチさんのおっしゃるとおり、あれはペリングの自作だと思います。ひとりであれだけの代物をこしらえるには、相当の月日がかかることでしょう——機械に疎いわたしでも、そのくらいは察しがつきます」

「なるほど」ガーランドはうなずき、続けた。「実行を遅らせたのには、別の理由もあっただろうな。元共同経営者の出獄直後にジェフリーが殺されたら、警察はそれらを結びつけて考えていただろう。世間に過去を忘れさせるには、それなりの時間が必要だ。新たな人物を生み出す必要もあった。それがオーピントンでラジオの販売店を営むアーネスト氏だ。警察に身元を洗われたら、正体がばれることはあの男も承知していたはずだ。それでもしばらく待っていれば、ともあれ可能性は出てくる――ペリングという名前が、捜査からこぼれ落ちる可能性がな」

検死官の決定により、ペリングの検死審問はバジル・メープルウッドの審問再開に先んじて行われることになった。ペリングの審問は、きわめて短時間でかたがついた。おもにガーランドとアーノルドが証言をし、陪審は珍しいことに、死んだ者の心理状態についてあれこれ口を出したりせず、感心するほどの迅速さで自殺との評決を下した。

バジル・メープルウッドの審問は、当然ながらもっとこみ入ったものとなった。警察側は死ぬ直前のペリングの言葉をもっぱら頼みにし、動機にはあえて踏みこまなかった。

けれども手口については、専門家たち――とりわけハラム博士とウェルチ氏が丹念に調べあげて、証言による裏づけを行った。ウェルチ氏は例の発電機をバンの床板に取りつけ、陪審員たちの前でからくりを解説した。その熱の入れようたるや、犠牲者に名乗りを上げる者が出てきたら、犯行を最後まで再現しかねない勢いだった。その結果、アーノルドの予想にたがわず、故アーネスト・ペリングによる謀殺との評決が下った。

審問が終わると、アーノルドはガーランドと連れだってジェフリー・メープルウッドのもとを訪ねた。会話のなかでふたりは、ペリングの語った偽造の件にさりげなく触れ、ジェフリーへ意見を求めた。

ジェフリーは、自身が殺人の標的になっていたことを知ってひどく動揺しつつも、ペリングの言葉には一片の真実もないと憤然として言いきった。いまとなってはそれ以上真偽を確かめるすべもないので、アーノルドたちは話を打ちきらざるを得なかった。

けれども九死に一生を得たせいか、はたまた罪の意識のせいか、ジェフリー・メープルウッドの心境には――いつまで続くかはわからないにせよ――変化が訪れたようだった。最初に表立って現われたのは、姪への態度の変化だった。フィービは検死審問を経て、叔父には兄の死への責任がないのだと納得し、わだかまりを水に流して心から詫びの言葉を述べた。ジェフリーのほうも彼女の結婚祝いに贈られるはずだった一万ポンドを、甥の遺志を継いで贈るつもりだと告げた。

いっぽうペリングが元共同経営者の野心について語った内容は、やはり的を射ていたらしい。ジェフリーはこれからの人生を、ヒザリング邸の地所の管理に捧げると宣言した。アドル製紙工場とフォアストル農場は売りに出された。誰もが驚いたのは、デュークス一家を含め雇われていた者全員に、労《ねぎら》いの金が気前よくはずまれたことだった。

事件の幕が下りてから二ヵ月ほどが経ったころ、アーノルドはガーランド警視から一通の手紙を受け取った。

さぞかし喜んでもらえるだろうが、きみからの推薦を本部長が検討した結果、テリーは巡査部長への昇進を果たした。メープルウッド事件での働きを考えれば、当然のことと言えるだろう。新たな階級を得てから、本人がめきめきと成長しつつあることも喜ばしい。

きみと最後に会って以来、こちらではいくつか変化があった。アドル製紙工場のオーナーが変わり、経営体制が一新された話がもっぱらパブで酒の肴にされている。フォアストル農場も人手に渡ったが、管理は相変わらずルーベン・デュークスに一任されている。デュークス一家と言えば、ヘティ・デュークスとランバートがクリスマス前に結婚することを決めた。とはいえ、この知らせはさほど驚きでもないだろう。残るはモニカ・メープルウッドだが、現在はリヴァーバンク邸にたったひとりで君臨している。つい最近ご本人から聞いたところでは、弟をひとりぼっちにしておくのは胸の張り裂ける心地だけれども、〈I・I・I〉の〝レディ・パトロネス〟としてアドルフォードにとどまるのは神聖な義務と心得ている、とのことだ。

それから先日プレスコット医師に会ったので、近々きみへ手紙を書くつもりだと伝えておいた。きみが決定的な手がかりを探し出した経緯には、まったく舌を巻いたそうだ。最初に遺体の検案を行った際、死因を正しく見破れたことを誇りに思うとも言っていた。さぞかしあの一件で、患者からの信望を高めたことだろう。

それでは、どうぞお元気で。こちらへ来る機会があれば、忘れずに顔を出してくれたまえ。いずれにせよ、近隣でまた謎の殺人事件が起きたら、すぐにもきみを呼ばせてもらうよ。

ちなみにミス・モニカ・メープルウッドに言わせれば、彼女こそが事件のヒロインだった。彼女は検死審問の証言に耳を傾けていたものの、かけらも内容を理解できなかったらしい。しかしながら、犯人が浴室の排水管を利用したことだけはおぼろげに摑んだようだ。そこからいかなる考えをめぐらしたものか、彼女の下した結論は、事件を解決に導いたのは自分だというものだった。

「だから、初めてロンドン警視庁《スコットランドヤード》のお巡りさんが来たとき、あたくし言ったのよ。この事件は、下水管と関わっているにちがいないって！」勝ち誇った顔で、彼女は言ってのけた。

訳者あとがき

本書（原題 Death Leaves No Card、一九三九）の著者マイルズ・バートンについては、ジョン・ロードという別名義のほうが日本では知られているだろう。イギリスの本格ミステリ黄金時代において、いぶし銀の輝きを放つ作家のひとりであり、近年においても『見えない凶器』（国書刊行会）や『ハーレー街の死』『ラリーレースの惨劇』『代診医の死』（以上、論創社）などのプリーストリー博士ものが邦訳されている。

対してバートン名義の作品は、戦前（昭和十六年）に「トンネルの秘密」という長編が、新正堂の『世界名作探偵小説集』にて抄訳された（しかも、F・W・クロフツ他との合本で！）きりで、完訳本としては本書が初の刊行となる。本書を含むシリーズでは、アマチュア犯罪研究家デズモンド・メリオンが持ち前の想像力を発揮して——と紹介したいところだが、このたびはメリオンは不在、相棒のアーノルド警部がぶつくさ文句を垂れながらも孤軍奮闘することになる。

※以下、本書の内容に踏みこんでおります。未読の方はご注意ください。

ある冬の週末、叔父の招待を受けて片田舎の〈別荘〉を訪れた若き地主バジル・メープルウッドは、全裸でバスタブの縁に片脚を引っかけたまま、床に倒れて息絶えていた。発見時浴室には内側から鍵がかけられており、死因はまったく見当がつかない。地元警察の協力要請を受け、ロンドン警視庁《スコットランドヤード》のアーノルド警部が捜査に乗り出す。

"THE CRIME CLUB"
Death Leaves No Card
（1939,Collins）

　本書は著者の密室ものの代表作に挙げられ、アーノルド警部の入念かつ地道な捜査、企業の技師長を務めていた経験を持つ作家の専門知識に基づいた奇抜な仕掛けなど、純粋なミステリとしてだけでも充分に楽しめる。加えて、当時のイギリスの風物が豊かに描写されており、その面においても読みごたえがある。「ロードの（というよりももう一つのペンネームであったマイルズ・バートン名義の作品の方が一層濃厚だが）主に舞台背景として描く英国のローカルカラー、その腕の確かさは絶妙の一語に尽きる。一度も行ったことも、見たこともない人里離れた荒涼とした寒村の風景が実に鮮やかに目に浮かぶようでもある」（加瀬義雄「ジョン・ロード、巨匠の復権」、『見えない凶器』所収。傍点引用者）。というわけでここでは当時の「舞台背景」に関連して、いくつかごく簡単に説明を加えてみたい。

　作品が書かれた一九三〇年代のイギリスは、石炭業などの伝統的な産業が大恐慌による打撃を受けたいっぽう、いわゆる〝新産業〟が盛んになった時期でもある。化学工業や（作中でペリングはアーノルドに、「現代の製紙業者は、幅広い化学の知識が求められるんです」と語っている）自動車産業、それから電気業。米独にくらべて電化の遅れていた英国は、第一次世界大戦を経て蒸気力から、電力への急速なエネルギー転換を果たす（村岡健次・川北稔編著『イギリス近代史』）。一九三〇年代には

「都市部では電気の供給がほぼ全域に及び、セントラル・ヒーティングや給湯設備が普及した。ほとんどの家庭がラジオを持ち、蓄音機やピアノを持つ家も多くなった」（飯田操『パブとビールのイギリス』。傍点引用者）。とはいえ英国全体で言えば、一九三九年時点でいまだ三軒に一軒の家が電化されていない状況だった（『イギリス近代史』）。してみると、電気器具を置いていないジェフリー・メープルウッドの〈別荘〉を「今日びではきわめて珍しい（one of the very few houses nowadays）」と評したプレスコット医師の言葉は、いささかオーバーな感があり、大都市ロンドンから来た警部向けの冗談だった可能性もある。テンタリッジ村で開業してからそれほど経っていないということなので、田舎の事情に詳しくなかっただけかもしれないが。

　また、当時の貨幣価値に触れておけば、年収おおよそ二千ポンド以上の層は大資本家、地主、有閑階級などであり、週給六ポンド（年収にして約三百ポンド）から年収二千ポンドまでの層は中間階級に属したという（ジョージ・オーウェル「ライオンと一角獣――社会主義とイギリス精神」小野協一・訳、『ライオンと一角獣――オーウェル評論集4』所収）。メアリー・S・ラベル『ミットフォード家の娘たち――英国貴族美しき六姉妹の物語』によれば「一九三九年に三百ポンドあれば、寝室の三つある立派な家が買えた」（粟野《あわの》真紀子、大城《おおき》光子・訳）そうだ。ペリングがかつて刑務所に入れられる原因となった金額は五千ポンド、なるほど相当の大金である。いっぽう事件の被害者、若き地方地主であるバジルの年収は一万ポンドを下らなかったというから、アーノルドならずとも「けっこうな話ですな」と言いたくなることだろう。

　なんだか数字ばかり並べて恐縮だが、あと一つだけお断りを入れておく。本書の訳出にあたって、バジルの切符の帰り券のうちアドルフォード発の日付が、原文で9th（九日）とあるところを、十九日に改めた。のちの描写によるとバジルがアドルフォード訪問を決めたのは十七日から十八日にかけてのことなので、切符を買ったのはそれ以降でなければつじつまが合わないからである。このほか単純な計算ミスや、地名の取り違えと思われる箇所を二、三訂正したが、中には訳者の早合点があるかもしれない。矛盾や誤りにお気づきの際には、なにとぞご教示をお願いしたい。

初めにも記したとおり、本書は素人探偵メリオンものに属してはいるが、メリオン本人は最後まで姿を現わさない、シリーズとしては少々変わり種の作品である。同シリーズの他作品が邦訳され、日本の読者に彼がお目見えする日を心待ちにしている。

末尾ながら、論創社の黒田明氏と林威一郎氏、フレックスアートの加藤靖司氏、すばらしい解説を寄せてくださったのみならず、原文の解釈および訳文についてきめ細かなご助言をくださった塚田よしと氏（言うまでもなく、訳文の不備はすべて訳者の責任です）に、この場を借りて厚くお礼を申し上げます。

また、特にお名前は記しませんが、いつも訳者にお力添えをくださっている方々に心より感謝を捧げます。

最後のピースがはまる時――マイルズ・バートンの職人芸

塚田よしと（クラシック・ミステリ愛好家）

1

この『素性を明かさぬ死』は、もと海軍省情報部員の犯罪研究家デズモンド・メリオンが活躍するシリーズを軸に、一九三〇年から六〇年にかけて、六十三冊の長編ミステリをコンスタントに書き続けたイギリスの作家マイルズ・バートンが、一九三九年に発表した二十一番目の長編です。

原題の Death Leaves No Card を直訳すれば、『死はカードを残さない』となりますが、死因不明の犠牲者の謎を扱った本書で題名に謳われた「カード」は、Visiting Card（名刺）を意味しています。田舎の叔父の〈別荘〉、その密室状況下の浴室で、滞在中の若者を襲った突然の死は、いっさい素性（原因）を明かさぬものだった――ということですね。

本書における〝不自然な死〟同様、その正体が謎につつまれていたマイルズ・バートンでしたが、作者の死後しばらくして、ジョン・ロードの名でも、一九二四年から一九六一年にかけて、七十七冊の長編ミステリ〈カーター・ディクスンとの合作『エレヴェーター殺人事件』を含む。うち、〈論創海外ミステリ〉では代表作『ハーレー街の死』、『ラリーレースの惨劇』の二冊に続き、やはり名探偵プリーストリー博士がトップ・フォームを披露する、隠れた傑作『代診医の死』が、さきごろ訳出されたばかり）を世に送り出した、もと陸軍士官セシル・ジョン・チャールズ・ストリート（1884-1964）のペンネームであることが公になりました。熱心なロード＝バートンの読者だった、アメリカのミステリ愛好家ジャック・バーザンが、推定情報をもとに、イギリスのバートンの版元コリンズ社の編集者に確認をとり、ウェンデル・ハーティグ・テイラーとの共著 A Catalogue of Crime（1971）のなかでそれを記しています。

余談ながら——

歴史や政治に関心のあったストリートは、そちらの方面でも文筆活動をおこなっており、トータルの著作はおびただしい数にのぼりますが、さらに近年になって、イギリスのクラシック・ミステリ研究家トニー・メダウォーが、ストリートの出版エージェントが保存していた作者の販売記録のなかに、見慣れぬ題名の四作を発見し追跡調査をおこなった結果、新たにストリートが、一九三〇年代の初頭にセシル・ウェイという別名義で、「ロンドンで最も有名な私立探偵」クリストファー・ペリンが主役をつとめる四冊の長編ミステリを上梓していたことが、明らかになりました（＊1）。

2

多産のストリートが、マイルズ・バートンの名前で書いた最初の作品 The Hardway Diamonds Mystery（1930）は、謎解きを中心興味とした探偵小説ではなく、強盗団を背後で操る天才的犯罪者

〈ファニー・トフ〉とアマチュア主人公ディック・ペンハンプトンの闘争を描いた、意外性に富む単発のスリラーでした。もともとスリラーの書き手としてスタートしながら、プリーストリー博士のシリーズを通して、じょじょに論理性重視の探偵作家として作風を確立し、評価を高めていったジョン・ロード（英国の著名な探偵作家の集まりである、ディテクション・クラブの創立会員にもなっています）のことを考えると、あるいは、昔のような波乱万丈な物語を別の名前で書いてみよう——というのが、マイルズ・バートン誕生のきっかけだったのかもしれません。

同じ年に発表された、二作目の The Secret of High Eldersham（別題 The Mystery of High Eldersham）は、冒険スリラーと探偵小説のハイブリッドのような作品に仕上がっており、シリーズ・キャラクターとなるデズモンド・メリオンが初めて登場するわけですが、ここでのメリオンは、辺境の閉鎖的な寒村でおきた殺人事件を捜査する、ロンドン警視庁《スコットランドヤード》のヤング警部（第一次世界大戦中に海軍省に転属となりメリオンと知り合い、以来、交友を続けてきた）の要請を受け、バックアップとして村を訪れアクション・パートを受け持つ、相棒といった側面が強調されています。

最終的に、ロード同様、謎解き路線にシフトしていくバートンの作品群にあっては過渡期の産物なのですが、そのぶん逆に、型にはまらない面白さ——怪奇小説ばりの鮮烈なシーンもあって、退屈とは無縁——で読ませ、前述の A Catalogue of Crime の著者バーザンとテイラーが、一九七〇年代にアメリカの出版社ガーランドの依頼で、Fifty Classics of Crime Fiction 1900-1950 という、全五十冊からなる叢書を編んださいには、バートン＝ロードのあまたの作品のなかから、この一作をチョイスしているほどです。最近では、クラシック・ミステリの復権に力を入れている、イギリスの作家マーティン・エドワーズが著したガイドブック The Story of Classic Crime in 100 Books（2017）にも採択され、ダークなヴィレッジ・ミステリとしての魅力がクローズ・アップされています（ちなみに、エドワーズの百選のなかには、ジョン・ロード名義から、一九三五年のHendon's First Caseと、一九三一年にやはりロード名義で参加した、ディテクション・クラブのリレー長編『漂う提督』も選ばれています）。

そんなThe Secret of High Elderhamでデズモンド・メリオンとペアを組んだヤング警部は、続くThe Three Crimes（1931）でも、やはりメリオンと共同戦線を張りますが……ある事情から、これが彼の〝最後の事件〟となってしまい、新たに第四長編The Menace on the Downs（同前）では、ヤング警部の同僚として前作に顔を見せていたアーノルドが、捜査担当者として地方に派遣されることになります。しかし、少年の変死事件を扱ったこの作品にはメリオンは登場せず、アーノルド警部が独自に解決を導きます。

地道な捜査をおこなうアーノルドと奔放な想像力を武器とするメリオン、この、バートン・ワールドを代表する、実力拮抗のプロ・アマ探偵コンビは、次作Death of Mr. Gantley（同前）ではじめて結成され、以降、ときに単独でそれぞれが活躍する事件を交えながら、五十四もの長編で推理のディスカッションを繰り広げていくことになります。

3

太平洋戦争が始まった昭和十六（一九四一）年に、大阪の新正堂から、『世界名作探偵小説集』というA６版の、現在の文庫サイズの本が発行されました。翻訳探偵小説の出版が逼迫している時勢にあって、巻末の広告ページには、「前線の兵隊さんへの慰問品として最適」というコピーが載っています。

そして、翻訳家・土屋光司が編んだこの本に、「トンネルの秘密」という題名のマイルズ・バートン作品が、やはり自身の抄訳による、F・W・クロフツ作「宝石殺人事件」（昭和十五年の『新青年』新春増刊号に掲載されたもの――『フレンチ警部最大の事件』の初訳――の再録）、および戯曲形式のコント一編（ウェインバーグ夫妻「歯刷子《はぶらし》の哲学」）と共に収録されています（＊2）。

鍵のかかった一等車の客室から発見された実業家の射殺体が、二重三重の複雑な謎をおりなしていく鉄道ミステリ「トンネルの秘密」の原作は、一九三六年刊行の Death in the Tunnel（米題 Dark Is the Tunnel）で、ミステリ分野におけるクラシックの研究活動が活発化しはじめた一九七〇年代以降、海外の評論家がバートンを取り上げるさい、代表作として推すことの多い人気のタイトルです。しかし、そうした翻訳の指標となるような資料が皆無といっていい時代に、本邦未紹介の作家バートンに着目し、これを訳した土屋氏の知識と選択眼には驚かされます。

驚かされますが――入り組んだプロットをもつ原作を、四百字詰原稿用紙にして百枚程度に圧縮してしまったため、展開があわただしく、メリオンとアーノルドの推理と検証のプロセスという、バートン・ミステリの妙味を充分に伝えることはできませんでした。

この一作で、残念ながらバートンの翻訳は途絶え、以後、本書『素性を明かさぬ死』が刊行されるまで、長い長いトンネルに入ってしまいます。『新青年』に短編一作がすでに訳されていた、別名義のジョン・ロード（昭和十三年の同誌二月増刊号に、芳川次郎訳「誰が射ったか」が掲載されています）のほうは、それでも戦後になって、単発的ながら長編に光が当てられていくのですが。

しかし。

かつて、江戸川乱歩監修〈世界探偵小説全集〉を裏表紙に謳っていた頃、ハヤカワ・ポケット・ミステリでマイルズ・バートンの紹介が予定され、作品の邦訳題名が発表されたことがあります。乱歩の肝煎りでスタートし、田中潤司、田村隆一、そして植草甚一といったブレーンが作品選定に協力しながら、新作と旧作（古典）をおりまぜ刊行点数を伸ばし、「第一期全一〇〇巻」のラインナップが出揃った昭和三十年に、同叢書の一部の巻末に掲載された、十ページ、三百五十点にもおよぶ刊行予定書目は、「幻のポケミス」リストとして、マニアの語り草になっています（＊3）。

もちろん、その後ポケミスに収録された作品は多い――そのさい、予告と題名が変わったものも多く、その差異がまた興味深い――のですが、

パディントンの秘密　ジョン・ロード

のように、現在にいたるまで翻訳のない「幻」の作品名も続々と目に飛び込んでくるわけで（ちなみに前掲のロード作品は、一九二五年の、プリーストリー博士シリーズ第一作 The Paddington Mystery）、そのなかに

死者の藪　マイルズ・バートン

というのがあるのです。

さて、相当のミステリ通でも、これには首をひねってしまうのではないでしょうか？　当たりをつけようにも、初期ポケミスの巻末に付録として載った、「ヘイクラフト、クイーンの名作表」など各種「名作表」には、バートンの名前はまったく見当たりません。現在では、マイルズ・バートンの著作リストを一覧することは容易ですが（参考まで、本稿の末尾に付しておきます）、しかし、そこに

も「死者の藪」という訳題に直接該当しそうなものは発見できません。なので、推定するしかないのですが――

おそらくこれは、森英俊編著『世界ミステリ作家事典【本格派篇】』（一九九八）の「ジョン・ロード（マイルズ・バートン）」の項で、「謎解きのお手本のような傑作」と絶賛されている、Not a Leg to Stand On（1945）のことだと思われます。当該作品では、ある屋敷の敷地内から、行方不明になった青年（戦争で片足を失っている）のものと思われる義足が発見され、果たして夜間の訪問先で消えた彼の身に何が起こったかが謎とされますが、問題の義足が掘り出された場所は、以前、首吊り騒ぎがあったため「死者の藪（Dead Man's Spinney）」と不吉な呼びかたをされている、雑木林のなかにあるからです。

前掲のDeath in the Tunnelは、トンネルを利用した犯行トリックに大胆な工夫が施され、基本的にハウダニット型の作家だったジョン・ロードの作風に接近しています（ただし、前半でトンネル殺人の手口は解明され、そこからお話は新たなステージに突入します）。

それに対しNot a Leg to Stand Onは、メリオンとアーノルドが推理に推理を重ねながらも、消えた青年の生死は終盤ギリギリまで判明せず、作者は即物的なトリックとは異なる手段で意外性を演出することに成功しており、ロード作品と対比するなら、さきごろ翻訳された『代診医の死』に似たタイプと、言えるでしょう。もしバートンのこの作がポケミスで訳されていたら、確実に本格ミステリ・ファンの印象に残ったと思いますし、のちにバートンとロードが同一作家だと判明すれば……あるいはロード自体の再評価の機運も、早まっていたかもしれません。

4

今回紹介される『素性を明かさぬ死』は、傑作のひとつとしてバートン支持者が言及することの多い（＊4）、一見、典型的なハウダニット・タイプの小説ですが、じつはシリーズの看板探偵デズモンド・メリオンがインフルエンザで寝込んでしまったとのことで登場せず、ヤードから派遣されたアーノルド警部が「メリオンだったら今回の件に、どのように取り組んだだろうか？」と自問しつつ、トリッキーな変死事件を、地元警察と協調しながら頭と足を使いコツコツ捜査していく、さながらジョン・ロードのミステリをF・W・クロフツのタッチで描いたような異色作でもあります。

遠方で暮らす被害者が、普段の生活圏を離れた地方で非業の死を遂げ、その現場となった屋敷の主人が犯行動機の面から唯一の容疑者と見なされるも、犯行手段が特定できない――という事件の基本設定は、前年の一九三八年にロード名義で発表された『見えない凶器』と共通しています。不審な車の存在が、やがて事件の推移に大きくかかわってくる展開をふくめて、同作の変奏曲と言えるかもしれません。

我国におけるクラシック・ミステリ・リヴァイヴァルの口火を切ったと言っていい、国書刊行会の〈世界探偵小説全集〉、その第一期完結巻として一九九六年に訳出された『見えない凶器』（原題は Invisible Weapons と複数形であることに留意）は、動機の謎を核にした二重構造のプロットに真価があり、導入部の密室事件に、一見ほとんど関連性の無さそうに思える、もうひとつの不審死がなぜ結びつくのか？　その理由を解き明かすホワイダニットとしての秀作――と筆者は評価しています、ハイ――でした。

しかし、定石的な解釈をすればまずアレだろう、と想像のつく最初のハウダニットに関して、その可能性をことありげに伏せて引っ張った結果、我国のミステリ読みの諸氏からは、メイン・トリックが陳腐な凡作であると、少なからず失望の声も聞かれました。そんな声の主の一人である新保博久は、ロードの『ハーレー街の死』の巻末解説「私は如何にして退屈がるのを止めてロードを愛読するようになったか」のなかで、アイデアに優れた同作を「特に『見えない凶器』の凶器の正体に脱力した読者におすすめしたい」と述べているほどです。

もしかしたら英本国でも、『見えない凶器』の発表当時、作中トリックに批判的な書評はあったのかもしれません。古いトリックを現代風にアレンジし、密室仕立てで読者のご機嫌をうかがったつもりだったロードには、それが不満だった。リベンジの気持ちもあって、バートン名義であえて似たような状況設定を用い、プロットを単純化したうえで、誰もが知っているような〝見えない凶器〟へ再チャレンジを試みたのが本書ではないか――というのは、筆者の勝手な想像にすぎません。しかし、ハウダニットに関して定石的な解釈をきちんと踏まえたうえで、なおかつ謎をふくらませ、読者の興味を喚起していく筋立ての工夫は、認められていいでしょう。

本作が発表された一九三九年には、作者のディテクション・クラブにおける友人であり、合作パートナーとして『エレヴェーター殺人事件』を上梓したカーター・ディクスン（ジョン・ディクスン・カー）もまた、ヘンリー・メリヴェール卿ものの『読者よ欺かるるなかれ』で、痕跡を残さぬ殺人――こちらは超能力者の念力による殺人という、ケレン味が凄い――をテーマにしていますから、一種の競作として、読みくらべてみるのも面白いと思います。

前掲『ハーレー街の死』の解説のなかで新保氏は、「たとえばカーならばしばしばチョンボに近いトリックを使っても、作者の愛嬌のお陰で深く咎める気にならないのではないか。カーの愛嬌はフェル博士やH・Mといった探偵役に象徴されているが、プリーストリーにはこれが全く欠けており、ロードがカーほど支持を得られない大きな理由と言えるだろう」と述べています。生真面目で損をしている印象は確かにあるロード＝バートンですが、しかし、ときにこの作者らしいユーモアが繰り出され、ファンの頰を緩めてくれます。本作でいえば、後半に登場し、その専門知識で事件解明に協力してくれる、ウェルチ氏（地元アドルフォード警察署のガーランド警視の友人）のキャラクターは、「愛嬌」満点といっていい。メカニカルなプロットを中和する効果をもった、このオタクっぽいオヤジさんは、カーティス・エヴァンズのMasters of the "Humdrum" Mystery（2012）では、作者のストリートに似ていると書かれていて、あるいはマンガ家がよく描く、カリカチュアされた自画像のようなうなものかもしれません。

でも結局、トリックは「チョンボ」なんでしょ？　とお疑いの向きもそうでない向きも、是非本書を最後まで読んで、ベテラン作家の職人芸を体感してみてください。

アーノルド警部の手堅い捜査が実を結び、ついに不可能は可能になり、お話は最終局面を迎える、まさにその時。警部の脳内で、謎解きの、欠けていた最後のピースがはまった時――きっとあなたは、警部と同じ驚きを味わい、作者の創意に翻弄されていた自分に気づくことでしょう。まこと、バートン侮りがたし。

シリーズ中では番外編のような異色作でありながら、ロード名義の『代診医の死』に続いて、やはり逆転の妙技が光る本作に光が当てられたことで、マイルズ・バートンのほうももっと読みたい、という声が高まることを期待しています。なんといっても、デズモンド・メリオンとアーノルド警部の二人三脚、それがバートン・ミステリ本来の魅力なのですから。

そして、もしご縁がありましたら――そちらの解説でまた、お目にかかりましょう。

＊1　ロンドンのホッダー・アンド・スタウトン社から出版された、セシル・ウェイ Cesil Waye 名義の作品タイトルは、左記の通り。
Murder at Monk's Barn（1931）
The Figure of Eight（1931）
The End of the Chase（1932）
The Prime Minister's Pencil（1933）

＊2　若狭邦男『探偵作家尋訪―八切止夫・土屋光司』（日本古書通信社、二〇一〇）によると、土屋光司による抄訳「トンネルの秘密」は、『世界名作探偵小説集』へ収録される前、昭和十五年に雑誌『オールトピック』（オールトピック社）へ四回連載されたようですが、本稿の締切りまでに事実確認ができませんでした。若狭前掲書では、土屋氏の残した日記が資料として利用されているものの、作品題名が「トンネルの殺人」であったり「トンネル内の殺人」であったり一定せず、連載雑誌も『オールトピック』と『オールトピックス』が混在（ちなみに『オール・トピックス』という雑誌も存在しますが、こちらは昭和三十年の創刊なので無関係）しているので、ここでは『オールトピック』という雑誌にバートンの「トンネルの殺人」（もしくは「トンネル

内の殺人」）が連載されていたらしい、と紹介するに留めておきます。

＊3　詳細は、藤原編集室のウェブサイト「本棚の中の骸骨」にある、資料室コーナーの「幻のポケミス」（http://www.green.dti.ne.jp/ed-fuji/column-pocket.html）をご覧ください。

＊4　たとえば我国で有数のロード＝バートン読者だった加瀬義雄氏は、同人誌ＲＯＭの133号（二〇〇九）で作者のベスト作について考察し、「一方バートンの方ではDeath Leaves No Card (1939) Murder M.D.（1943）The Three Corpse Trick（1944）がよく、こちらはすべて公正に本格ものとしてみてかなり評価出来ると思う」とされていました。

〈マイルズ・バートン著作リスト〉（特記なきものには、デズモンド・メリオン、アーノルド両名が登場）

1 The Hardway Diamonds Mystery（1930）ノン・シリーズ
2 The Secret of High Eldersham［別題 The Mystery of High Eldersham］（1930）メリオン単独
3 The Three Crimes（1931）
4 The Menace on the Downs（1931）アーノルド単独
5 Death of Mr. Gantley（1931）
6 Murder at the Moorings（1932）ノン・シリーズ
7 Fate at the Fair（1933）
8 Tragedy at the Thirteenth Hole（1933）
9 Death at the Cross Roads（1933）
10 The Charabanc Mystery（1934）
11 To Catch a Thief（1934）
12 The Devereux Court Mystery（1935）
13 The Milk Churn Murder［米題 The Clue of the Silver Brush］（1935）
14 Death in the Tunnel［米題 Dark Is the Tunnel］（1936）「トンネルの秘密」土屋光司訳（新正堂『世界名作探偵小説集』所収、一九四一）
15 Murder of a Chemist（1936）

16 Where is Barbara Prentice?〔米題 The Clue of the Silver Cellar〕（1936）
17 Death at the Club〔米題 The Clue of the fourteen Keys〕（1937）
18 Murder in Crown Passage〔米題 The Man with the Tatooed Face〕（1937）
19 Death at Low Tide（1938）
20 The Platinum Cat（1938）
21 Death Leaves No Card（1939） **本書** アーノルド単独
22 Mr. Babbacombe Dies（1939）
23 Murder in the Coalhole〔米題 Written in Dust〕（1940）
24 Mr. Westerby Missing（1940）
25 Death Takes a Flat（1940）
26 Death of Two Brothers（1941） アーノルド単独
27 Up the Garden Path〔米題 Death Visits Downspring〕（1941）
28 This Undesirable Residence〔米題 Death at Ash House〕（1942） アーノルド単独
29 Dead Stop（1943）
30 Murder, M. D.〔米題 Who Killed the Doctor?〕（1943）
31 Four-ply Yarn〔米題 The Shadow on the Cliff〕（1944）
32 The Three Corpse Trick（1944）
33 Not a Leg to Stand On（1945）
34 Early Morning Murder〔米題 Accidents Do Happen〕（1945）

35 The Cat Jumps（1946）
36 Situation Vacant（1946）
37 Heir to Lucifer（1947）
38 A Will in the Way（1947）
39 Death in Shallow Water（1948）
40 Devil's Reckoning（1948）
41 Death Takes the Living［米題 Disappearing Parson］（1949）
42 Look Alive（1950）
43 Ground for Suspicion（1950）
44 A Village Afraid（1950）
45 Beware Your Neighbour（1951）
46 Murder Out of School（1951）
47 Murder on Duty（1952）
48 Something to Hide（1953）
49 Heir to Murder（1953）
50 Murder in Absence（1954）
51 Unwanted Corpse（1954）
52 Murder Unrecognised（1955）　メリオン単独
53 A Crime in Time（1955）

54 Found Drowned（1956）
55 Death in a Duffle Coat（1956）
56 The Chinese Puzzle（1957）
57 The Moth Watch Murder（1957）
58 Bones in the Brickfield（1958）
59 Death Takes a Detour（1958）
60 Return from the Dead（1959）
61 A Smell of Smoke（1959）
62 Legacy of Death（1960）
63 Death Paints a Picture（1960）

〔著者〕
マイルズ・バートン
1884生まれ。本名セシル・ジョン・チャールズ・ストリート。別名義にジョン・ロード、セシル・ウェイ。1924年、A.S.F.（1924）でミステリ作家としてデビュー。ディテクション・クラブの主要メンバーとしても活躍した。64年死去。

〔訳者〕
圭初幸恵（けいしょ・さちえ）
北海道大学文学部文学科卒。インターカレッジ札幌で翻訳を学ぶ。訳書にピーター・テンプル『シューティング・スター』（柏艪舎）、フレドリック・ブラウン『ディープエンド』『アンブローズ蒐集家』（ともに論創社）がある。

素性《すじょう》を明《あ》かさぬ死《し》
——論創海外ミステリ 196

2017年10月20日　初版第1刷印刷
2017年10月30日　初版第1刷発行

著　者　マイルズ・バートン
訳　者　圭初幸恵
装　画　佐久間真人
装　丁　宗利淳一
発行所　論 創 社
〒101-0051 東京都千代田区神田神保町2-23 北井ビル
電話 03-3264-5254　振替口座 00160-1-155266

印刷・製本　中央精版印刷
組版　フレックスアート

ISBN978-4-8460-1643-2